그룬시아드 대륙 (The Grunsiad)

구름산맥

노스 플레인

뤼넨바르 왕국

바람섬

폭풍군도

이스칸 왕국

불멸의 땅
이모탈 랜드

성왕
오르비스 해역

철탑

이스트코스트

카를 만

알카이온
연방

드래곤의
묘지

아이소니아
왕국

산체스 레느
왕국 왕국

바람해역

에스툴
공화국

마의 산
로드 플레인

호수
화이트 블루

페트리오노
왕국

리벤반도

센다르 평원

오르비스
아일랜드

브룸바르트
제국

이온
공국

휴양지
에스톨리움

웨스트코스트

긴다 만

마도국가
린셀

신성국가
라노르
신의 탑

후

해적의 성지
후크 스컬

마탑

사우스레인지

한 반도

플렉시나 반도

대해

미스터리
아일랜드

Illust by Rosy.

신성 게임 판타지 소설
FANTASY FRONTIER SPIRIT

론도 2

신성 게임 판타지 소설

초판 1쇄 찍은 날 § 2007년 9월 4일
초판 1쇄 펴낸 날 § 2007년 9월 11일

지은이 § 신성
펴낸이 § 서경석

편집장 § 문혜영
편집책임 § 유혜림
편집 § 이재권 · 유경화

펴낸곳 § 도서출판 청어람
등록번호 § 제1081-1-89호
등록일자 § 1999. 5. 31
어람번호 § 제1-0882호

주소 § 경기도 부천시 원미구 심곡1동 350-1 남성B/D 3F (우) 420-011
전화 § 032-656-4452 팩스 § 032-656-4453
http://www.chungeoram.com
E-mail § eoram99@chollian.net

ISBN 978-89-251-0892-6 04810
ISBN 978-89-251-0890-2 (세트)

※ 파본은 구입하신 서점에서 교환하여 드립니다.
※ 저자와 협의하여 인지를 붙이지 않습니다.

A Roman legionary

The Roman Army

론도

FANTASY FRONTIER SPIRIT

신성 게임 판타지 소설

②

가면(假面)의 장

RONDO

청람
도서출판

RONDO

Contents

EPISODE **006**
Persona

  경계를 늦추지 않은 것은 옳은 선택이었다. 뭔가를 물을 틈도 없이 날아온 것은 검이었기에. 남자의 몸이 붉은 오라로 물드는 것은 한순간이었다. 일시적으로 머더러가 되는 카오스 상태에 돌입한 것이다.

  카강!

  날카로운 파찰음과 함께 불꽃이 튀었다. 철이 비벼질 때마다 끼익 하는 듣기 싫은 소음이 났다. 검을 맞대는 순간은 길지 않았다. 수련이 힘을 회수하는 순간, 상대는 그보다 더 빠르게 검을 회수했던 것이다.

  보이지 않았다.

  수련은 사내와 일정한 거리를 벌리며 식은땀을 흘렸다. 정체고 뭐고 물을 여유가 없었다. 입을 여는 순간 검에 베일 것이다. 거리를 지키는 것만으로도 벅찼다.

상대는 분명히 1인칭 유저였다. 그렇다고 해도 이해되지 않는 빠르기를 가진 발검. 만약 상대방과의 거리가 검의 사정 거리 안쪽이었다면 그는 남자의 검을 받아낼 수 있었을까?

문득 스치는 부정적인 생각에 수련은 입술을 잘근거렸다. 그것은 수련의 두뇌가 활성화될 때마다 나타나는 버릇이었다.

상대의 발검술, 검의 궤적, 스텝의 형태, 그리고 전투 방식.

단 한 번의 승부였지만 수련은 많은 것을 알았다. 그러나 여전히 부족했다. 아니, 솔직히 말하면 아직 하나도 모르는 것이나 다름없었다.

남자가 풍기는 위압감은 하나의 형태를 띤 유형의 살기를 그려내기에 충분한 수준. 그대로 지속된다면 그가 당할 것이다.

"주제를 잘 아는군. 묻지 않는 것은 그런 연유에서겠지?"

수련은 상대방의 입이 벌어짐과 동시에 반격에 나섰다. 상대방이 먼저 말을 꺼냈기에 입을 열 타이밍이 생겼지만 수련은 그 대신 공격을 선택했다.

실루엣 소드!

검의 궤적을 따라 불어나는 수십 개의 잔영이 적의 시선을 교란시킨다. 그리고 그 잔상을 꿰뚫는 단 하나의 섬광.

"너무 느려."

수련은 눈앞에서 펼쳐진 광경을 도저히 믿을 수가 없었다. 정확히 내지른 그의 검극은 남자의 검극과 단 한 치의 오차도 없이 맞닿아 있었다. 검의 움직임이 멎음과 동시에 환영도 사라졌다. 두 사내의 힘을 이기지 못한 낡은 철검이 휘청거리기 시작했다.

그리고 다음 순간, 남자의 공격이 시작되었다.

아니, 수련이 그것을 깨달은 것은 첫 공격을 허용하고 난 뒤였다. 남자의 검은 보이지 않았다. 보이지 않는 검. 보이지 않는 검을 어떻게 막는단 말인가?

상대방은 적어도 자신보다 몇 단계 위에 있다. 그는 그 사실을 인정할 수밖에 없었다.

두 번째와 세 번째 공격이 스친 후에는 머리가 지끈지끈 아파오기 시작했다. 말도 안 되는 검속(劍速)은 그렇다 치더라도, 대체 어디서 이런 유저가 나왔단 말인가? 어떻게 자신이 올 줄 알고 이곳에서 기다리고 있었다는 말인가?

거기까지 떠올린 순간 해답이 파노라마처럼 스친다. 그러나 그 해답은 남자의 다음 검을 받아낸 후에나 통용되는 것. 수련은 검을 곧게 쥐었다.

펜텀 블레이드 써드 스타일(Third style).
펜텀 실드(Phantom shield).

순식간에 환검의 잔영이 피어오르기 시작했다. 하나, 둘,

셋……. 구름처럼 나타난 검의 잔영은 수련의 주위를 빼곡하게 뒤덮으며 모든 검세(劍勢)에 대한 완벽한 방어를 마쳤다. 그러나 아직까지 숙련이 낮은 스킬이었기 때문에 어딘가 불안해 보이는 것이 사실이었다. 요행히 사내의 검은 보기 좋게 실드에 맞고 튕겨 나갔다. 공격을 당한 실드의 겉면에 살짝 금이 갔다.

"제법인데? 환검을 제대로 배운 모양이군."

수련은 전투가 시작된 후 처음으로 말할 타이밍을 얻었다.

"당신입니까?"

사내는 일부러라도 실드의 빈틈을 노리지 않았을 것이다. 수련은 그것을 알았다. 왜냐고? 간단하다. 자신을 죽일 생각이 없으니까.

"그래, 나다. 얘기를 들었나 보군?"

가늘게 뜬 남자의 눈이 순간 섬뜩한 빛을 발했다. 어떤 거짓도 통용되지 않을 법한 작은 절대가 그 조그마한 눈동자 속에 담겨 있었다.

수련은 가볍게 고개를 끄덕였다. 그리고 확신했다. 이 남자가 바로 그— 다.

"나는 아크라고 한다. 나훈영은 잘 있던가?"

남자의 미소가 짙어짐과 동시에 예상이 맞았음을 깨달은 수련은 조금 마음을 놓았다.

아크를 따라 마을로 들어가는 길은 어딘가 석연치 않은 구석이 많았다. 그도 그럴 것이, 최근 들어서는 나훈영은 물론이고 오택성과도 연락을 하지 않았던 것이다. 아니, 사실을 따지고 들어가자면 오택성이 그를 위해서 안배인지 뭔지를 해뒀다고 한 것부터 이상했다. 오택성과 진수련의 관계는 단지 과거의 감독과 선수 사이 그 이상도 그 이하도 아니었다.

특별히 오택성이 진수련을 아껴 잘 대해준 것도 아니었고, 그가 실업자로 살아가던 시절에 일거리를 알아봐 준답시고 여기저기를 뛰어다닌 일도 없었다.

전혀 모르는 사람보다는 그나마 믿을 만한 사람.

진수련에게 오택성은 겨우 그런 존재였다. 하지만 나훈영을 만나고 나서 수련의 그런 생각은 조금 수정되었다. 조금 의심스럽기는 하지만 확실히 자신을 위하여 뭔가를 준비했다는 생각이 들었던 것이다.

"당신, 이곳에 온 지 얼마나 되었죠?"

마을이 가까워질수록 안색이 나빠져 가던 수련이 조심스럽게 입을 열었다. 힐끗 수련의 얼굴을 본 남자가 너털웃음을 지었다.

"아아, '그들'을 노리고 온 거겠지? 걱정하지 마. 건드리지 않았으니까."

그들? 그 말에 수련의 발걸음이 멈추고 만다.

"그런 식으로 제가 경계하게 만들 필요는 없었을 텐데요."

"응? 그들이 목적이 아니었나?"

느글느글하게 웃는 사내의 모습에 수련은 주먹을 부르르 떨었다. 이 남자는 도대체 누구인가? 나훈영 때부터 이상했다.

자신이 가는 곳마다 나타나서는 뭔가 도움을 주고 훌쩍 사라져 버린다.

안배라고? 이런 안배가 어디 있단 말인가. 세상은 소설이 아니다. 게다가 그는 보통 사람에 불과하다. 이런 식으로 중첩되는 인연이 있을 리 없다.

"맞습니다만……."

"그럼 됐지. 무슨 남자가 그렇게 의심이 많은가?"

그 짧은 순간에 또다시 수련의 심경을 읽은 것일까. 수련은 갑자기 자신감이 없어졌다. 세상이 이토록 치밀한 곳이었던가? 대체 어디서부터 자신의 움직임을 쫓아온 것일까?

남자를 쫓아 마을로 걷는 내내 수련은 클로즈 베타 테스트 때의 일들을 떠올렸다. 페르비오노를 조사하고, 비밀 던전을 발굴하고, 정식 서비스 때 이용할 수 있는 정보들을 모으는 동안 그를 쫓은 이가 있었던가?

힘없이 도리질한다. 그런 사람은 없다. 다만 그나마 의심 가는 한곳이 있다면 바로…….

인프라블랙.

그러나 물증이 없다. 인프라블랙에서는 단지 그의 정보에 합당한 정보를 물물교환의 형태로 제공해 줬을 뿐이다. 그들이 독자적인 힘으로 자신을 추적하고, 또 그를 도울 필요가 있을까.

게다가 확실하게 믿을 수 있다는 보장은 없지만, 나훈영은 스스로가 인프라블랙의 멤버가 아니라고 말했다. 그렇다면 이자의 정체는 대체 뭔가? 그저 오택성의 말 그대로 단지 '안배'에 불과한 걸까?

안배. 대체 무엇을 위한 안배일까.

끝도 없이 이어져 나가던 수련의 망상은 마을에서 달려나온 한 인영에 의해 부서졌다.

"오빠, 이제 왔어요?"

빛을 받아 은은하게 반짝이는 황금색 머리칼, 종종 섞여 있는 하얀 은발이 이색적인 소녀. 창백할 만큼 하얗고 매끈하게 빛나는 피부가 소녀의 조각 같은 아름다움을 말해주고 있었다. 수련은 순간 멍해졌다.

열일곱? 열여덟? 나이를 쉽게 감안할 수 없었다. 지금까지 살아오며 보아온 어떤 여자들보다도 더 청아한 아름다움이 빛나는 소녀였다.

"이쪽은 누구……?"

무서워하는 걸까. 어깨를 살짝 움츠린 소녀가 재빨리 남자의 뒤에 숨으며 그를 곁눈질하는 바람에 수련은 조금 머쓱한 표정으로 한 걸음을 물러나야만 했다.

아크는 수련을 도닥이듯 입을 열었다.

"걱정하지 마. 이 마을에 온 건 나와 지아가 최초니까."

지아란 건 그 여자 아이의 이름일까? 남자의 말에 수련은 조금 안심했으나 그렇다고 해서 완전히 안심한 것은 아니었다.

"그럼 잠시……."

"거참, 의심이 많군."

사실을 확인하기 전까지 모르는 사람의 말은 최후의 최후까지 의심해 봐야 하는 법이다. 그래도 조금이나마 긴장이 풀린 수련은 바로 원래의 목적지로 향하지 않고 관청에 먼저 들러서 페르비오노 왕국 진입의 퀘스트를 완료했다.

―퀘스트가 완료되었습니다.

"고맙군. 몬스터들의 습격 때문에 최근 상인들의 발걸음이 뜸했던 거로군. 내가 곧 중앙관청에 알릴 테니 너무 걱정하지 말라고 전해주게."

―퀘스트의 보상으로 동부 국가를 자유롭게 드나들 수 있게 되었습니다.

―명성이 3 증가했습니다.

그다음으로 찾은 곳은 무기점이었다. 문의 경첩 소리와 함께 수련이 무기점 내부로 진입하자, 노쇠한 무기점 주인이 수련을 반갑게 맞았다. 지금까지 이곳에 찾아온 유저가 없었을 테니 그럴 만도 하다. 리저브는 페르비오노에서도 비교적 외진 곳에 속하는 마을이니까.

수련은 부족 전쟁에서 수거한 병장기들을 하나씩 풀기 시작했다. 새로운 무기 하나가 보따리에서 나올 때마다 주인의 눈망울도 조금씩 커져 갔다.

마치 자신의 안목을 과시하려는 듯 주인은 연신 고개를 주억거리며 병장기 하나하나를 세심한 눈길로 훑어보았다.

"오, 이건 난쟁이족의 무기로군. 흠, 오크의 것도 있군."

오크 족의 무기는 무기점에서 제대로 된 값을 받기가 힘든 편이었다. 실제로 오크 족, 그중에서도 하급 오크 족의 무기는 무기라고 부르기도 힘들 만큼 조악하고 난잡한 것들이 많았던 것이다.

"18골드 27실버. 많이 팔아줬으니 뭐, 19골드에 전부 사겠네. 팔겠는가?"

마치 큰 인심을 쓴다는 듯한 주인장의 말에도 불구하고 수련은 망설였다. 이 정도 병장기면 그 이상의 값을 받을 수 있는 질과 양이었다. 더 큰 도시에 가면 더 괜찮은 값을 받을 수 있겠지만 지금은 그럴 시간이 없었다. 이 정도도 예상치 못한 대단한 수확이었다.

"20골드에 해주십시오."

"미안하지만 그건 곤란하네."

"뭐, 그럼……."

수련은 망설임없이 병장기들은 다시 담기 시작했다. 행동은 가능하면 느릿느릿하게 주인장의 애를 태우면서 마음이 바뀌기를 기다려야 한다. 20골드에 사더라도 주인장이 이득이다. 수련이 이렇게 나온 이상 그는 이걸 살 수밖에 없으리라. 이런 변경의 무기점에서 이만한 수확을 얻기란 쉽지 않을 테니까.

그러나 뜻밖에 주인장은 관심없다는 듯 대놓고 콧방귀를 뀌고는 옆의 테이블에 놓아두었던 주전자를 가져와 보란 듯이 차를 따라 마시며 책을 읽기 시작했다. 수련은 어이가 없었다.

이건 사기다. 제작사 측의 농간이다.

NPC가 이렇게 영리하다니 사기다.

설마하니 유저도 아니고 NPC에게 이런 수모를 겪을 줄이야. 주인장은 그만큼 노련했다. 그는 반드시 이 무기들을 이곳에서 팔아야 하는 사람과 안 팔아도 상관없는 사람을 판단할줄 아는 안목을 갖추고 있었다.

수련은 한참 동안이나 주인장의 낯짝을 노려보았다.

"안 팔 거면 그만 가도록."

별수없이 한숨을 푹 내쉬며 무기를 다시 꺼내놓는다.

"19골드에 해주십시오."

"흠… 뭐, 좋네. 내가 양보하지."

주인장이 그럴 줄 알았다는 미소를 지으며 카운터에서 1골드 주화 19개를 꺼냈다.

사정만 아니었더라도 이 무기들을 결코 여기서 파는 일은 없었을 텐데…… 수련은 조금 아쉬웠으나 19골드를 받아 들고 무기점을 나왔다. 지금은 푼돈에 연연할 때가 아닌 것이다.

수련은 용병 길드 쪽으로 향했다. 이곳은 변경에 위치한 작은 마을에 불과했으나, 페르비오노 왕국 자체의 특성 탓에 변두리 마을 같은 곳에도 용병 길드가 존재하고 있었다.

어찌 보면 당연한 것이었다. 괜히 '용병의 국가 페르비오노'라는 말이 나온 것이 아니었다.

페르비오노는 대륙의 용병들에게 상당한 수준의 국방력을

의탁하고 있었다. 다른 곳에서는 화살받이로 쓰이는 용병들이 페르비오노에서는 실력에 따라서 귀족 수준의 대우를 받기도 했으며, 실력이 뛰어나고 유망한 용병의 경우에는 왕실에서 작위를 내려주기도 했다.

이 때문인지 페르비오노에는 대륙 전체를 통틀어 유명한 용병대가 가장 많이 기거하고 있었다. 용병은 혼란을 진압하기 위해 동원되지만, 동시에 혼란을 불러오는 존재이기도 했다. 역설적이게도 용병이 가장 많이 기거하고 있다는 이유로 페르비오노에서는 전 대륙 어느 곳보다도 더 많은 의뢰가 매분, 매초마다 용병 길드로 들어오고 있었다.

"나는 에트슨이라고 하네. 의뢰를 맡으러 왔나?"

각진 턱을 뒤덮은 까끌까끌한 검은색 수염이 아파 보이는 사내였다. 짙은 눈썹과 볼에 비스듬히 새겨진 십자 상처는 그가 과거에 노련한 용병이었음을 상징하고 있었다.

용병 길드를 찾는 사람은 두 부류였다. 의뢰를 구하기 위해 찾아온 용병, 그리고 그런 용병을 구하기 위해 찾아온 고용주. 남자는 아마 남루한 수련의 차림으로 미루어 그가 의뢰를 맡으러 온 것이라 생각한 모양이었다.

"일단 용병 등록을 좀 하고 싶습니다만……."

"아, 아직 등록을 하지 않은 모양이군."

수련은 어차피 온 거 용병패부터 받아두기로 했다. 용병패는 총 다섯 종류로 이루어져 있었다. 초급용병이 사용하는 나무패, 하급용병이 사용하는 청동패, 중급용병이 사용하는 철패, 상급용병이 사용하는 은패, 그리고 특급용병이 사용하는 황금패.

수련은 조심스레 나무패를 받아 들었다.

"흠, 의뢰를 받겠나? 자네, 초급용병인데도 명성이 제법 되는군. 괜찮은 퀘스트를 수행한 적이 있는 모양이지? 퀘스트나 의뢰를 하나쯤 더 수행하면 하급용병이 될 수 있겠군."

용병으로서의 명성은 퀘스트와 의뢰, 두 종류에 모두 영향을 받는다. 수련의 경우는 이전에 퀘스트를 여럿 수행했고, 게다가 최근에 C+ 급의 스페셜 퀘스트를 수행했기 때문에 명성치가 레벨에 비해 꽤 높은 편이었다.

"의뢰는 받을 생각이 없습니다. 다만……."

"그럼 퀘스트를 받으려고? 페르비오노에는 퀘스트 센터가 없기 때문에 용병 길드에서 퀘스트를 알선해 주고 있네. 퀘스트를 받겠는가?"

"아니요. 저는……."

퀘스트까지 받지 않겠다고 하자 사내의 표정이 기이하게 변했다. 용병패를 받아놓고 퀘스트를 받지 않겠다니, 그럼 대체 뭘 하러 온 거지?

다음 순간 수련의 입에서 흘러나온 말에 남자의 의문은 일거에 해소되었다.

"용병을 고용하고 싶습니다."

수련이 카를 숲의 마을에서 스킬 북을 구입하며 끝끝내 2골드를 지급하지 않았던 것에는 다 이유가 있었다. 바로 오늘을 위해서였다. 물론 도중에 얻은 뜻밖의 수확 덕택에 사실상 그 2골드는 있으나 없으나 상관없게 되었지만……

수련은 자신의 옆에서 연신 투덜투덜거리는 두 명의 용병(정확히 투덜거리는 놈은 한 명이었지만)을 보았다. 수련이 용병 길드를 찾은 것도 바로 이 두 명 때문이었다.

"뭐요, 의뢰도 없으면서 우리를 고용했소?"

페르비오노 전역, 아니, 대륙 전역에서 유일하게 구할 수 있는 두 명의 초급용병. 한 명당 1골드. 이 둘이 바로 수련이 필사적으로 로드 스트림을 건너온 이유였다.

수련은 클로즈 베타 테스트 기간 내내 자신의 멀티태스킹 능력을 적극적으로 활용하기 위해 고민에 고민을 거듭했다. 그의 재능이 가장 빛을 발하는 게임은 실시간 전략 시뮬레이션. 가능한 한 컨트롤할 수 있는 대상이 많을수록 좋았다.

사실 그에 가장 걸맞는 직업은 네크로멘서와 소환술사, 그리고 정령술사였다. 네크로멘서의 경우, 언데드 유의 스켈레톤이나 좀비, 구울을 소환할 수 있으며, 나중에는 듀라한 같은 고급 몬스터를 몬스터의 등급에 따라 네 마리에서 여섯 마리까지 소환하여 데리고 다닐 수 있었다.

또한 소환술사나 정령술사의 경우는 각각 이계의 환수나 마수, 그리고 정령을 소환하여 등급에 따라 한 마리에서 여섯 마리까지 데리고 다닐 수 있었다. 하지만 수련은 이 셋 중 어느 직업도 마음에 들지 않았다. 거기에는 두 가지 이유가 뒤따랐다.

첫 번째 이유는, 그들 직업이 소환체를 전투에서 제외할 시

형편없이 약해진다는 점이었다. 움직임도 느리고 체력도 약하다. 컨트롤 유닛이 많은 만큼 전투력은 강력하나 방어가 흐트러지는 한순간 로그아웃당할 수 있다는 점이 가장 큰 문제였다.

그리고 수련은 전면에 나서서 소환체와 함께 싸우는 것이 좋았다. 하지만 네크로맨서나 소환술사가 그런 짓을 했다가는 소환체를 써먹어보기도 전에 죽을 것이 불 보듯 뻔했다.

두 번째 이유는 소환체의 성장에 제한이 있다는 것이었다. 스켈레톤이나 구울 같은 몬스터는 꾸준히 소환이 가능하지만 키울 수 있는 레벨의 제한이 있을뿐더러, 후에 특정 스킬을 습득하기 전에는 레벨업도 시킬 수 없는 일회용 유닛에 가까웠다. 정을 붙일 수 없는 것이다.

물론 레벨의 제한이 유저와 같고 꾸준히 소환할 수 있는 소환체도 있었지만, 그런 소환 스킬은 마스터 급의 유저는 되어야 배울 수 있었다. 수련은 그것도 마음에 들지 않았다.

자신이 전장의 최전선에서 싸우면서 자신과 함께 성장하며, 일회용이 아닌 소환체.

수련은 그 두 가지 명제 속에서 하나의 결론을 도출해 냈다. 바로 용병이었다.

"마스터, 명령을. 우리는 무엇을 하면 되는가?"

"아, 젠장. 하필이면 같은 초급용병에게 고용될 게 뭐람."

용병의 이름은 각각 실반과 헨델.

용병들은 만들어진 본래의 A.I에 따라 반항하기 시작했다. 수련의 용병 등급이 그들과 같은 초급이기 때문이었다. 용병을 원활하게 움직이기 위해서는 최소한 용병들보다 한 단계 높은 수준의 패가 필요했다.

실반은 그나마 말을 잘 듣는 편이었지만, 헨델의 경우는 말을 들어주는 것도 버거웠다. 가만있질 못하고 계속 나대며 짜증을 부렸던 것이다.

"좀 가만있어."

"젠장젠장! 처량한 내 신세여! 지금쯤 고향 아스칼에서 특급용병이 될 나를 기다리고 있을 그레텔을 생각하면 밤에도 잠을 이루지 못하고 눈물이……."

"……."

용병은 소환체들보다 개체의 컨트롤이 어렵고 말을 잘 듣지 않는 탓에 유저들이 잘 선호하지 않았다. 굳이 NPC 용병을 고용하여 사용할 경우에는 일시적으로 중급 이상의 용병을 고용하는 것이 일반적이었던 것이다. 물론 하급 이상의 용병은 가격이 천정부지로 솟기 때문에 그만큼의 출혈을 감당해야만 했다.

수련은 용병들을 근처의 수련장으로 데리고 갔다. 그리고 미리 식료품점에서 사둔 빵과 수통 몇 개를 건네주었다. 죽어라 인상을 쓴 것은 헨델이었다.

"뭐? 여기서 허수아비를 치고 있으라고? 미쳤어?"

"허수아비만 치면 된다는 말이군. 알았다."

반응은 극명하게 나뉘어졌다. 계속 이런 식으로 반항이 계속될 시 잘못하면 용병이 돈을 떼먹고 도망가는 경우가 생기기도 했지만, 지금으로서는 어쩔 수 없었다. 당장 퀘스트 하나를 수행하면 하급용병이 될 수 있지만 아직은 그럴 여유가 없었다.

레벨 1부터 잘 키워낸 용병은 후에 큰 도움이 된다. 같은 중급, 상급의 용병이라도 골드를 지불하고 고용한 용병과 레벨 1부터 키워서 중급 이상으로 만든 용병 사이에는 실력의 격차가 제법 컸다. 그럼에도 불구하고 유저들이 용병을 키우지 않는 것은 그만큼 관리가 귀찮고 버겁기 때문이었다. 리얼리티를 강조한 게임이다 보니 유저가 로그아웃한 상황에서도 용병들은 게임 속에 남아 있게 되고, 그사이에 죽을지도 모르는 것은 물론이고 어떤 사고를 쳐댈지도 알 수 없었다.

수련은 툴툴거리면서도 허수아비를 치는 헨델과 침착하게 허수아비를 공격하는 실반을 바라보며 묵묵히 한숨을 쉬었다. 그리고 비교적 말 잘 듣는 실반에게 살짝 귀띔을 하는 것도 잊지 않았다.

"이봐, 실반. 혹시 헨델이 게으름을 피우면 단단히 혼내주라고."

"알겠습니다."

믿음직한 실반의 대답을 들은 수련은 내심 안도하며 수련장에서 발걸음을 돌렸다. 이제 수련은 그를 만나야 한다.

언덕을 에둘러 불어오는 바람에는 바다의 냄새가 깃들어 있었다. 페르비오노가 바다와 인접하고 있기 때문일까. 수련은 약간의 소금기가 남긴 잔향에 취해 멍하니 지는 황혼을 바라보고 있었다.

"일은 끝났나?"

고개를 돌리자 그곳에는 싱글거리는 아크가 서 있었다. 단 한순간도 표정에서 웃음을 떼어놓지 않는 그를 보며 수련은 꼭 가면 같은 얼굴이라고 생각했다. 고개가 살짝 움직임과 동시에 아크의 말이 이어졌다.

"내가 이곳에 있는 이유는 말 안 해도 잘 알겠지?"

남자의 표정은 대답을 구하고 있었다. 그리고 수련은 그 대답을 알고 있었다.

"저에게 뭔가를 가르쳐 주시려는 겁니까?"

"그래."

수련은 자존심이 상했다. 그딴 도움, 받지 않아도 이겨 나갈 수 있다고 말하고 싶었다. 그러나 가슴은 그렇게 말하더라도 냉철한 머리는 현실을 직시하고 있었다.

주는 도움은 받는 편이 좋다.

나훈영 때만 해도 그렇다. 그가 가르쳐 준 스킬은 그가 가지려던 멀티웨포너의 그것을 훨씬 상회하는 수준의 것이었다. 그럼에도 불구하고 히든 클래스인 멀티웨포너로 전직하지 못했다는 것에는 상당한 아쉬움이 남았다. 전직하지 못한다고 해서 전체 계획이 틀어지는 것은 아니었지만, 그래도 멀티웨포너로 전직하기 위해 미리 준비해 뒀던 사항이 많았던 것이다. 그러나 이미 주사위는 다른 눈을 목표로 던져졌고, 눈의 개수는 어긋나지 않았다.

"배우기 싫은가?"

사내는 표정없는 눈으로 수련을 바라보고 있었다. 나훈영 때와는 달랐다. 반드시 그에게 뭔가를 가르쳐야겠다든가, 뭔가를 가르쳐 주고 싶다든가 하는 열망은 보이지 않았다. 그는 그저 표정없는 눈으로 수련을 응시할 뿐이었다.

참자. 배워야 한다.

수련은 자존심을 꾹꾹 눌러 담아 가슴의 한 켠에 밀어 넣고는, 나직하지만 힘있는 목소리로 말했다.

"배우겠습니다."

훈련이 시작된 날, 아크는 검날을 손질하며 잔뜩 긴장해 있는 수련을 향해 고저없는 목소리로 물었다.

"나훈영에게 환검을 배울 때 어느 손으로 배웠지?"

"예? 딱히 어떤 손을 주로 사용하지는……."

"나를 향해 검을 휘둘러 봐."

"예?"

수련이 어리둥절한 표정으로 우물쭈물거리기만 하자 남자가 답답하다는 듯 외쳤다.

"나를 향해 환검을 사용해 보란 말이다! 오른손, 왼손 각각 한 번씩!"

그 말에 수련은 검을 움직이기 시작했다. 유려한 궤적을 따라 흐르는 화려한 검격! 지난 남자와의 대련에서 수련의 일루전 브레이크는 한 단계가 성장하여 이제 여섯 개의 검상을 만들어낼 수 있게 되었다.

남자는 빠른 쾌검으로 궤적의 허리를 뚝뚝 끊어내며 검공을 막았다. 여전히 환상적인 발검술이었다.

"앞으로 환검은 오른손으로만 사용해."

"왜죠?"

수련의 공세가 멎고 남자의 쾌검이 다시 회수되자 수련은 의아하게 되물었다. 남자의 대답은 간단했다.

"오른손이 더 익숙하니까. 왼손은 이제부터 쾌검만 쓰도록 해."

양손에 두 종류의 검술을 다 익히면 더 좋지 않으냐는 수련의 말에 남자의 대답은 이러했다.

"그냥 시키는 대로 해. 다 이유가 있으니까. 그리고 왠지 한 손에 하나의 검술만을 익히는 편이 더 멋있지 않나? 숙련도 손에 맞춰서 더 잘 올라갈 테고 말야."

이 사람도 낭만주의자일까? 수련은 몰래 입술을 비죽였다.

아크는 자신이 가르칠 검이 쾌검이라고 말했다. 쾌검 중에서도 극쾌(極快)를 논하는 검. 사실 예상했던 바다. 그의 검은 빠르기를 위주로 편성되어 있었으니까. 검식의 이름은 섬광검이며, 총 세 종류의 스타일로 이루어져 있었다. 아니, 정확히는 스타일이 아니라 초식(招式)이라고 해야 옳은 표현이었다. 초식의 이름은 각각 다음과 같았다.

제일초(一招) 섬광영(閃光影).
제이초(二招) 섬광포(閃光砲).
제삼초(三招) 폭풍섬광(暴風閃光).

"이건 뭐… 완전히 섬광 도배군요."

아크는 수련의 말을 못 들은 척 이야기를 시작했다.

"남부 국가에 대해 들어본 적이 있나? 정확히는 동남부라고 해야 옳은 표현이겠지만."

남부 국가라면 브룸바르트 제국이나 신성국가 라노르를 말하는 것일까? 수련은 고개를 저었다. 그들은 중남부에 속한다. 동남부라면…….

"후(后)를 말하시는 겁니까?"

"그래. 정확히는 후와 율(慄)이지. 알고 있긴 한가 보군."

아크는 제법이라는 표정으로 보이지도 않는 눈매를 찡긋거렸다. 수련은 속이 더부룩해졌다.

그룬시아드는 특이하게도 하나의 대륙을 두고 크게 두 개로 양분할 수 있었는데, 로드 플레인을 끼고 대륙 공용어를 사용하는 브룸바르트 제국을 비롯한 국가들과 남부 공용어를 사용하는 후와 율이었다. 사실 남부 국가들의 땅덩어리를 다 합해도 브룸바르트 제국 하나에 미칠까 말까 한 수준이었으나, 그런 남부 국가들은 수천 년이 지난 지금까지도 점령당하지 않고 불굴의 요새로 내륙의 강력한 국가들에 대적하고 있었다.

그 이유 중의 하나는 로드 플레인을 비롯해 대륙의 금역 중

하나에 들어가는 요정산맥—혹은 요정의 숲—이 중앙 대륙과 동남부 대륙을 연결하는 육로를 메우고 있기 때문이었다. 동남부에서는 금오산(金烏山)이라고 칭하는 이 산은 기괴한 몬스터들이 나타날 뿐만 아니라 항상 안개로 둘러싸여 있어서 길을 찾기가 용이치 않았다.

"이 검술, 동남부의 것이군요."

"그래. 그리고 나도 동남부에서 왔지. 왜, 동남부의 것이라니까 배우기 싫은가?"

수련은 고개를 저었다. 정작 수련이 놀란 것은 그 때문이 아니었다.

동남부의 유저가 벌써 이곳으로 넘어왔다는 것.

수련이 클로즈 베타 테스트 때 체감해 본 결과로는 금오산, 그러니까 요정산맥을 넘기 위해서는 최소한 마스터 레벨이 되어야만 한다는 계산이 나왔었다. 수련이 대륙에서 유일하게 가보지 못한 몇 안 되는 곳 중의 하나가 동남부 국가였던 것이다.

아직 론도가 오픈한 지 한 달이 채 지나지 않았다. 그런데 요정의 숲을 건너왔다고? 그렇다면 남자는 마스터 레벨이란 말인가? 수련은 그 가정을 부정했다. 딱 잘라 말해서 불가능하다. 남자의 레벨은 아무리 높게 쳐주더라도 8.

즉, 소드 익스퍼트 하급에 불과할 것이다. 마스터 레벨인 15까지는 한참의 격차가 있는 레벨이다.

게다가 마스터 레벨이 등장하면 분명 공지가 뜰 터인데, 아직까지 공지는커녕 소문도 들려오지 않았다. 게다가 인프라블랙에서도 아직 레벨 10 이상의 유저는 나오지 않았다는 말을 했다.

"당신……."

수련의 미심쩍은 눈길에도 남자는 그저 싱글거리고만 있었다. 전혀 속내를 짐작할 수 없는 눈이었다.

"아, 내가 어떻게 금오산을 넘어왔는지 궁금한 모양이로군?"

남자가 정확히 자신의 속내를 꿰뚫자 수련은 얼굴이 붉어졌다. 그는 표정 관리에 애쓰며 고개를 끄덕였다. 남자는 수긍하는 표정이었다.

"그럴 만도 하지. 결론만 말하자면 난 금오산을 건너지 않았어."

"그럼 텔레포트라도 한 겁니까?"

수련은 자기도 모르게 비꼬는 어조로 입을 열었다가 후회가 엄습하는 것을 느꼈다. 텔레포트라니, 얼마나 바보 같은 발상인가.

"알다시피 요정의 숲을 둘러싸고 있는 안개 탓에 동남부 국가와 중앙 내륙 사이에는 텔레포트가 불가능하지. 하지만 꼭 육로로만 다니라는 법이 있나? 나는 해로를 이용했어. 바람해역의 남부 해로를 타고 후의 동쪽 선착장에서부터 북쪽으로 쭉 올라왔지. 그 결과 이온 공국에 도착했고, 위로 계속 북상하여 페르비오노까지 오게 되었네. 이만하면 대답이 되었는가?"

과연, 납득할 만한 말이었다. 해로를 이용했다면 충분히 가능한 이야기다. 그러나 완전히 의구심을 지울 수는 없었다. 여전히 찜찜한 부분은 남았다.

마치 이야기가 퍼즐 조각처럼 딱딱 맞아 들어가는 느낌이었던 것이다. 누군가가 정교하게 조작한 퍼즐처럼 한 조각씩 완성을 향해 다가가는 예정된 수순.

다음 순간 마음 한구석에 번진 것은 미약한 두려움이었다. 이 남자는 단 한순간도 낭비하지 않고 달려온 그보다도 훨씬 강하다. 게다가 그를 가르치기 위해 이 자리에까지 미리 와 있었다. 그만큼의 강함을 가진 것은 비단 그뿐만이 아닐 것이다. 마에스트로 마태준도, 다른 프로게이머들도 정상의 자리를 놓고 치열한 달리기를 계속하고 있을 것이다.

"당신도 프로게이머인가요?"

수련은 나훈영과 마태준을 한 번씩 떠올리며 문득 생각난 질문을 던졌다. 남자는 천천히 고개를 저었다.

"나는 그런 것엔 관심없어. 꼭 프로게이머만 게임을 하라는 법도 없잖아?"

남자의 말이 옳았다. 일반인 중에도 프로게이머 이상의 준비와 그 이상의 재능을 겸비한 사람이 드물지만 분명 있을 것이다. 하지만 일반인과 프로게이머 사이에는 분명 격차가 존재한다. 게임에 임하는 자세가 다른 것이다. 수련은 마음을 다잡기 위해 노력했다.

"질문은 이제 끝났나?"

"아, 네?"

생각에 잠겨 있던 수련이 반사적으로 답문하자, 남자가 쓰게 미소 지으며 말했다.

"잡담은 여기까지 하고, 이제 슬슬 훈련을 시작해야지?"

아크와의 훈련 중 절반은 대전으로 점철되어 있었다. 선제공격으로 인해 둘의 아이디가 붉게 물드는 것은 일상 다반사였고, 단 한순간도 쉴 틈을 주지 않고 날아오는 쾌검 때문에 수련은 찰나의 휴식도 취할 수 없었다.

물론 죽을 정도로 대련하지는 않았다. 캐릭터의 목숨은 총열 개. 열 개를 모두 써버리면 캐릭터는 삭제된다. 최근 레볼루셔니스트가 게임의 상업성을 고려하여 현금으로 목숨을 살수 있도록 캐시 제도를 도입한다는 루머가 돌고 있긴 했으나사실인지 아닌지는 알 수 없었다.

대련을 제외한 시간에는 종종 이상한 설전—이라고 하기도 참묘하지만—이 벌어졌는데, 그 설전이란 건 대략 이런 식이었다.

"믿음이란 게 중요해. 너는 직선이 제일 빠른 이동 경로라고생각하나?"

아크는 '너'와 '자네'란 말을 자주 혼용해서 쓰곤 했는데, 처음에는 어쩐지 껄끄럽던 그의 말투도 시간이 지나자 금방적응이 되었다.

"그럼 곡선입니까?"

"말대답하지 말고."

수련은 잠시 생각했다. 빙글거리는 아크의 표정은 수련으로 부터 독특한 뭔가를 기대하고 있는 듯했다. 그가 과연 자신의 기대를 충족시켜 줄 수 있을 것인가?

눈빛을 받은 수련은 조금 들뜬 감상에 잠겼다. 왠지 그에게 인정받고 싶었던 것이다.

직선. 직선은 분명 가장 빠른 최단 경로다. 직선보다 더 빠른 것? 그런 건 없다. 직선보다 더 빠른 것이라면⋯⋯. 수련은 토대가 되는 직선 그 자체에 착안하기로 했다.

"직선을 능가하는 직선, 뭐, 그런 걸 말하는 겁니까?"

"가장 완벽한 직선(直線)."

아크가 수련의 말을 정정했다. 그다지 만족스러운 표정은 아니었다. 수련은 조금 실망했다.

"물론 그 말도 틀렸다고는 할 수 없지. 검이란 건 원래 찰나를 앞서면 이기는 거야. 직선은 직선이되 가장 완벽한 직선이다⋯⋯. 하지만 그건 어떤 의미에서 가장 기초적인 것에 불과해. 선은 쾌검의 제1단계를 말하는 것이니까. 직선은 어디까지나 직선일 뿐, 웬만한 자라면 피하거나 막아낼 수 있어. 네가 내 일격을 막아냈듯이."

"1단계라고요? 그럼 2단계는 뭡니까?"

"1단계는 직선, 그리고 2단계는 점이지."

점? 수련은 순간 아크의 눈 밑에 새겨진 자그마한 점을 보았다. 아크가 핀잔을 주었다. 그 점 말고.

"그럼⋯⋯."

수련의 표정이 기괴하게 변했다. 점. 말도 안 되는 이야기다.

"점에서 출발해서 점에서 끝난다. 점이야말로 모든 것의 근원이자 마지막이지. 점이야말로 쾌검의 제2단계야. 직선을 줄이고 줄이고 또 줄여서 마침내 점이 되었을 때, 그 일격은 어지간해선 피할 수 없는 진정한 쾌검의 모습으로 변화하지."

"무슨 말입니까, 그건? 여긴 2차원이 아니라 3차원이라고요."

"3차원이든 4차원이든 내 말은 생각이 중요하다는 거야."

아크는 여전히 빙글거리는 표정으로 톡톡 쏘아붙였다. 수련이 작게 한숨을 내쉬었다. 어쩌면 이 남자의 뇌는 4차원일지도 모른다.

"쾌검의 마지막 3단계는 무야."

"무?"

아크가 웃음을 잃지 않은 채 살짝 인상을 찡그렸다.

"그 무 말고, 무(無)."

"그게 그거 아닙니까?"

"다르다고."

수련이 입술을 비죽이자 아크가 웃었다. 무척 소담스러운 웃음소리였다. 아크는 조금 골몰하더니 이내 입술을 살짝 깨물 듯 털어냈다.

"뭐, 지금 말해봐야 잘 모르겠지. 어차피 뜬구름 잡는 이야기니까. 아무튼 그런 게 있다는 것만 알아둬."

수련은 매일 검을 휘둘렀다. 안쪽에 무거운 철심을 집어넣은 목검이 그의 무기였다. 목표는 나무 위에 대롱대롱 매달린 솔방울. 정확히 솔방울의 한 치 앞에서 검을 멈추어내는 것이 그의 과제였다. 시간이 지날수록 솔방울과 검의 도달점의 간격이 점차 좁혀지는 방식이었다.

"이거, 도움이 되긴 됩니까?"

아크와 있으면 자기도 모르게 말이 퉁명스러워졌다. 어쩐지 용병 헨델의 기분이 이해될 것만 같은 느낌. 아크는 그런 그에게 늘 모호한 미소로 답할 뿐이었다.

"도움 안 될 것 같으면 그만두던가."

어쩐지 잔인한 미소였다. 알다시피 그런 눈빛을 받으면 오기로라도 더 열심히 하게 되는 것이 인간이다. 수련은 왠지 지는 느낌이 들어서 괜히 못 들은 척했다.

—체력이 증가했습니다.

확실히 체력이나 민첩 증가에는 미미한 효험이 있지만, 이런 수련 과정이 과연 자신의 검을 빠르게 만들어줄지에 대해서는 의문이었다. 현재 수련의 목표는 쾌검의 제1단계에 들어서는 것.

가장 완벽한 직선.

조금의 굴곡도 없는 그 완벽한 선분을 검으로 그려내는 것.

아크의 조언대로 수련은 늘 왼손으로 쾌검을 연습했다. 오른손은 환검, 왼손은 쾌검. 양손으로 동시에 두 가지 검술을 자유자재로 펼쳐 내는 것이 그의 최종적인 목표. 클로즈 베타 테스트 때 세웠던 계획과는 미묘하게 어긋나고 있었지만, 이것도 이것 나름대로 괜찮다는 생각이 들었다.

'활이나 단검 마스터리를 포기하게 된 건 좀 아쉽지만, 어쩔 수 없지.'

간단한 활질 정도는 나중에라도 서브 스킬로 배울 수 있으니까 괜찮겠지 하고 스스로를 위로한 수련은 지금은 검에만 몰두하기로 마음먹었다.

페르비오노의 변경 마을인 '리저브(Reserve)'에 도착하고 난 후, 수련의 눈길을 가장 끌었던 것은 싼값에 고용한 두 용병도 아크도 아니었다. 조금 민망하긴 하지만 다른 어떤 것보다 궁금증을 유발시킨 것은 한 소녀였다.

소녀의 이름은 서지아. 아크의 외사촌 동생이었다. 그녀에게 처음 관심을 보이기 시작한 계기를 든다면… 그래, 그 이야기를 예로 들 수 있겠다.

그날, 소녀는 자신의 조그만 손이 품고 있던 노란 생명체를 꺼내 보였다.

"오빠, 이 병아리 지아가 치료해 줬어요. 잘했어요?"

"그래, 잘했어."

"헤헤."

처음 그 광경을 본 수련은 조금 기가 막혔다. 다친 병아리라고 해봐야 NPC에 불과하다. 그런 걸 간호해 줘봐야 무슨 소용이란 말인가. 그건 생명체가 아니다.

그러나 다음 순간 수련은 자신 또한 그 소녀와 마찬가지였을지도 모른다는 생각에 사로잡혔다. 부족 퀘스트의 마지막. 한 오크와 헤어지던 그 순간에 수련 또한 NPC에게 미안한 감정을 표현했던 것이다.

바보 같다.

말 그대로였다. 정말 바보 같게도 수련은 생물의 기준을 바꿔야 하는 것이 아닌가 하는 생각까지 하게 되었다. 한낱 그래픽 덩어리가 생각을 하고 감정까지 느낀다면 그건 생물이라고 불러야 할까, 아니면……?

수련은 자신의 머리를 복잡하게 만든 소녀를 혼란스러운 눈길로 바라보았다. 대체 저 순수는 어디서 나오는 걸까? 작은 키와 앳된 얼굴로 봐서는 아직 중학생 정도밖에 안 되어 보이지만, 아크의 말에 의하면 소녀의 나이는 열아홉이었다. 고등학교 3학년이라는 얘기다.

그럼 학교에 가야 할 나이가 아닌가? 수련은 그에 관해서 아크에게 물어본 적이 있었다.

"지아는 학교에 안 다녀."

"왜죠?"

"음……."

다닐 수 없는 몸이거든. 아크는 그렇게 덧붙였다. 그리고 수련은 조금 놀랐다. 그녀의 이야기를 꺼내는 순간, 아크의 미소가 처음으로 특정한 빛깔의 감정으로 물들었던 것이다.

그것은… 분명 슬픔이었다. 수련은 그때서야 처음으로 생각했다. 어쩌면 남자의 저 미소는 웃고 있는 것이 아닐지도 모른다고.

소녀 지아와 조금씩 친해지기 시작한 것은 수련이 마을에 정착한 후 열흘가량의 시간이 흐른 후였다. 늘 아크의 뒤에 숨어 빼꼼히 수련을 본체만체하던 지아가 처음으로 수련에게 말을 건네온 것이다.

쉬익쉬익!

무섭게 허공을 가르는 목검. 그날의 스물다섯 번째 솔방울이 공중에서 산산조각나며 잔해가 비산했다. 쉬울 줄 알았던 수련은 열흘이 지난 지금까지도 제대로 된 진전이 이루어지지 않고 있었다. 보이지 않는 속도로 찌르고, 또 베고, 그 틈새의 찰나를 짚어 멈춰 선다. 완벽한 공수의 전환을 이루기 위해서는 반드시 필요한 훈련 과정.

"저……."

누군가가 듣기엔 너무도 가느다랗고 순진한 음성.

사실 수련은 오래전부터 이미 인기척을 느끼고 있었다. 누가 자신을 훔쳐보고 있다는 사실도, 나무 뒤에서 우물쭈물거리며 쉽게 나오지 못하고 있다는 사실도 알고 있었다. 그러나 괜히 샘솟는 짓궂은 마음에 그는 먼저 말을 건네지 않았다.

소녀는 조금 더 용기를 보태어 입을 열었다.

"저기……."

"음?"

수련은 그제야 아는 체를 했다.

내심 나도 능글맞은 구석이 있는 걸까. 그렇게 생각하며 돌아본 수련은 소녀의 순진무구한 얼굴을 보자 이상한 죄악감 같은 것에 빠져들었다.

"오빠가… 이거 가져다주라고 했어요."

빵이었다. 아크가 빵도 만들 줄 알던가? 수련은 가느다랗게 미소하며 받았다.

"고맙습니다."

망설이지 않고 한입 베어 물자, 달콤한 향이 입 안 가득 번졌다. 이럴 때는 환상적으로 감각을 구현해 낸 레볼루셔니스트에 괜히 감사의 인사를 전하고 싶어진다.

"아크가 만든 건가요?"

"지아가 만들었어요."

지아가 만들었다? 자신을 타자(他者)로 표현하는 그녀의 말투에 순간 의아함을 느꼈으나 수련은 고갤 끄덕일 타이밍을 놓치고 말았다. 침묵의 어색함이 비집고 들어오기 직전, 수련은 간신히 입을 열었다.

"아, 그렇군요."

소녀는 수련보다 네 살이 어렸지만, 아직까지 말을 놓지 못하고 있었다. 소녀도 수련도 결코 먼저 다가가는 성격이 아니었기 때문일까. 두 소심함은 서로 눈치를 보며 우물쭈물거리고 있었다.

눈부신 금발이 눈발처럼 내려앉은 백색의 사제복은 마치 미니스커트처럼 짧아서 하얗고 가느다란 다리가 햇볕 아래 드러나 있었다. 전투에 유리하게끔 재단한 옷 같았다. 광명의 루시온의 성 십자가가 그려진 백색의 상의를 보며 수련은 확신조로 물었다.

"사제이신가요?"

"아, 네……."

아름답다.

윈터 로즈 성하늘. 그녀가 어떤 의미에서 완성된 아름다움을 보여줬다면, 눈앞의 소녀는 덜 여문 풋사과 같은 매력이 있었다. 청초함, 그리고 더럽혀지지 않은 순수함. 부드러운 산들바람에 나풀거리는 귀밑머리를 쓸어 올린 소녀가 희미하게 웃었다.

수련은 자기도 모르게 빵을 한입 더 깨물어 먹었다.

"맛있… 네요……."

수련은 조금 떨리는 목소리로 말했다. 설마 그가 그런 말을 할 줄은 몰랐다는 듯 소녀의 얼굴에 미미한 홍조가 떠올랐다.

"고마워요."

소녀는 아기 사슴처럼 생긋 웃었다.

그 후로 삼 일 정도가 더 지나자 수련과 지아는 말을 놓게 되었다. 잘은 모르지만 수련과 친하게 지내라는 아크의 권고가 있었던 모양이다. 그가 왜 그런 성의(?)를 베푸는지는 알 수 없었지만, 수련은 이번에도 좋게 생각하기로 했다. 뭐 어때, 세상일이란 게 다 그 모양이지 뭐.

"어때요? 맛있어요?"

"응, 맛있어."

"헤헤."

약간 일방적인 감이 있지만 말도 놓게 되었다.

지아는 매일 자그마한 두 손으로 빚은 새로운 빵을 수련에게 가져다주었다. 듣자 하니 생활 스킬로 요리를 올리고 있었다고 한다. 매일매일 수련이 끝나고 언덕 너머로 태양이 저물 때면, 지아는 늘 수련의 곁에 찾아와서 검술 연습을 구경하곤 했다.

하루, 이틀, 사흘……. 날이 더해갈수록 수련에 대한 지아의 경계도 조금씩 풀어져서 이제 둘은 제법 많은 대화를 나눌 수 있게 되었다.

경계가 녹아 없어지는 것을 느낀 것은 비단 지아만이 아니었다. 수련 또한 마찬가지였다. 게임을 시작하고 나서, 언제 이토록 잔잔한 대화를 나눈 적이 있었던가.

"그때는 왜 그렇게 숨었던 거야?"

"그게……."

지아는 낯을 많이 가리는 타입이었다. 대인기피증(對人忌避症). 어찌 보면 평범하게 들리는 그 병명이 지아에게 있어서는 꽤나 골치 아픈 것이었던 모양이다.

지아의 외사촌 오빠인 아크는 그래서 지아에게 론도를 소개시켜 줬다고.

"그래서 게임을 시작한 거야?"

"네… 마침 오빠가 재미있는 게임이 있다고 해서… 그게, 게임은 많이 해보지 못했지만 그래도…….."

지아는 말끝을 얼버무리며 유아무야 말을 끝내는 버릇이 있었는데, 그럴 때마다 귀엽게 입술이 솟아오르곤 했다. 수련은 그런 그녀의 모습을 보는 게 좋았다.

"꼭 게임일 필요는 없을 텐데…….."

수련은 조금 씁쓸했다. 사실 게임이란 게 해소시켜 주는 외로움이나 만족감 같은 것은 일시적인 것에 불과하다. 게임은 단지 게임일 뿐. 수련은 지금까지 그렇게 생각해 왔다. 늘 그렇지만 게임보다는 그 기반이 되는 현실이 더 중요한 것이다. 어떻게 보면 지금 수련이 게임을 하는 이유도 그런 현실을 되찾기 위해서이니까.

현실을 되찾기 위해서.

지아는 하늘을 보고 있었다. 청명, 쾌청, 혹은 맑음. 어떤 단어로도 쉽게 형용할 수 없을 그 푸르름이 지아의 눈동자에 담겨 있었다. 수련은 자기도 모르는 사이 살짝 입술을 벌린 채 그녀를 응시했다. 그것은 귀엽다거나 순수하다는 말로 표현할 수 있는 광경이 아니었다. 그래, 그것은 인간이 그리는 감정의 궤적을 넘어선 어떤 신성함이었다. 가만가만히 멜로디를 흥얼거리던 소녀의 입이 천천히 열린다.

"그렇지만… 여기서는 달릴 수 있는걸요."

"뭐?"

수련은 망연히 되물었다. 그러나 그가 무슨 말을 했는지, 또 그녀의 말이 무슨 뜻인지 자세히 묻기도 전에 지아가 발딱 일어섰다. 그리고는 달리기 시작했다.

초원을 달린다.

뉘엿뉘엿 넘어가는 풀잎 사이를 달린다. 짙은 녹빛이 아롱대고, 아늑한 볕이 소녀의 어깨 위를 감싼다. 마치 한 폭의 그림처럼 수련은 언덕 위에 가만히 앉아서 지아를 지켜보고 있었다.

소녀는 달리고 있다.

수련은 이상하게 슬퍼졌다. 열심히 달리는 소녀의 모습을 본다. 간혹 넘어지기도 하고, 숨을 몰아쉬기도 하고, 힘들어서 잠시 무릎에 손을 짚기도 하면서도, 끝내는 다시 일어나 아크가 만들어준 밀짚모자를 고쳐 쓰고는 달리기 시작한다. 사제복이 땀에 얼룩지고, 매끈하고 하얀 턱에 땀방울이 흘러도 아랑곳 않고 달리고 달리고 또 달린다.

왜 달리는 걸까.

의문의 종적 끝에서, 목소리가 들려온다.

"이상한가?"

인기척을 느끼고 있었기에 놀라지는 않았지만, 그는 아크의 말에 동조하고 말았다.

"왜 달리는 거죠?"

솔직한 감상을 말하자면 처절할 정도다. 달리는 소녀의 몸짓에서는 생동감이 느껴지고 있었다. 여기 있다는 기쁨, 달리고 있다는 행복감. 살아 있다, 살아 있다, 여기에 살아 있다…….

하지만 그런 모든 것을 감안하고서도 소녀의 모습은 슬펐다. 아크는 아무 말도 하지 않았다. 삐뚜름하게 입에 문 풀피리에서 잔잔한 반주가 흐르더니 이내 노래가 되었다.

마치 최면 같은 청량감 넘치는 음색. 수련은 운율에 몸을 맡겼다.

새하얀 금발, 흔들리는 귀밑머리.
아득한 녹빛의 언덕을 달리는 작은 소녀.

무엇을 위해…….

삶? 휴식? 아니면 사랑하는 사람?
그 어떤 이유도 충분치 않기에 소녀는 달리네.
온 힘을 다해 달려나가네.

노란 밀짚모자를 고쳐 쓰고
간혹 돌부리에 걸려 넘어져도 소녀는 지지 않네.

소녀에겐 어떤 이유도 필요치 않고
이유가 필요없기에 소녀는 의미를 만들지 않네.
그녀의 이름은 작은 소녀.

아득한 녹빛의 언덕을 달리는 작은 소녀.

수련은 조금 놀란 목소리로 말했다.
"…음유시인이었나요?"
아크는 그저 웃고 있었다. 조금은 느끼하고, 때로는 얄밉다고 느껴졌던 그의 미소가 처음으로 아름답게 보였다. 그곳에서 그는 정말로 웃고 있었다. 그것은 어떤 의미에서 최초(最初)의 웃음이었는지도 모른다.
새근발딱거리는 숨소리. 소녀는 앙감질 치며 다시 자리로 돌아왔다.
"바보 같죠, 저?"
수련은 웃지 않았다. 웃을 수 없었다. 세상 그 어느 누가 지금의 그녀를 보고 웃을 수 있을까. 소녀는 손을 내밀었다. 그것은 갑작스러웠음에도 불구하고 전혀 경박하지 않았다.
"같이… 달리시겠어요?"
수련은 소녀의 손을 잡았다. 이유는 필요치 않았다. 그리고 소녀와 함께 초원을 달리기 시작했다. 자리에서 일어난 순간, 수련은 순간적으로 아크 쪽을 돌아보았으나 그곳에 이미 그는 없었다.

간헐적으로 씨근거리는 숨소리가 잦아들고, 초원에 적요가 찾아온다. 세상이 새파랗다.
"아빠 같은 사람이에요."

여전히 아크의 모습은 찾을 수 없었다. 늘 그런 사람이니까, 수련은 그 사실에 조금 안도했다. 초원에는 오직 지아와 수련 만이 남아 하늘을 보고 있었다. 구름 한 점 없는 맑은 하늘. 수 련은 가만히 눈을 감았다.

이 순간이 영원히 지속되었으면 좋겠다고, 처음으로 생각했 다.

"아크가?"

지아는 고개를 살짝 끄덕였다. 수련은 눈을 감고 있어서 그 모습을 볼 수 없었다.

이상하게 아크의 이야기가 나올 때면 기분이 착잡해진다. 그는 충분히 지아를 위하고 있다. 그녀를 위해서라면 목숨이 라도 내놓을지 모른다. 수련은 그런 느낌을 받았다.

"널 좋아하는 게 아니고?"

"무슨 말씀을……. 아빠가 딸을 좋아하는 경우가 어디 있어 요?"

가냘픈 웃음소리가 바람 속에 녹아 흩어진다. 순간 바보 같 게도 수련은 다음과 같은 질문을 하고 싶어졌다.

그럼… 나는?

나도 아빠 같은 사람인가?

숨골을 스치는 바람에 심장이 차갑게 오그라든다. 간신히 떨어졌던 입술이 다시 닫힌다. 마치 영원히 열리지 않을 듯이. 문득 스친 두려움에 수련은 눈을 감은 채 몸을 부르르 떨었다. 감정의 격변을 다스린다.

그는 크게 심호흡하며 간신히 말을 삼켰다. 삼킨 문장은 심장 언저리에서 녹아 사르르 없어져 간다.

문득 시선을 돌리자 그곳에는 소녀의 깨끗한 눈망울이 그를 기다리고 있었다.

*　　　　*　　　　*

수련은 요즘 자신의 왼손에 관해 고민을 거듭하고 있었다. 최근 현실에서 왼손의 움직임이 상당히 원활해졌던 것이다. 게임 속에 비할 바는 아니지만, 그래도 예전에 비하면 믿을 수 없을 만큼 자유자재로 움직일 수 있게 되었다.

게임의 영향일까?

잠깐 스쳤던 생각에 수련은 멍한 웃음을 지었다. 아닐 것이다. 기획실장 스스로가 게임과 현실은 관련이 없다고 말했다. 하지만 그 말을 곧이곧대로 믿을 수 있는 것도 아니다. 왜냐하면 현실의 왼팔이 게임 속에서도 제대로 움직이지 않던 시절이 있었기에.

마치 왼팔을 현실과 게임 두 장소에서 공유하는 느낌이었다. 게임 내의 시스템 버그일지도 몰랐으나, 이내는 아무래도 상관없다는 생각이 들었다. 어쨌든 결과적으로는 수련 자신에게 이득이 된 것이기 때문이다.

어쩌면 론도에서 실패하더라도 게임 리그로 복귀할 수 있을지도 모른다는 희망이 조금씩 자라나고 있었다.

그러고 보니 왼팔 하면 떠오르는 것이 있다. 얼마 전 겪었던 PK단과의 전투. 수련은 분명 팔이 잘릴 위기에 몰렸음에도 팔이 잘리지 않는 현상을 경험했다.

'그건… 버그였을까?'

어쩌면 레볼루셔니스트에 메일을 보내보는 것이 좋을지도 모른다는 생각이 들었으나, 이내 고개를 저었다. 괜히 그런 걸 신고해서 버그라고 계정 압류라거나 그런 것을 당하면 곤란한 것이다.

커튼 너머에서 밤늦게까지 공부하는 여동생을 슬그머니 지켜보던 수련은 흐릿하게 웃으며 다시 드림 컨트롤러를 착용하고 수마에 잠겨들었다.

*　　　*　　　*

페르비오노 진입 보름째 되던 날, 수련은 훈련을 하루 쉬고서 리저브의 주점으로 찾아갔다. 주인장의 환대를 받으며 주점 내로 들어선 수련은 어색한 기색으로 주변을 훑었다.

'분명 오늘이 맞는데…….'

수련은 머릿속으로 빠르게 날짜를 계산했다. 그가 페르비오노에 진입한 것이 15일 전. 진입이 적어도 3일가량 지체되었으니 계획보다 3일을 앞당겨 일을 실행해야 한다.

수련은 주점 내부를 꼼꼼히 살피며 테이블마다 앉아 있는 NPC들을 꼼꼼히 살폈다. 험상궂은 표정의 거한, 판을 벌이고 있는 노름꾼들, 그리고 카운터에 앉아 있는… 중년의 검사.

찾았다.

"뭘 봐! 이 쥐새끼 같은 녀석!"

한 거한이 눈을 부라리며 바라보는 바람에 수련은 재빨리 시선을 돌렸다. 무서워서가 아니었다.

'저놈과 싸우게 되면 자동으로 주점 퀘스트가 발동된다. 아직은 때가 아니야.'

단지 계산을 하고 있었을 뿐.

수련은 표정을 관리하며 카운터 앞 의자에 앉았다. 주인이 다가오며 주문할 게 있는지를 물었다.

"페르비오노산 흑맥주 하나."

주인은 새삼스러운 눈길로 수련을 바라보더니 이내 고개를 끄덕였다. 그 과묵한 접대에 수련은 재빨리 말을 덧붙였다. 그 연기력이 가히 사극에나 나올 법한 수준이었다.

"참, 여기 이 친구한테도 한잔 시켜주시게."

그 말에 옆의 중년검사가 퀭한 눈으로 수련을 바라보았다.

연기하지 마.

수련은 속으로 뇌까렸다. 퀭한 눈 너머에 있는 날카로운 남자의 동공이 수련의 행색을 빠르게 관찰하고 있다. 두꺼운 입술이 천천히 열린다.

"누구지?"

"지나가던 행인."

중년검사는 관심없다는 듯 수련이 주문해 준 흑맥주를 벌컥

벌컥 마시며 시선을 돌렸다. 그러나 수련은 알고 있었다. 이미 저 중년검사 NPC의 머릿속에는 자신에 대한 생각으로 가득할 것이리라는 것을.

용병이란 그런 직업이다. 어떤 호의도 쉽게 용납해서는 안 된다. 시원시원하고 털털한 성격을 가져야 장수할 수 있는 직업이지만, 동시에 작은 친절에도 의심을 보내야만 살아남을 수 있는 직업이 바로 용병이다.

"용병인 모양이지?"

수련이 지나가듯이 물었으나, 중년검사는 답하지 않았다. 수련은 미리 외워뒀던 대사를 몇 번이나 속으로 되새겼다. NPC별로 지능의 수준은 천차만별. 특히 옆의 중년검사의 경우는 사람이라고 착각할 만큼 높은 지능을 보유하고 있다.

수련은 이미 클로즈 베타 테스트 때 옆의 용병에 대한 정보 수집을 모두 끝냈다. 검사의 이름은 슈왈츠 제네거. 용병의 난이 벌어지기 전 페르비오노 왕국의 근위기사 중 하나였으나, 근위기사단이 용병대에 의해 대체되어진 이후 실직하게 된 남자였다.

슬슬 시작하자. 수련은 마음속으로 문장을 정리하며 눈길을 주었다.

"슈왈츠 제네거, 용병 생활은 즐거운가?"

남자의 눈이 날카롭게 변하는 것은 한순간. 정신을 차렸을 때 이미 남자의 검은 그의 코앞에 있었다. 아크만큼은 아니지만 상당한 수준의 발검이었다.

"네놈은 누구냐? 나를 노리고 온 건가?"

수련은 속으로 식은땀을 흘리며 당당한 눈길로 검을 마주 보았다. 지금 수련의 전투력은 그의 발끝에도 미치지 못한다.

한 대라도 맞으면 즉사인 것이다.

"왼쪽 뺨 전체를 뒤덮은 십자 검상. 페르비오노의 근위기사만이 가질 수 있는 적십자가 새겨진 붉은색 다마스커스 소드. 눈을 완전히 뒤덮어 시야를 가린 금발. 그리고 무엇보다도 오른쪽 팔을 완전히 뒤덮다시피 한 화상."

수련은 차근차근 남자의 행색을 언급해 나갔다. 그리고 그의 말이 끝날 무렵, 남자는 자신의 소매 밑으로 삐져나온 오른 손등의 화상을 조심스레 감추었다.

"이걸 모두 보고도 페르비오노의 '황금 이리'를 알아보지 못한다면 용병 생활은 일찍 접는 게 좋겠지."

겨우 그 정도 정보로 사람을 알아보는 것이 거의 불가능에 가깝다는 것은 잘 알고 있었다. 그러나 수련이 열거할 수 있는 정보는 그게 전부였고, 나머지는 운에 맡겨야만 했다.

수련은 살짝 떨리는 손으로 흑맥주를 따라 벌컥벌컥 마셨다. 술을 좋아하지 않는 그였기 때문에 미약한 알코올의 향기가 코를 찌르자 숨이 막혀왔다.

그의 말이 이어질수록 남자의 적의는 차츰차츰 가라앉았다. 이윽고 수련이 흑맥주 한 병을 완전히 다 비우자 남자가 입을 열었다.

"나를 노리고 온 것이 아니로군……."

"같은 용병끼리 검을 겨누는 것만큼 멍청한 짓은 없지."

수련은 가슴을 쓸어내리며 말을 이어갔다. 이미 반은 넘어왔어.

"대륙을 떠돌고 있다고 들었는데, 용병단에게 쫓기는 건가?"

"아니, 그냥 떠봤을 뿐이야. 근위기사 직위를 박탈당하고 가문마저 사라진 만큼 어쩌면 일족을 멸하려 할지도 모른다는 생각이 들어서. 알다시피 페르비오노에서는 용병이 왕 아닌가."

"그렇군."

수련은 말을 받으며 미묘한 씁쓸함을 느꼈다. 이자는 NPC다. 자신이 그렇게 프로그래밍되어 있다는 것을 알지 못한다. 그럼에도 불구하고 그 허구의 사실에 슬퍼하고 있다. 수련은 감상에 젖으려는 자신을 재빨리 다스렸다.

"이 마을에는 왜 온 거지?"

수련의 질문에 처음으로 남자의 눈에 온기가 돌았다. 그 일을 물어봐 주기를 바랐던 것일까.

"딸을 찾고 있네."

—중년검사의 부탁 퀘스트가 발동했습니다.

됐다! 수련은 웃지 않기 위해 새삼 근엄한 표정을 지으며 사내의 말을 경청했다.

"상실력 616년에 벌어진 용병의 난 당시 나는 딸과 아내를 잃어버렸네. 아내는 집과 함께 불타 죽었지만, 딸은 집사의 도움 덕택에 살아남았다더군. 그동안 쭉 행방을 수소문해 왔네만, 수년이 지난 지금까지 딸의 행방을 찾을 수가 없었네. 지금쯤이면 벌써 아가씨가 되어 있을 터인데……. 얼마 전 로드 스트림 근처에서 내 딸의 모습을 봤다는 사람의 이야기를 듣고 여기까지 찾아오게 된 걸세. 물론 기대는 하고 있지 않네만, 죽기 전에 마지막으로 딸의 모습을 단 한 번만이라도 볼 수 있다면……."

[중년검사의 부탁] : 스페셜 퀘스트
난이도 : D급
시간 제한 : 한 달
설명 : 딸을 잃어버린 중년의 근위기사 슈왈츠 제네거. 그의 딸이 리저브 마을의 변경에서 발견되었다고 한다. 별로 가진 건 없어 보이지만 인심 쓰는 셈치고 한번만 도와주자!

승낙—자네의 심정을 이해하네. 내가 딸의 행방을 한번 수소문해 보지.
거절—사실 내게도 여동생이 있지만 이제는 별로 중요하지 않다는 생각이 들어.

D급의 퀘스트라면 어렵지 않게 수행할 수 있었다. 하지만 중년검사의 부탁은 별로 어렵지 않음에도 불구하고 스페셜 퀘스트로 정해져 있었다. 퀘스트는 일반 퀘스트와 하드코어 퀘

스트로도 나눠지지만, 일반 퀘스트와 스페셜 퀘스트로도 나누어진다.

일반 퀘스트는 한 유저가 여러 번 수행할 수 있는 반면, 스페셜 퀘스트의 경우에는 모든 유저를 통틀어 단 한 번밖에 수행할 수 없었고, 심지어 시간 제한까지 있는 경우가 허다했다.

"자네의 심정을 이해하네. 내가 딸의 행방을 한번 수소문해 보지."

한 달. 충분한 시간이다. 수련은 명쾌한 몸짓으로 고개를 끄덕였다.

페르비오노 왕국에 진입한 지 3주가 흘렀다. 여전히 동부 쪽에 진입한 유저는 보이지 않았다. 어쩌면 다른 마을을 통해 진입했는지도 모르지만, 아무튼 중요한 것은 이 마을에 도착한 사람이 보이지 않는다는 것이었다.

진입이 계획보다 조금 늦어지긴 했지만, 앞으로 한 달은 더 현 상태가 유지될 것이라 수련은 생각했다. 아니, 반드시 그렇게 되어야만 한다.

"오빠, 훈련 끝났어?"

산뜻한 미소를 입에 달고 도시락 바구니를 든 채 언덕을 올라온 소녀. 수련은 지아를 보며 웃었다.

"응, 오늘은 샌드위치야?"

"흐응, 일단 먹어봐!"

생긋생긋 웃는 소녀의 미소를 보고 있으면 먹지 않아도 배가 불렀지만, 수련은 만들어온 그녀의 성의를 생각해서 샌드위치를 맛있게 베어 물었다.

"맛있어."

기쁘게 웃는 소녀. 그런 소녀의 웃음을 보며 수련은 조금씩 두려워졌다.

자신이 이 소녀를 좋아할지도 모른다는 생각에, 그리고 언젠가는 이 소녀의 곁을 떠나야만 할 거라는 생각에.

부딪치는 검의 횟수가 많아질수록 손목이 저릿저릿해진다. 수련은 간신히 검세를 조율하며 수세에 몰린 상황을 타개하기 위해 애썼다.

"뭐 해, 마스터! 반격해, 몰아붙이라고!"

옆에서 용병 헨델이 악을 쓰며 응원을 해댔다. 수련은 이를 악물며 검을 내리질렀다.

할 수 있으면 벌써 했지.

아크의 쾌검을 간신히 비껴낸 수련은 재빨리 몸을 선회하며 가장 빠른 선을 찾았다.

섬광검 제일초(招)

섬광영(閃光影).

아크는 너무도 쉽게 섬광의 빛줄기를 피해냈다. 검이 보인다는 것도 신기하지만, 그걸 가볍게 받아넘기고 반격을 가해

온다는 것은 더욱 경악스러웠다.

대체 얼마나 강한 걸까 하는 경외감이 무럭무럭 솟는 사내.

수련은 상단을 찔러 들어오는 강한 검격을 느끼며 재빨리 몸을 숙였다.

이제 수련도 아크의 검을 어느 정도 보고 피할 수 있게 되었다. 쾌검은 단 한 번에 승부를 봐야 하는 검술. 수련은 아크의 경지가 적어도 점(點), 어쩌면 무(無)일지도 모른다고 생각했다.

현재의 수련으로서는 그 끝을 알 수 없었다. 분명 시작은 그와 같았을 텐데 이런 강함이라니, 너무 불공평한 것 아닌가.

"종종 의구심이 치밉니다. 당신이란 존재에 대해서. 당신은 유저가 맞습니까?"

"그럼, NPC일까?"

아크는 마치 그것이 대단한 농담이라도 된다는 양 소리 내어 웃었다. 어쩐지 비효율적인 그 웃음에 수련은 조금 의아해졌다.

"뭐, 사람이란 동물은 모두가 불가사의하지. 나도 자네가 신기하거든."

낮게 내리깔리는 웃음. 수련은 이제 마주 웃을 수도 있게 되었다. 아크에게 처음 느꼈던 강한 거부감은 시간이 지날수록 조금씩 미소 속에 조금씩 희석되어 갔다.

그리고 서른 번째 날, '선'이 완성되었다.

수련은 최단 직선의 투로(套路)를 그리며 정확히 솔방울 앞에 검을 멈출 수 있게 되었다. 아크만큼은 아니었지만 섬광영과 섬광포, 그리고 폭풍섬광을 제법 쓸 줄도 알게 되었다.

수련을 지켜보던 아크가 천천히 입을 열었다.

"이제 완벽한 직선은 그려낼 수 있게 된 것 같군. 내 훈련은 여기서 끝이야."

"3단계까지 가르쳐 주는 것 아니었습니까?"

"나훈영은 그렇게 가르쳐 주던가?"

아크의 눈웃음에 수련은 순간 말문이 막혔다. 나훈영이 그의 모든 것을 가르쳐 줬던가? 확신이 없었다. 그와 함께했던 시간은 한 달도 채 되지 않는다.

"기본은 이미 완성되었으니 나머지를 찾는 것은 자신의 몫이겠지."

훈련이 끝났다는 말에 뭔가 잠시 멍해져 있던 수련은 재빨리 정신을 차리고 물었다.

"참, 제 레벨이 벌써 7인데 아직도 직업이 없습니다. 나훈영 아저씨께서 당신이 알려주실 거라고……."

"글쎄, 계속 초보자로 사는 것도 나쁘지 않을 것 같은데?"

"장난 마시구요."

수련이 살짝 눈썹을 꿈틀거리며 되받아쳤다.

"사기적인 스킬을 두 개나 얻은 걸로는 부족한 모양이군."

"사기적이라고 하기에는……. 그리고 저도 원래 생각해 둔 방향이 있었습니다. 그쪽으로 계획을 진행했어도 지금보다는 더 강해졌을지도 모르지요."

수련의 말은 반은 맞고 반은 틀린 것이었다. 만약 수련이 멀티웨포너로 전직했다면 동 레벨대에 지금의 자신을 근접전으로 당해낼 수 없었을 것이다. 물론 멀티웨포너는 활이나 창 같은 비교적 리치가 긴 여러 무기를 자유자재로 다룰 수 있다는 장점이 있으니 승부는 어떻게 될지 알 수 없지만.

"레벨 10이 넘으면 페르비오노의 수도로 가봐. 아마 프란츠라는 NPC가 있을 거다. 뭐, 모르면 물어서 가면 되는 거고. 아무튼 그 녀석을 만나면 왜 지금까지 직업을 얻지 말라고 했는지에 대해서 알게 될 거야."

왠지 무책임한 말이었지만 수련은 속으로 그가 말한 정보를 기억하기 위해 애썼다. 이미 길은 정해져 버린 것이다.

아크는 서글서글한 눈매로 웃으며 풀을 꺾어 입에 물었다. 풀피리 소리가 아늑하게 감돌며 기분 좋은 향기가 은은하게 퍼진다. 챙을 꺾은 밀짚모자를 덮어쓴 아크는 그대로 언덕에 드러눕더니 모자를 끌어내려 눈을 덮었다.

"훈련이 끝났으니 오늘은 이야기나 할까?"

"왠지 당신답다는 생각도 들고, 당신답지 않다는 생각도 들고……."

수련은 아크의 곁에 조심스레 앉았다. 화젯거리가 쉽게 생각나지 않는지, 아니면 말을 고르는 것인지 아크는 쉽게 입을 열지 않았다. 뭐야, 남자끼리 마음의 대화라도 나누자는 건가, 하고 망상을 키우기 시작할 무렵 어딘가 모호한 질문이 터져나왔다.

"왜 게임을 하지?"

"차라리 왜 사느냐고 물어보는 게 낫겠습니다."

아크가 웃었다. 수련은 에라, 모르겠다라는 심정으로 팔베개를 한 채 그의 옆에 드러누웠다. 질문은 어떤 의미에서 본질을 가리키고 있었다. 아크는 바로 되물어왔다.

"그럼 왜 살지?"

"물어보라고 해서 정말 물어보는 사람이 어디 있습니까."

수련은 시큰둥한 목소리로 답했다. 하늘은 파랗다.

페르비오노에 진입한 후 단 한 번도 비가 내리는 것을 보지 못했다. 따뜻한 해양성 기후의 영향일까. 따뜻하게 내리쬐는 볕을 느끼며 수련은 나지막한 평화를 느낀다. 바람결에 기우는 들풀의 속삭임, 가끔씩 머리 위를 선회하며 날아다니는 새들의 노랫소리.

성의없는 대답에 화가 난 걸까, 아크는 약간 투덜거리며 말했다.

"참 어려워, 인간이란 건."

"갑자기 철학자가 되셨네요."

수련이 웃었다. 아크의 목소리는 진지했다.

"자넨 인간이 뭐라고 생각하나? 위선? 위악?"

"뭡니까, 그건?"

"난 성무선악설(性無善惡說)을 믿네."

수련은 고등학교 윤리 시간에 배웠던 이야기를 생각해 냈다. 맹자의 성선설, 순자의 성악설, 그리고 고자의 성무선악설. 다른 건 잘 기억나지 않고 그저 고자라는 이름을 보고 웃었던 기억이 났다. 그는 무엇을 믿었던가? 성선설? 성악설? 아니면 성무선악설?

아마 아무래도 상관없다는 생각을 했던 것 같다. 인간 본성이 다 무슨 소용인가.

"인간은 감히 악도 선도 그 어느 것도 될 수 없어. 인간이 행하는 악과 선은 오로지 위악(僞惡)과 위선(僞善)으로 점철되어 있을 뿐이지. 어느 것을 연기하든 결국은 처량한 무대 위의 가냘픈 배우에 불과해."

"어쩐지 그럴듯하네요."

수련은 아무 생각 없이 하늘을 바라보고 있었다. 이렇게 가만히 잔디의 감촉을 느끼며 누워 있으면 그저 망연히 하늘만을 보게 된다. 위선도 위악도 그다지 중요한 이야기가 아니게 된다.

하늘은 청명하다. 언제까지나 청명하다. 수련은 문득 물어보고 싶어졌다.

"인간이 위선과 위악뿐이라면 당신은 뭔가요?"

답변은 금방 들려오지 않았다. 자는 걸까? 숨소리가 일정한 걸로 봐서 그런 가능성을 배제할 수는 없었지만, 코 고는 소리는 들리지 않았다.

한참 만에 들려온 답변은 다음과 같았다. 정확히 말해 그것은 답변이 아니었다.

"글쎄, 자네는 뭔가?"

수련은 잠시 생각하다가 입을 열었다.

"전 그냥 저로 살 겁니다."

어쩐지 뜬구름 잡는 소리처럼 들렸다. 나오는 목소리의 톤도 일정하지 않았다. 하지만 수련은 계속해서 말했다. 그건 세기말을 가를 철학도, 길이 남을 명언도 아니었다. 그저 한 청년의 넋두리 같은 것이었다.

"위선, 위악, 그런 게 무슨 소용입니까. 나 자신도 연기하기 힘든데, 선이고 악이고……. 제게 그런 여유는 없습니다."

인간은 이기적이다. 이기적이기에 스스로를 지탱하는 것만도 힘겨움을 느낀다.

"당신은요?"

"글쎄."

그는 오래 뜸을 들였다. 뭔가를 생각하는 것인지, 고민하고 있는 것인지 자세한 것은 알 수 없었다.

"위악이겠지. 가능하다면 순수한 악의였으면 하지만."

놀라움일까. 수련은 순간 옆의 아크를 돌아보았다. 까끌까끌한 잔디가 뺨을 베고 지나갔다.

아크의 얼굴은 보이지 않았다. 어느새 완전히 덮어쓴 모자가 그의 얼굴을 가리고 있었기 때문이다. 가만가만한 목소리가 스며든다.

"왜, 이상한가?"

"뜻이 있으신 거겠지요."

수련은 별일 아니라는 듯 답했다. 아크는 그런 수련의 말을 듣고 가만히 침묵을 지키더니 찰나를 두고 다시 입을 열었다.

"옳지 않다고 생각하나?"

"당신의 이야기를 듣지 못했는데 어떻게 시시비비(是是非非)를 가리겠습니까. 그것이 어떤 것이든 다만……."

수련은 길게 뜸을 들였다. 인위적인 것이 아니었다. 다만 그럴 수밖에 없었을 뿐이다.

"달걀을 깨지 않고는 오믈렛을 만들 수 없는 법이겠지요."

"왠지 같잖은 비유로군."

"저도 그렇게 생각합니다."

옅게 웃는다.

다시 고개를 돌려 하늘을 본다. 수련은 천천히 눈을 감으며 모자 속에서 아크가 짓고 있을 표정을 상상해 보았다.

수련은 문득 생각난 듯 질문을 던졌다.

"혹시 앞으로도 저를 가르칠 사람이 남아 있는 겁니까?"

"타산지석(他山之石)이라는 말이 있지. 아는가?"

이 사람, 내가 고등학교밖에 안 나왔다고 무시하는 건가? 애초에 아크가 그런 일을 알 리 없었다. 수련은 아닌 줄 알면서도 내심 화가 치밀었다.

"대충… 다른 사람의 하찮은 말에서도 배울 것이 있다는 것 아닙니까?"

"제법이군. 학교 다닐 때 꽤 공부를 열심히 했나 보지? 프로 게이머들은 다 멍청한 줄 알았는데 말이야."

"그건…….."

프로게이머들을 매도하는 남자의 말에 수련은 기분이 팍 상했으나, 그래도 그걸 표정에 드러내지 않기 위해서 안간힘을 썼다. 누구에게나 선입견은 있는 법이다. 굳이 그걸 지적해서 고쳐 주려 한다면 그럴 수도 있겠지만, 수련은 일일이 사서 트러블을 만들고 싶지는 않았다. 귀찮다기보다는 효율의 문제다.

인간 관계란 늘 그런 것이다. 사람이란 동물은 뭔가를 배우고 싶어하지만, 늘 뭔가를 배우고 싶어하는 것은 아니다.

"세 사람이 여행을 떠나면 그중 한 명은 자신의 스승이라고들 하지. 꼭 나나 나훈영이 가르치는 것만이 가르침이라고는 볼 수 없어."

"그런 건 압니다만…….."

수련은 어색한 표정으로 말꼬리를 흐렸다. 당연한 이야기였지만 어쩐지 와 닿지 않았다.

"난 내일 떠날 거야."

"그럼…….."

수련은 질문을 하려다가 다시 목소리를 거두고 말았다. 물어볼 필요도 없는 것이다. 그녀도 함께 가겠지. 그러나 다음 순간 그의 입에서 나온 말을 수련은 믿을 수가 없었다.

"지아를 부탁하지."

"지아를 두고 갈 생각입니까?"

아크는 가볍게 고개를 끄덕였다. 수련은 망설였지만 끝내 입을 열지 않을 수 없었다.

"이유를… 물어봐도 되겠습니까?"

"삶에 늘 이유가 필요한 건 아니야. 우린 단지 선택을 할 뿐이지. 이 선택을 하고 저 선택을 하고… 후회하기도 하겠지. 단지 그러한 선택의 연속 속에서 나는 지아를 두고 가는 것을 택한 것뿐이야."

"지아는……."

기쁨과 슬픔이 교차로에 선다. 감각이 갈라질 때까지, 마음의 동요가 진정될 때까지 약간의 시간이 더 필요했다. 그러나 아크는 기다려 주지 않는다.

"지아가 왜 그렇게 달리는 걸 좋아하는지 들었나?"

뜻밖의 질문. 수련은 머리를 흔들었다.

"그렇군."

"왜 그렇게 달리는 걸 좋아하는 겁니까?"

아크가 웃으며 말했다.

"내가 왜 말해줘야 하지?"

마치 여동생의 비밀을 자기만 알고 있다는 것에 우월감을 느끼는 오빠 같은 그 웃음에 수련은 그만 피식 웃음을 터뜨리고 말았다.

"본인한테 듣도록."

수련은 아크의 표정없는 옆모습을 보며 그의 속마음을 짐작하려 애썼으나, 끝내 아무것도 알아내지 못했다.

아크는 마지막 순간까지 그 이상의 감정을 수련에게 열어주지 않았다. 형이라고 부르는 것도 허락하지 않았고, 말을 놓는 것도 허락하지 않았다. 마치 거대한 빙설처럼 그는 웃으며 떠났다. 그것이 그다웠다.

"오빠, 다시 올 거지?"

"응, 돌아올게."

지아는 아쉬운 표정으로 아크를 배웅했다. 게임이라서 그런지 이별의 슬픔은 덜한 모양이다. 현실에서 만날 수 있을 테니까.

두 남매의 이별을 지켜보던 수련은 자기도 모르게 가슴이 뭉클해지는 것을 느꼈다. 내 여동생도 저런 상황에 처하면 저처럼 자신을 배웅해 줄까?

지아는 아크의 손을 오래도록 놓지 못하더니 아크가 그녀의 머리를 쓰다듬어 준 후에야 간신히 손을 놓았다. 수련이 그녀의 작은 등을 토닥토닥 두드려 주었다.

"그럼 다녀올게."

아크는 가볍게 손사래를 치며 그들을 배웅했다. 끝까지 눈웃음을 잃지 않은 채로 마치 가면처럼 박힌 그 눈웃음에 수련은 자신도 모르게 가벼운 미소를 지었다.

헤어짐.

순간 기묘한 기분이 다시 한 번 스쳐 갔다. 나훈영과의 이별, 그리고 아크와의 첫 만남. 그때 받았던 감각이 다시금 가슴속에서 되살아나고 있었다.

마치 다시는 못 볼 사람 같은, 혹은 만나선 안 될 것 같은 괴이쩍은 불길함.

아크는 가는 내내 한 번도 뒤를 돌아보지 않고 곧장 걸어갔다. 마치 돌아보면 큰일 나는 사람처럼 오로지 걸어가는 것에만 집중하며 나아갔다.

수련은 언덕 너머로 멀어져 가는 아크의 뒷모습을 한참 동안이나 멍하니 지켜보았다. 그의 그림자가 능선 너머로 사라져 점이 되어 더 이상 보이지 않게 될 때까지 하염없이 그 자리에 못 박혀 있었다.

풀피리 소리가 희미해지더니 이윽고 들리지 않게 되었다.

허름한 밀짚모자를 벗어 던지자 남자의 탐스러운 금발이 흩어진다. 걷고, 걷고, 또 걷는다. 마치 종착역 없는 기차처럼 남자는 계속 걷기만 했다. 굽이쳐 흐르는 거대한 실개천이 남자의 앞을 가로막은 후에야 남자는 연료가 떨어진 양 천천히 멈춰 섰다.

"그만 나오도록 해."

누구를 향해 던진 말인지는 알 수 없었다. 그러나 남자는 그 누군가가 나오든 말든 상관없다는 듯이, 마치 자학하는 사람처럼 얼굴 가죽을 두 손으로 잡고는 거세게 잡아당기기 시작했다. 그런다고 얼굴이 뜯겨져 나올 리는 없겠지만, 그런데 남자의 얼굴은 처참하게 뜯겨져 나왔다.

그러나 한 방울의 피도 흐르지 않았다. 그것은 처음부터 가면이었다. 한 치의 빈틈도 보이지 않는 완벽한 인피면구(人皮面具).

스치듯 생각했던 수련의 망상은 들어맞았다. 남자의 얼굴은 정말로 가면이었던 것이다. 각인처럼 새겨져 있던 남자의 눈웃음이 뜯겨져 나온 그곳에는 상대방의 모든 것을 꿰뚫어 볼 듯한 광안(狂眼)이 자리 잡고 있었다.

침착하게 미친 사람. 소설에 빈번히 등장하는 표현을 인용하자면 남자는 꼭 그런 사람 같았다. 가는 숨을 토해낸 남자가 천천히 몸을 돌리자 온몸에 백포(白布)를 두른 한 사내가 무릎을 꿇은 채 그의 명령을 기다리고 있었다.

"백호, 대령했습니다."

남자는 말없이 고개를 끄덕였다. 그의 시선을 받는 것이 부담스러운 듯 백포인의 고개가 점점 밑으로 내려갔다.

"선을 넘지는 말도록 해. 네 역할은 지켜보는 것이다."

"예."

그렇게 의미 모를 말을 던진 남자는 시선을 하늘로 돌렸다. 그러나 남자는 하늘을 보고 있지 않았다. 남자의 시선은 그 텅 빈 공간 사이의 무엇인가를, 잡을 수 없는 어떤 허무 같은 것을 응시하고 있었다. 그제야 중압감이 걷힌 것일까. 백포인의 입이 천천히 열렸다.

"왜 아가씨를 그곳에 두고 오신 겁니까?"

그 말을 꺼내는 백포인의 붉은 눈동자에 미열이 감돌고 있었다. 그 기이한 열기를 눈치 챘는지 남자는 다시금 그에게 시선을 주었다.

"위험한 적일수록 가까이 두어야 하는 법이야."

"그가 위험합니까?"

"쥐도 궁지에 몰리면 고양이를 무는 법이지."

"아무리 그렇다지만 아가씨를……."

백포인의 말에 처음으로 남자의 안색이 변했다. 대기의 압력이 변하자 백포인의 몸이 잘게 떨렸다.

"내 마지막 배려 같은 거라고 해두지."

"고작 그런 녀석에게 그런 선처를 베풀 필요가 있습니까?"

시선이 부딪쳤으나 이번에는 백포인도 피하지 않았다. 때로는 두려움에 맞서서 말해야만 할 때가 있다는 것을 그는 아는 듯했다.

"백호, 너는 언제나 사람을 분석하려고만 하지. 하지만 모든 사람을 분석할 수 있는 것은 아니야."

"주군에게는 별로 어울리지 않는 말인 것 같습니다."

"그런가?"

구름이 흐르고 있었다. 고요한 숲길 사이로 가끔씩 짐승들 소리가 울려와 적막을 깨뜨렸다. 숨을 죽이고 흐르는 로드 스트림과 바람결에 흔들리는 나뭇잎 소리가 침묵의 깊이를 조절

한다.

"그래, 나도 그렇게 생각해. 하지만……."

남자, 한때는 아크라고 불렸던 그가 말을 잇는다.

"달걀을 깨지 않고는 오믈렛을 만들 수 없는 거지."

"그것도 주군답지 않은 비유이십니다."

"그래? 그 짧은 기간 동안… 어쩌면 녀석에게 옮았는지도 모르지."

너털웃음을 짓는다.

"그것도 주군답지 않은 말이십니다."

"주군답지 않다, 주군답지 않다. 의미없는 말은 생략하도록 해. 너는 나답다는 게 뭔지 알고 있나?"

처음부터 대답을 구할 필요가 없는 말이었다. 백포인은 아무런 말도 하지 못했다. 깊은 적요(寂寥)가 이어진다. 남자는 서서 하늘을 바라보고, 백포인은 무릎을 꿇은 채 그런 주군의 명을 기다렸다.

그때, 남자가 지나가는 어투로 입을 열었다. 싸늘한 말투였다.

"참, 내가… M이 뭐의 약자인지 가르쳐 줬던가?"

남자의 말에 백포인이 부복하며 말했다.

"가르쳐 주시지 않으셨습니다."

"그렇다면 특별히 가르쳐 주지. M은 바로……."

아크의 웃음이 기괴하게 변했다. 현실과 가상현실의 경계에 걸쳐진 듯한 불가해한 웃음. 슬픔, 공허, 기쁨, 마치 이 모든 감

정을 집합시켜 놓은 듯한 그 음성은 웃음소리 속에 섞여 가늘
게 울려 퍼졌다.

"모르모트(Marmotte)다."

EPISODE **007**
Mercenary

　나른한 아침 햇살이 기지개를 켬과 동시에 하루가 시작된
다. 남자는 거울을 보며 검은 정장을 반듯하게 갖춰 입고, 넥타
이를 조른 후 상의를 걸쳤다. 여느 때처럼 어김없는 완벽함이
그 단정한 복장 속에 갖춰져 있다.

　이런 남자들은 대개가 태어날 때부터 성분이 정해져 있었
다. 대기업의 아들이라든가, 혹은 부유한 집안에서 태어났다
든가 하는 것 말이다. 게다가 그들은 모두가 한결같은 과거를
안고 있다.

　남자의 입술은 그 말에 부정하려는 듯 기이하게 비틀리더니
이내 제자리로 돌아왔다.

　"가볼게."

마치 정확하게 그려진 선분을 보는 듯한 그런 남자의 입술에 어울리지 않게도 단출한 미소가 스쳤다. 단 한 사람에게만 허락된 미소를 받은 소녀가 환히 웃는다.

휠체어에 앉은 소녀. 어릴 적의 사고로 인해 영원히 걸을 수 없는 반신불수가 되어버린 소녀는 익숙해진 현실에 주저앉지 않고 더욱 환한 미소를 짓는다.

"또 와야 해, 오빠? 다음번엔 언제 올 거야?"

찰랑이는 백금발. 병의 영향인지 조금씩 새하얗게 물들어가는 소녀의 머리카락을 보는 남자의 눈이 착잡하게 물든다. 어쩔 수 없다. 체념의 빛이 스치는 것은 한순간. 이제 남자는 긴 준비를 해야 한다.

이별을 위한 긴 준비를. 하지만 인정하고 싶지 않았다. 아직 모든 것이 끝난 것은 아니다. 그걸 인정하는 순간, 그는 지는 것이다.

남자는 일부러 소녀의 질문에 답하지 않는다. 사실 답은 필요없는지도 몰랐다.

"학교 안 간다고 집에서 놀기만 하면 안 된다? 가정교사 선생님 말 잘 듣고 모르는 거 있으면 꼭 물어보고 해야 해."

"치! 지아, 애 아니야!"

소녀가 뾰루퉁하게 입술을 비죽이자, 남자가 잘게 웃었다. 어울리지 않는 미소였다.

"그래."

"게임에도 접속할 거지, 오빠? 수련 오빠랑 기다리고 있을게!"

수련이라는 어감에 남자는 순간 손을 멈칫거렸으나, 이내 아무 일 없었다는 듯 지아의 머리를 쓰다듬기 시작했다. 남자는 더 이상 몸짓에 의미를 부과하지 않는다.

"그래."

남자는 눈을 낮게 깔며 소녀의 부드러운 머리칼을 쓸어 넘긴다.

그녀는 아직 누군가를 떠나보낸다거나 누군가와 생이별해야 한다는, 다시는 만나지 못하게 된다는 감정을 잘 모른다. 남자는 그런 것들을 생각할 때마다 심경이 복잡해졌다. 언젠가 그런 날이 온다면 과연 그는 그녀에게 무엇을 해줄 수 있을 것인가.

"다녀올게."

남자가 할 수 있는 것은 그저 작게 웃어주는 것뿐이었다. 정말 그것뿐이었다.

*　　　*　　　*

텔레비전의 소음이 연기처럼 떠다니며 공백을 메우고 있었다.

여동생은 학교에 갔고 어머니는 가게에 가셨다. 수련은 따뜻해진 프라이팬에 계란을 깨어 넣은 후 재빨리 찬밥을 우겨 넣고 볶기 시작했다. 최근 들어 수련의 주식으로 등장한 계란 볶음밥이었다.

밥이 노릇노릇하게 볶이기 시작하자 불을 끄고 파를 썰어 넣은 후, 고추장을 한 숟갈 덜어 비비기 시작했다. 군침 도는 매콤한 냄새가 부엌의 허공을 떠돌았다. 그릇과 숟가락, 물한 잔을 작은 상에 얹은 수련은 집의 유일한 방인 거실로 향했다.

삐.

"최근 가상현실 게임 론도가 폭발적인 붐을 이루며 이에 시민들 사이에서는 게임 내의 특정……."

여자 앵커의 나긋나긋한 목소리가 스테레오를 통해 흘러나온다. 역시나 상당한 외모다. 요즘은 어느 방송을 틀든 메인에 미인을 내보내지 않는 방송이 없다. 아직 목소리가 지나치게 딱딱하고 안면 근육이 심하게 굳은 것으로 봐서 초보 앵커인 것 같았다. 앵커의 전문성보다는 외모로 시청률의 승부를 보겠다는 걸까. 수련은 점차 외모지상주의로 나아가는 현 세태에 조금 씁쓸한 기분이 되었다.

"현지에 나가 있는 성상현 기자 나와주세요."

곧 화면이 바뀌며 기자 하나가 등장했다. 제법 기자 행색을 갖추고는 있지만 입은 옷차림으로 보아 게임 속인 듯했다. 화면의 오른쪽 상단에 LIVE 표시가 떠올라 있는 것이 생방송 같았다.

"기자 성상현입니다. 저는 지금 유저들의 단체 시위 현장에 나와 있습니다. 유저들은 레볼루셔니스트 측과 게임 방송인 '집중토론 론도' 의 허위 사실 보도에 항의하기 위해 브룸바르트의 왕성 앞에 진을 치고 있습니다. 이번 사건은 최초의 가상 현실 시위로써……."

최초의 가상현실 시위는 뭔가 특별한 의미를 가지는 것일 까, 기자는 전문가들의 견해를 빌어 한바탕 일장 연설을 늘어 놓았다.

최근 게임 방송, 그중에서도 론도를 집중적으로 다루는 여 러 방송사들은 게임 방송 업계의 패권을 놓고 경쟁을 벌이고 있었다. 그중에서도 가장 스포트라이트를 받는 세 방송 간의 경쟁이 치열했는데, 지난번에 강용성과 마태준의 대결을 다뤘 던 MC 레아와 영돈이 담당하는 '론도, 이렇게 하면 나도 할 수 있다!' 와, 얼마 전 1인칭과 3인칭 시점에 관한 문제를 토의 했던 '집중토론 론도', 그리고 현재 방송을 내보내고 있는 일 종의 게임 뉴스인 '론도 스팟(Rondo Spot)'이 바로 주역이었 다.

"전에 방송에서 3인칭을 추천했던 프로게이머! 이 방송 보 고 있으면 똑똑히 봐라!"

사내가 자신의 거대한 두 손을 들어 주먹을 쥐더니 이내 가 운뎃손가락을 꼿꼿하게 폈다. 당황한 카메라맨이 뒤늦게 카메 라를 돌리자 땀을 삐질 흘리던 기자가 다시 브라운관을 차지 했다. 요즘 들어 어쩐지 방송사고가 잦은 듯하다.

"죄송합니다. 유저 분이 너무 흥분하신 것 같습니다. 다음 유저 분을 모셔보겠……."

기자의 말은 이어지지 않았다. 항의하는 유저들이 카메라를 덮친 것이다. 곧 화면이 뒤바뀌며 당혹해하는 앵커의 모습이 스크린에 떠올랐다.

"죄송합니다. 아무래도 현지의 상태가 너무 험악하여 도저히 취재할 여건이 못 되는 것 같습니다……."

아무래도 육감 스킬의 정체가 탄로난 것 같았다. 그 프로게이머가 거짓말을 했다고는 보기 힘들겠지만, 때로는 사실을 숨긴 것도 사람들에게 있어서는 일종의 허위로 받아들여지는 법이다.

수련은 채널을 바꾸며 자리에서 일어났다.

밥을 먹는 데 소모되는 시간은 약 5분. 게임 방송을 돌려보던 수련은 그릇을 비우고 설거지를 끝낸 후 큐브 앞에 앉았다. 웬 큐브냐고? 간단하다. 큐브가 집에 왔으니 큐브를 쓰는 거다.

얼마 전부터 수련은 드림 컨트롤러가 아닌 큐브를 이용해 게임에 접속하고 있었다. 딱히 접속상의 차이점은 느끼지 못하고 있지만 확실히 장점은 있었다. 게임 도중 건강을 염려해 종종 접속을 종료해야 하던 드림 컨트롤러와는 달리, 큐브의 경우는 지속적으로 몸을 움직여 주는 탓에 그런 귀찮은 행사를 생략할 수 있었다. 좁은 집에 이렇게 큰 게임기를 들여놓으면 어떡하냐는 어머니의 불평을 제외하면 모든 것이 괜찮았다.

아, 중요한 건 사실 그게 아닌지도 모른다. 역시 중요한 건 이 큐브를 누가 줬느냐 하는 문제겠지. 이렇게 말하니 꼭 추리소설 같긴 하지만, 사실 수련에게 이 비싼 큐브를 줄 사람은 한 사람밖에 없었다.

전 RF드래곤즈의 감독 오택성.

며칠 전 수련은 오택성으로부터 간만에 전화를 받았다. 갑작스러운 전화였다.

"자네 혹시 드림 컨트롤러를 사용하고 있나?"

"예? 예."

뭔가 정신이 없었던 수련은 단답형으로 대답했다.

"웬만하면 큐브를 사용하게. 드림 컨트롤러는 사용 시 몸이 오랫동안 제자리에 굳어 있는 것이 보통이기 때문에 잘못하면 욕창 같은 질병을 유발할 수도 있어. 그렇게 되면 게임 플레이에도 차질이 생기네."

"그래서 몇 시간마다 정기적으로 로그아웃을 해서 몸을 풀어주고 있습니다."

수련이 반론하자, 수화기 너머로 혀를 차는 소리가 들려왔다.

"1분 1초가 아까운 상황에 그렇게 자주 로그아웃을 하면 어떡하나?"

"그건 그렇지만……."

"아무래도 비싼 기기가 더 값을 하는 법이지. 앞으로는 큐브를 사용해서 게임에 접속하도록 하게."

"하지만 돈이……."

중요한 건 돈이 없다는 것. 큐브는 한 대에 무려 120만 원이나 하는 고가품이다. 살림이 어려운 수련으로서는 저가형 드림 컨트롤러를 사용할 수밖에 없는 상황이었다. 물론 혹시나 말을 꺼낸 오택성이 사주지 않을까 하는 기대도 있었지만 그렇다고 정말로 오택성에게 그런 부탁을 할 수는 없었다. 그도 실직자가 아닌가.

"돈은 걱정 말게."

왠지 기대대로 되는 듯한 전개에 수련은 죄책감을 느꼈다.

"하지만 감독님도……."

"어허, 내 말을 듣게. 실은 내가 레볼루셔니스트에 아는 사람이 있다네. 그 사람한테 특별히 부탁하면 큐브 하나 정도는 쉽게 구할 수 있으니 걱정 말고. 아마 삼 일 안에 도착할 걸세."

막무가내로 나오는 오택성을 보며 수련은 미안한 낯을 감출 수 없었다. 얼마나 미안했는지 전화가 끊어진 후에야 수련은 나훈영과 아크, 그리고 안배라는 것에 대해 물어보지 못했다는 것을 깨달았다. 할 수만 있다면 다시 전화를 걸 수도 있었다. 하지만 왠지 내키지가 않았다.

그가 일부러 말해주지 않는 것이라면 그것에도 이유가 있을 것이기에. 수련은 어느새 조금씩 오택성을 믿고 있었다.

휘황한 달빛이 숲의 질감을 부드럽게 바꾸어놓는다. 쌔근거리는 숨소리가 원근감 없는 어둠을 흔들었다. 찰랑이는 백금발이 달빛을 바스러뜨리며 흩어지고 있었다.

"지아 힘들어. 조금만 쉬어, 오빠."

"응, 그래."

수련은 스물여덟 번째 베어울프를 베어낸 후 검을 바닥에 꽂았다. 시큼한 소리를 내며 박혀 들어간 검에 몸을 의지한 수련은 호흡을 고르며 주변을 살폈다. '헤헤' 하고 작게 웃은 지아가 재빨리 다가와 그의 옆에 몸을 웅크리고 앉았다.

"오빠는 매일 사냥만 하고……. 지아, 심심해."

아크가 페르비오노를 떠난 지 벌써 나흘이라는 시간이 흘렀다. 아크의 빈자리만큼 지아는 수련에게 더욱 기대어왔고, 둘의 사이는 경계를 하나씩 허물며 점차 가까워져 가고 있었다. 시간이 지나는 만큼 수련의 두려움은 더욱 증폭되어 갔으나, 반대로 달콤한 행복의 감각도 점점 커져 가고 있었다.

세 살 차이 정도로… 범죄는 아니겠지?

수련은 지아의 맑은 눈망울을 보며 미미하게 얼굴을 붉혔다. 어슴푸레한 어둠 탓에 붉어진 그의 얼굴이 보이지는 않겠지만, 그래도 부끄러웠는지 그녀로부터 등을 돌리고 말았다.

"뭐야, 마스터? 갑자기 얼굴은 왜 붉히고 그래?"

…빌어먹을 헨델 놈.

"붉힌 적 없어."

무슨 일이 있으면 꼭 끼어들어서 사고를 치는 헨델은 아직까지 하급용병에 오르지 못한 마스터 수련을 어떻게든 약 올려 보려는 생각에 창자가 배배 꼬인 것 같았다. 실반이 옆에서 핀잔을 주었다.

"마스터는 적면증(赤面症)이신 듯하다."

"그런 병도 있냐?"

"잘은 모르겠지만 있다고 들은 것도 같다."

"흠."

실반 나름대로는 수련을 위로하려고 지어낸 말인 것 같았으나, 사실상 전혀 도움이 되지 않았다.

"오빠, 적면증이 뭐예요?"

"어, 음⋯⋯."

들도 보도 못한 질병이었다. 난처해진 수련이 할 수 있는 행동은 그저 있는 힘껏 헨델을 노려봐 주는 것이 전부였다.

클로즈 베타 테스트가 끝날 당시, 수련은 본격적으로 힘을, 그리고 세력을 기를 도시를 정해두고 있었다. 그 조건은 다음과 같았다.

첫째, 유저의 유입이 적어야 한다.

둘째, 초반에 보다 빠른 캐릭터 육성이 가능해야 한다.

셋째, 가능하면 진입하기 힘든 곳이어야 한다.

넷째, 유저들 사이에서 제대로 알려지지 않은 곳이어야 한다.

사실 빤한 조건이었으나 이 조건만 갖춘 곳을 찾는 데에도 게임 시간으로 무려 3개월이 넘는 기간이 소모되었다. 다행히 클로즈 베타 테스트 당시 맵 메이커라는 직업을 가진 수련이었기에 어렵지 않게 몇 곳을 물색할 수 있었다. 그중에서도 페르비오노의 리저브는 그 조건에 가장 알맞은 곳이었다.

'조만간 로드 스트림을 슬슬 건너기 시작하는 유저들이 생긴다. 그전에 할 수 있는 데까지 일을 추진해야 해.'

현재까지 수련의 계획 완성도는 삼십 퍼센트 정도밖에 안 되었다. 로드 스트림의 진입을 위해서 준비한 것들은 전체 계획에 비추었을 때 새 발의 피조차 안 된다.

'태곳적부터 존재해 왔던 광명의 신 루시온의 이름을 빌어, 그대가 염원하던 최초의 하늘을 유영하게 하나니, 그대의 목숨이 붙어 있는 한 검과 전쟁의 시그너스가 그대의 칼날과 함께하리라.'

—레벨 10이 되셨습니다.

—능력치의 폭이 상승합니다.

페르비오노 진입 한 달째. 수련은 마침내 레벨 10이 되어 소드 익스퍼트 중급에 올랐다. 매일매일 그를 치료해 준 지아와 함께 싸워준 용병들, 그리고 넘치는 몬스터들이 있었기에 가능한 일이었다. 모르긴 해도 이쯤이면 다른 프로게이머들을 제법 따라잡았으리라.

"지아… 피곤해."

"으응, 이만 들어가서 자."

"헤헤, 오빠도 잘 자요."

생긋 웃으며 사라지는 소녀. 수련은 쓸쓰레한 눈으로 흐릿해지는 그녀의 캐릭터를 보았다.

수련은 얼마 지나지 않아 지아의 몸이 다른 사람보다 훨씬 약하다는 사실을 알게 되었다. 그리고 그녀가 하반신 불수라는 사실까지.

"지아는… 걷지 못해요."

지아는 걸을 수 없는 몸이었다. 다른 아이들처럼 학교도 다니지 못하고, 하굣길에 군것질을 하지도 못한다. 걸을 수 없는 것. 인간에게 있어 흔하면서도, 가장 큰 제약을 가져다주는 장애.

"그게 늘 부러웠어요. 학교 다녀오면서 불량 식품도 사 먹고, 다른 아이들이랑 학원에서 같이 공부도 하고… 그러고 싶었어요."

지아는 아크에 대해 많은 이야기를 했다. 늘 어디를 나갈 때면 아크가 그녀를 업고 다녔다고 한다. 잘 상상이 가지 않았지만, 그녀가 거짓말을 하리라고는 생각되지 않았다.

"어릴 적에 부모님이 돌아가셔서 그때부터 아크 오빠의 집에서 자랐어요. 아크 오빠, 정말 착해요. 지아가 해달라는 거 다 해주고, 사달라는 거 다 사주고……."

아직까지 아크에 대해 어떤 의심이 남아 있었던 수련은 그 이야기를 듣고 모든 의심을 씻어버렸다. 그 이상 아크에 대해 묻는 것이 마치 죄악처럼 느껴졌던 것이다.

"나중에, 나중에 말야……."

수련은 약속을 했다. 지켜질지 어떨지 알 수 없는, 하지만 하지 않고는 배길 수 없을 것 같은 그런 약속을.

"나중에 내가 지아 찾아가서, 지아 손 잡고 학교도 가고…

오는 길에 군것질도 하고… 내가 지아 업고 다니면서 다 해줄
게."

수련은 그 말을 하면서 이게 어쩌면 아크가 말하던 위선인
지도 모른다고 생각했다. 하지만 그렇게 생각하고 싶지는 않
았다.

"정말? 해줄 거예요, 오빠가?"

"그래."

수련은 당장 그녀에게 줄 수 있는 것이 아무것도 없다는 사
실이 제일 슬펐다.

그래도 언젠가는…….

수련이 할 수 있는 것은 막연한 약속뿐이었다. 지킬 수 없는
약속. 현실의 끝에 내던져진 후에도, 그 약속은 계속해서 수련
의 발목을 잡았다.

지아가 로그아웃한 후, 수련은 두 명의 용병을 데리고 다시
주점을 찾아갔다. 주점에는 여전히 중년검사 슈왈츠 제네거가
카운터에 앉아 술을 퍼마시고 있었다. 그러나 오늘의 목적은
그가 아니었다.

"뭐야, 마스터? 낮부터 술이라도 사주려고?"

주점에 들어오자 갑자기 기분이 좋아졌는지 헨델이 지나가
는 여급을 붙들고 같잖은 수작을 걸기 시작했다.

"어이, 아가씨. 시간 있어? 술은 우리 마스터가 산다니까 시
간 있으면 같이 화끈하게 술이나 한잔……."

"실반, 저 녀석 입 좀 꿰매봐."

"분부대로."

어디선가 바늘과 실을 꺼낸 실반이 헨델을 붙들어 매고 읍읍거리는 헨델의 비명 소리가 처량하게 울려 퍼졌으나 아무도 신경 쓰는 사람은 없었다.

어울리지 않게도 실반의 취미가 옷 수선이라는 걸 알게 된 이후부터 수련은 심심할 때마다 실반에게 헨델의 입을 꿰맬 것을 주문했다. 물론 그렇게 한다고 해서 정말로 헨델의 입을 어떻게 할 수 있는 것은 아니었지만… 이것은 어디까지나 기호(嗜好)의 문제다.

수련은 침착한 눈길로 주점 내부를 살폈다. 여전히 시큰둥한 얼굴의 주인장, 그리고 시비 걸 궁리만 하고 있는 험상궂은 사내, 주점 한구석에서 벌어지는 노름판. 그리고 주점의 한 구석을 차지하고서 연신 술만을 들이켜는 빨간 코의 낯선 남자.

있군. 수련은 천천히 대상을 향해 발걸음을 옮겼다.

"이봐."

수련의 말에도 남자는 금방 반응하지 않았다. 수련은 뒤늦게 키워드를 떠올려 냈다.

"이봐, 빨간 코."

"응?"

— '똑똑한 건지 멍청한 건지' 퀘스트가 발동합니다.

[똑똑한 건지 멍청한 건지] : 스페셜 퀘스트

난이도 : B-급

시간 제한 : 3시간

설명 : 얍실검 하르발트 로펜은 알랑거리기를 좋아하는 비겁한 검사로 알려져 있다. 그러나 그의 실력은 모든 용병들 중에서도 상급. 소문에 의하면 그는 자신을 이기는 검사에게 뭐든지 원하는 것을 한 가지 들어준다고 한다. 물론 보상은 그의 능력이 닿는 한도 안에서 가능하다. 뭐? 약해 보인다고? 괜히 난이도가 B-로 설정된 게 아니라는 것을 명심하기 바란다.

승낙—하르발트 로펜, 결투를 신청한다.

거절—그냥 갈 길 간다.

마치 실패한 호스트를 연상시키는 빨간 코의 남자는 흐리멍덩한 눈길로 수련을 바라보았다. 흐벅진 초록색 머리칼이 어깨 근처까지 산발처럼 늘어져 있었다.

수련은 망설임없이 칼집에서 검을 뽑았다. 스르릉 울리는 맑은 소리와 함께 사내의 안색이 확 변한다. 어느새 그의 손에도 검이 쥐어져 있었다.

서로의 목을 겨눈 두 개의 검. 이렇게 빠른 검이 있었나? 하르발트의 눈에 순간 불신의 그림자가 스쳤다. 굳게 다물고 있던 수련의 입이 천천히 열린다.

"하르발트 로펜, 결투를 신청한다."

그룬시아드 대륙에는 유저보다 NPC의 개체 수가 더 많다. 그 말인즉, 사실상 이미 중요한 요직이라든가 그럴듯한 작위는 NPC들이 거의 다 꿰차고 있다는 것이다. 대륙 9강이라든가, 대륙 7대 용병이라든가, 대륙 5대 바로라든가(그런 게 있을리가)……. 그리고 지금 그의 눈앞에 있는 NPC도 그런 부류 중의 하나였다.

대륙 7대 용병에는 못 들어가지만 그래도 이름 하나는 제법 유명한, 그 이름하여 얍실검 하르발트 로펜.

왜 이 인간이 이렇게 형편없는 호칭을 얻었는지는 그의 전투 방식을 보면 쉽게 알 수 있었다. 전투가 시작되면, 하르발트 로펜은 항상 선제공격을 가한다. 선제공격이라 해서 번쩍번쩍 검을 휘두른다거나 장풍을 마구 쏘아댄다거나 하는 것이 아니라, 이런 것이다.

"앗, 저기 UFO가!"

"뭐?! 어디?!"

퍽!

"크윽! 가, 갑자기 배가……! 아무래도 어제 먹었던 랍스타가……!"

"뭐?! 괜찮아?"

(눈을 희번덕이며 상대가 접근하기를 기다린다.)

퍽!

또 다른 예로는,

(다른 곳을 보는 체한다.)

"뭐, 뭐야? 어딜 보는 거지?"

(상대방도 거기 뭐가 있나 싶어 따라서 그곳을 본다.)

퍽!

…대략 이런 식이었다. 수련은 그 이야기를 들으면서 그걸 쓰는 놈도 문제지만 당하는 놈도 굉장한 인간이라고 생각했다.

하지만 이런 그의 기행—괴담일지도 모른다—에도 불구하고 많은 대륙의 강자들은 하나같이 그와 싸워보고 싶어했는데, 그 이유는 그가 얍삽하긴 해도 소드 익스퍼트 중급인 데다가, 그 스스로 공언하기를 '나를 이기는 인간이 있다면 그게 누구든 그에게 평생 복종하겠다' 하고 말했기 때문이다.

하지만 우습게도 아무도 그를 이기지 못했다. 당연한 얘기지만 하르발트는 자기보다 강한 인간이 나타났다 싶으면 번개같이 꽁무니를 빼버렸던 것이다.

"뭐야, 너? 별로 강해 보이지 않는데?"

하르발트는 갑자기 나타나 자신에게 검을 겨눈 초급용병을 바라보며 크게 웃었다. 적당히 코웃음도 쳐주었다. 뭐야, 이 놈. 난 약한 놈은 상대 안 한다고.

"나를 알고 왔다면 내 실력은 익히 알고 있겠지?"

하르발트의 조소 어린 목소리에 수련은 가볍게 고개를 끄덕였다.

"그래, 얍실검."

수련의 말에 하르발트의 머리에 힘줄이 돋았다. 하르발트는 자기가 얍삽하다는 사실을 결코 인정하지 않았다. 그가 늘 주장하고 다니는 말은 다음과 같았다.

'얍삽한 것도 실력이다! 바보 같은 녀석들!'

…어쩌면 대륙 5대 바보에 들어가야 할지도 모르겠다.

"좋아, 그럼 싸워보도록 하지!"

하르발트가 기세등등한 목소리로 수련을 향해 외쳤다. 네깟게 감히 상대나 될 것 같아? 광오한 자신감이 엿보이는 그의 눈길에도 수련은 굴하지 않고 미소를 지었다.

심판은 헨델과 실반. 하르발트는 그들을 흘끗 보고는 혹시나 그 둘이 시합에 끼어들더라도 그 혼자서 둘을 처치할 수 있을 거라고 확신했다. 왠지 느와르 물에 나오는 악당이 된 느낌이었지만, 그는 자신의 감을 믿었다.

그리고 승부가 시작되었다. 하르발트는 당연한 것처럼 손가락을 폈다. 그리고 수련도 함께 폈다.

"앗! 저기 UFO가!"

대사와 타이밍은 물론이고 목소리까지 똑같았다. 동시에 서로의 배후를 가리키며 소리친 두 남자. 결투를 지켜보던 헨델이 어이없는 표정으로 입을 떡 벌렸다.

"뭐, 뭐야, 저놈들……."

"흠."

조용히 목도리를 잣던 실반도 짧은 평을 남겼다.

어이가 없는 건 하르발트도 마찬가지였다. 하르발트는 만약 이 상황이 만화라면 자신의 머리 위에 느낌표가 백만 개쯤 떠

있어도 이상할 게 없다고 생각했다. 세상에 자기 같은 인간은 처음 보았던 것이다. 하르발트는 기묘한 동질감을 느끼며 고개를 주억거렸다.

'이놈… 제법이군!'

그러나 이건 시작에 불과하지. 하르발트는 재빨리 몸을 웅크리며 배를 부여 쥐었다. 그리고 그가 할 수 있는 최대한 고통스러운 표정을 지어 보였다.

"크윽, 가, 갑자기 배가……. 아무래도 어제 먹었던 캐비어가……."

물론 그런 고급 음식을 먹은 적은 없었다.

한동안 오버 액션을 취하던 하르발트가 슬쩍 시선을 들어 수런 쪽을 보았다. 하르발트가 이 행위를 취한 것은 나름 머리를 쓴 것이었다.

'녀석은 무작정 나를 따라 하는 것 같다. 그렇다면 먼저 엉뚱한 짓을 해서 놈을 방심하게 만든 후, 녀석이 나를 따라 할 때 뒤통수를 날려 버리면 된다.'

…라는 것이 그의 계획이었으나.

바로 그 순간, 이상한 약병 같은 것이 툭 하고 날아왔다.

"위장약이다."

하르발트는 갑자기 할 말이 없어졌다.

"…사, 사실 위장이 아프다기보다는 어제 먹은 게 체해서……."

곧 이상한 유리병이 하나 더 날아왔다.

"소화제다."

하르발트는 경악에 잠겨들었다.

'이, 이럴 수가……! 이놈, 내 전투 방식을 모두 간파하고 있다!'

그는 본능적으로 자신이 일생일대의 강적을 만났다는 사실을 깨달았다. 결국 비장의 무기를 써야만 하는 것일까. 하르발트는 이를 부득부득 갈다가 한순간 표정을 굳히며 목을 홱 돌려 동쪽의 하늘을 노려보았다. 하르발트의 눈이 뭔가 대단한 것이라도 발견한 것처럼 부릅떠졌다.

그랬다. 이것이 바로 하르발트의 초필살기인 '딴 곳 보기'였다. 덤으로 3류 헐리웃 표정 연기까지 가미한 이 필살기는, 그를 보던 상대방이 의아한 느낌에 하르발트가 본 곳과 같은 곳을 보게 만든 후, 그 찰나의 틈을 두고 급습하는 필살의 스킬이었다.

'지금쯤 나와 같은 곳을 정신없이 보고 있겠지? 지금이다!'

하르발트는 회심의 표정으로 검을 쥐고 달려나가 수련이 있는 곳을 힘껏 베었다.

그리고 당연하게도 수련은 거기에 없었다.

"뭐, 뭐……?!"

사라졌다! 사라졌어! 증발한 건가? 분명 내 필살기에 걸려 정신없이 하늘을 보고 있어야 하는데!

그리고 다음 순간 하르발트는 뒤통수를 강타하는 막대한 충격을 느끼며 그대로 혼절했다.

―퀘스트에 성공하셨습니다.

―명성이 10 올랐습니다.

―하급용병이 되셨습니다.

수련은 송구스러운 표정으로 엎어져 있는 하르발트 로펜을 보며 나지막이 한숨을 쉬었다. 이 승부는 애초에 수련이 이길 수밖에 없었다.

수련은 이미 클로즈 베타 테스트 당시 얍실검 하르발트와 184번이나 싸워보았던 것이다. 그는 이미 하르발트의 수법을 모조리 꿰뚫고 있었다.

"하르발트 로펜, 너를 고용하겠다."

―하르발트 로펜을 고용하셨습니다.

메시지와 함께 창의 오른쪽 상단에 있던 용병 리스트에 실반, 헨델에 이어 하르발트 로펜이 추가되었다. 하급용병이 됨과 동시에 마스터가 초급용병이라고 무시하던 헨델이 병아리 똥만큼 고분고분해졌다. 아무리 말썽을 피워도 결국 NPC는 프로그램의 영향을 받는다.

이제 마지막 한 사람만 남았다. 수련은 주점의 카운터로 다가가 중년검사의 어깨를 짚었다.

"슈왈츠 제네거."

낮지만 또렷한 목소리가 울림과 동시에 중년검사가 수련을 돌아본다. 혹여나 딸의 소식일까 봐 노심초사하는 아버지의 눈. 수련은 약간의 동정을 표했다.

"웅? 뭔가? 내 딸을 찾았는가?"

"아직 못 찾았어."

"그럼 무슨 일인가?"

"아직 찾진 못했는데, 네 딸이 있는 곳을 안다."

순간 남자의 표정이 혼란에 뒤덮였다. 퀘스트 시스템과 중년검사의 A.I가 충돌을 일으킨 것이다. '중년검사의 부탁' 퀘스트에는 맹점이 있었다. 중년검사는 딸을 찾고 싶어한다. 하지만 그는 유저에게 퀘스트를 줘야 하기 때문에 이 주점 반경 밖으로 벗어날 수 없었다.

하지만 퀘스트를 건넨 후, 그에게는 딱히 어떤 리미트(Limit)가 걸려 있는 것이 아니었다. 그는 단지 프로그래밍된 퀘스트에 의해 그곳에 있을 뿐이었고, 유저가 퀘스트를 받은 이상 그 또한 퀘스트의 반경 지역으로부터 벗어날 수 있었다. 스페셜 퀘스트는 어차피 한 사람밖에 얻지 못하기 때문이다.

무슨 말이냐 하면, 유저가 마음만 먹으면 그의 도움을 얻을 수 있다는 것이었다.

"저, 정말 내 딸이 있는 곳을 아는가?"

버그라고는 할 수 없었다. 론도는 엄연히 가상현실 게임이고, 현실적인 요소가 반영된 만큼 그와 같은 일도 충분히 가능한 것이다. 수련은 힘차게 고개를 끄덕였다.

"당신이 용병을 혐오한다는 것은 안다. 하지만 나와 함께 다니려면 내 용병이 되어야만 한다. 잠시라도 좋다. 당신의 딸이 있는 곳으로 갈 때까지 나의 용병이 되어주지 않겠는가?"

슈왈츠의 얼굴에 찰나의 고민이 스쳤다. 용병은 그의 모든 것을 앗아간 주범이다. 유혹의 강도는 강했다. 잠시, 단지 잠시뿐이다. 잠시만 그의 용병이 되면 딸을 볼 수 있다.

슈왈츠가 천천히, 그리고 무겁게 고개를 끄덕인다.

—NPC의 제한적 동의를 얻어 '슈왈츠 제네거'를 단기간 용병으로 고용하는 데 성공하셨습니다(제한 시간 20일).

이로써 준비는 갖춰졌다.

수련은 그동안 베어울프나 오크들을 사냥하며 꾸준히 모았던 병장기 중에 쓸 만한 것을 헨델과 실반에게 주었다. 슈왈츠나 하르발트의 경우는 이미 쓰던 무기가 있었기 때문에 따로 무기를 줄 필요가 없었다.

"하르발트, 편하게 하르라고 부르겠다. 이의 없지?"

"안 돼. 마스터는 겨우 하급용병이잖아? 하르라고 부르면 대답 안 해줄 거야."

이걸로 헨델에 이어 제2의 내적이 생겼다. 하르발트의 용병 등급은 중급. 하르발트를 자유자재로 부리려면 최소한 중급, 혹은 상급의 용병이 되어야만 했다. 수련은 머리에 힘줄이 돋는 것을 느끼며 슈왈츠를 바라보았다.

"슈왈츠, 슈라고 불러도 괜찮아?"

"나는 일시적으로 고용되었을 뿐이다. 풀 네임을 불러주길 바란다."

"슈왈츠 제네거?"

"슈왈츠면 충분하다."

수련은 고개를 끄덕이며 속으로 한숨을 쉬었다. 최근 들어 한숨짓는 횟수가 부쩍 늘어났다. 아직까지 계획에서 특별히 어긋난 부분은 발생하지 않았지만 그래도 뭔가 일이 안 풀리는 느낌이었다. 그리고 지금 수련은 지아가 접속하기를 기다리고 있었다.

58분, 59분, 한 시간.

띠링 하는 소리와 함께 지아가 정확히 접속했다. 수련이 반갑게 인사하자 지아도 생긋 미소를 지었다. 새침하게 휘날리는 긴 금발이 무척 귀여웠다.

"응? 오빠, 이분들은 누구야?"

지아가 하르발트와 슈왈츠를 보며 고개를 갸웃거렸다. 수련이 간략하게 설명하자 지아가 고개를 끄덕였다.

"흐응, 용병 아저씨들이군요. 이분들은 왜?"

"던전을 찾을 거야."

지아가 의문스러운 표정으로 검지를 자신의 입술에 갖다 대었다. 그 순진하고 투명한 눈망울에 수련은 왠지…….

"던전? 리저브 주변에는 던전이 없잖아요?"

"음……."

수련은 짐짓 하늘을 바라보는 체했다. 표정에 망설임이 떠오른다. 눈썹이 찡긋거리고 볼이 실룩거린다. 각양각색으로 변하는 그의 얼굴을 바라보던 지아가 키득키득 웃었다.

아니, 이용하는 게 아냐. 단지… 같이 있고 싶은 것뿐이라고.

"있지, 지아 네 도움이 필요한데… 같이 가지 않을래?"

"지아의 도움?"

수련이 그녀의 어깨를 잡고 진지한 눈으로 내려다보자 지아의 볼이 점차 발갛게 물들어갔다.

지아의 도움… 지아의 도움이 필요해…….

"응, 지아가 도와줄게!"

지아는 맑게 웃으며 고개를 끄덕였다.

잔고의 대부분을 털어 모조리 포션으로 바꾼 수련이 다음으로 찾은 곳은 뜻밖에도 용병 길드였다. 의뢰를 받으려는 것일까? 지아가 의아함이 깃든 얼굴로 뭔가를 물으려는데, 용병 길드의 마스터가 먼저 입을 열었다.

"응? 무슨 일인가?"

"퀘스트를 받으려고 왔습니다."

말했다시피 페르비오노는 용병 길드에서 퀘스트와 의뢰를 모두 내준다. 남자는 머쓱한 표정으로 수련의 행색을 훑어보고는 퀘스트 목록을 뒤적거리기 시작했다.

"딱히 자네가 수행할 만한 퀘스트가 있을 것 같지는 않은데……. 이 마을은 로드 스트림과 맞닿아 있어서 퀘스트의 수행 랭크가 상당히 높단 말일세."

"괜찮습니다. 어떤 퀘스트가 있는지만이라도 알려주십시오."

"사실 퀘스트의 숫자도 그리 많지는 않네."

남자는 퀘스트의 목록을 읊기 시작했다.

[카를 숲의 고블린 부락 소탕 퀘스트] : C+
[페르비오노 북서쪽의 마탑 조사 의뢰] : B++
[마을 상단의 수도 호위 의뢰] : C+
[행방불명된 마을 사람들을 찾아라] : B
…….

"행방불명된 마을 사람들을 찾는 퀘스트를 받고 싶습니다."

수련의 말에 남자가 미간을 찡그렸다. 하급용병은 B급의 의뢰를 받을 수 없다. B급 이상의 의뢰를 받으려면 중급용병이 되거나, 아니면 레벨이 12를 넘어서야 했다.

"자네, 얼마 전 하급용병패를 받지 않았나? 하급용병이 받을 수 있는 의뢰는 C급이 한계일세."

그 말에 수련이 흘끗 뒤쪽을 돌아보았다.

"슈왈츠, 하르발트."

눈빛을 받은 슈왈츠와 하르발트가 수련을 의아하게 쳐다보더니 이내 의중을 깨닫고는 품속에서 뭔가를 꺼내어 보였다. 페르비오노 근위기사의 엠블럼과 중급용병의 패.

"하급용병이 근위기사와 중급용병을 데리고 다니다니… 특이한 일이군."

남자가 놀라며 고개를 끄덕였다. 이 정도면 퀘스트를 받을 만하겠군 하는 표정이었다.

"좋아, 한번 속는 셈치고 퀘스트를 주겠네. 대신 반드시 성공해 줘야 하네. B급이라면 상당한 수준의 퀘스트니까. 실패시 페널티도 만만치 않을 걸세."

—'행방불명된 마을 사람들을 찾아라!' 퀘스트를 시작하셨습니다.

[행방불명 된 마을 사람들을 찾아라] : 스페셜 퀘스트

난이도 : B

설명 : 얼마 전부터 마을 사람들이 의문의 종적을 남긴 채 행방불명되는 사고가 잇따라 벌어지고 있다. 리치의 소행, 마을 근처에 은거하는 흑마법사와 네크로멘서의 소행이라는 등, 여러 가지 가정이 떠오르고 있지만 확실한 것은 아무것도 없다. 마을의 변경에서 행방불명된 마을 사람들을 보았다는 이야기도 있고, 언데드 몬스터가 마을 사람들을 끌고 가는 것을 보았다는 제보도 있으나 아직까지 범인은 밝혀지지 않고 있다.

행방불명된 마을 사람들을 찾고 그들을 구출하자.

어처구니없게도 설명은 그게 다였다. 힌트라고는 '언데드 몬스터', 그리고 '마을 변경'이 전부였다. 하지만 수련은 개의치 않았다.

그는 이미 답을 알고 있었다.

로드 스트림으로 연결되는 거대한 산맥의 절벽. 리저브를 감싸듯 둘러싼 그 벽면의 한 귀퉁이에는 때 아닌 채광 작업이 이루어지고 있었다.

　"자, 시간 없으니까 서둘러!"

　하늘색 더벅머리가 인상적인 남자는 자신 또한 곡괭이를 쥔 채 다른 네 명의 남자들을 격려하고 있었다. 남자의 정체는 물론 수련이었다.

　그는 용병 넷을 시켜 곡괭이로 철광석을 캐고 있었다. 아니, 정확히 말하면 철광석을 캐는 것이 아니라 벽을 부수고 있다는 것이 맞았다. 지아는 어리둥절한 표정으로 그런 수련과 용병들을 바라보고 있었다.

　"젠장! 어쩐지 나보다 더한 사이코 같더니!"

　"마스터, 무슨 생각이야? 혹시 드워프였어?"

　툴툴거리는 하르발트와 그에 동조한 헨델의 목소리를 뒤로한 수련은 그들의 사이에 껴서 함께 곡괭이질을 시작했다. 그의 기억에 하면 이곳이 틀림없었다. 하나, 둘, 셋, 잔 돌멩이들이 조금씩 광석으로부터 떨어져 나옴과 동시에 벽이 점점 얇아져 갔다. 조금의 시간이 더 지나고 벽이 완전히 평평해지자 수련은 곡괭이질을 멈췄다.

　톡톡.

　가볍게 벽을 두드린 후 귀를 갖다 대자 벽의 진동이 반고리관을 타고 그대로 전달되었다. 수련은 확신을 굳혔다. 곡괭이를 던져 버리고 섬전 같은 속도로 철검을 뽑는다.

섬광영!

작고 깊은 어둠을 품은 점 하나가 생긴다 싶더니, 이윽고 점을 중심으로 균열이 번져 갔다. 이윽고 벽이 폭발하는 소리와 함께 작은 지진이 일어났다. 겁먹은 지아가 수련의 등 뒤에 바싹 달라붙었다.

쿠르릉!

소리가 멎고 먼지가 걷히자, 일행의 눈에 나타난 것은 거대한 동굴의 입구였다.

수련이 필사적으로 로드 스트림을 건너온 또 하나의 이유. 그것은 바로…….

─새로운 던전을 발견하셨습니다!

─'데스나이트의 무덤'을 발견하셨습니다! 앞으로 30일간 던전 내 몬스터의 경험치가 두 배가 되며, 아이템 드랍률이 세 배 상승합니다.

─명성이 15 상승했습니다.

이것 때문이었다. 맵 메이커로 활동하며 돌아다니는 동안, 수련은 뭔가 미심쩍은 기운이 풍기는 곳이 있으면 바로 찾아가 탐지 스킬을 걸어댔다. 수련은 주로 음지(陰地)만을 골라서 탐색했다.

'데몬의 미궁', '리치의 마탑', '뱀파이어의 동굴', '언데드의 신전', '네크로멘서의 유적', '반시의 묘지'…… 클로즈 베타 테스트가 진행되면서 수많은 언데드의 던전이 발굴되었으

나, 기이하게도 언데드의 대표 몬스터라 할 수 있는 몬스터가
발견되지 않고 있었던 것이다.

몬스터의 이름은 바로 데스나이트(Death knight).

분명 론도의 공식 홈페이지에 '레벨 15의 마스터급 몬스터,
주로 언데드 출몰 던전에 서식한다'라고 적혀 있음에도 불구
하고, 유저들은 대륙의 어디에서도 데스나이트의 흔적을 발견
해 낼 수 없었다. 수련은 그 점에 착안했다.

많은 언데드 던전이 공개되어 있음에도 불구하고, 그 던전
속에서는 데스나이트가 나오지 않는다. 데스나이트는 숨겨져
있는 것이 분명하다. 그렇다면 왜 숨겼는가.

"꺄아!"

아찔한 어둠이 주위를 뒤덮자 지아가 숨 가쁜 비명을 토해
냈다. 재빨리 수련의 왼쪽 팔에 매달린 지아가 가늘게 떨었
다. 부드러운 감촉이 팔에 감겨든다. 수련은 얼굴이 붉어졌
다.

"지아, 그렇게 붙으면 전투할 때 불편해."

"그치만… 지아 무서운걸."

울, 울, 울, 울먹울먹……

…너무 귀엽잖아!

수련은 간신히 자신의 이성을 진정시키며 지아의 부드러운
머리칼을 쓰다듬었다.

"내가 지켜줄 테니까 걱정하지 말고 뒤에 있으면 돼."

머뭇머뭇.

수련의 말에도 지아는 쉽게 그의 팔을 놓지 못했다.

"정말이지? 지아, 지켜줄 거지?"

수련이 천천히 고개를 끄덕이자, 지아가 조금 안심했는지 수련의 뒤쪽으로 조심스레 숨었다. 그래도 공포를 완전히 버릴 수는 없었는지, 그녀는 수련의 망토 끝을 조심스레 붙잡은 채 걸어갔다.

캄캄한 던전 안은 오직 소리없는 어둠만이 똬리를 틀고 있었다. 여섯 사람의 발소리가 규칙적으로 침묵을 깨며 공기에 묘한 긴장감을 더한다. 기묘한 어둠. 수련은 품에서 작은 램프를 꺼내며 그 표정 없는 시선을 몰아내었다.

말을 꺼낸 것은 슈왈츠였다.

"마스터, 이곳에 내 딸이 있는가?"

"그래."

"어떻게 알지?"

"이미 여러 번 와봤으니까."

"와봤다고?"

수련의 말에 슈왈츠의 표정이 의아하게 변했다. 슈왈츠처럼 A.I가 높은 NPC의 경우는 이래서 여러모로 다루기가 곤란하다. 수련은 쓴웃음을 지으며 상황을 어떻게 설명할지 고민하기 시작했다.

이봐, 사실 이곳은 게임이라고.

틀려.

나는 꿈을 걷는 드림워커잖아? 미래에서 왔을지도 모른다는 생각, 안 해봤어?

이것도 안 돼.

수많은 문장이 수면 위로 떠올랐다가 또 가라앉았다. 마음에 드는 문장을 골라내기란 이토록 힘겨운 작업이다. 그러나 상황은 의외로 쉽게 해결되었다.

키이이이.

동굴의 안쪽으로부터 몬스터들의 괴성이 들려오기 시작한 것이다. 자동적으로 적막이 내려앉고, 용병들이 전투 태세를 취했다.

"슈왈츠가 오른쪽 날개, 하르발트가 왼쪽 날개를 맡고, 나와 헨델이 중앙에서 데미지 딜러를 맡는다. 실반은 후방을 맡으면서 지원을 부탁한다."

굳이 실반을 후방에 놓은 이유는, 실반이 검사답지 않게 민첩이 높았기 때문이다. 수련은 일부러 실반에게 서브 웨폰으로 활을 주었다. 지금은 보우 마스터리의 숙련이 높지 않아 제대로 된 힘을 발휘하지 못하고 있었지만, 곧 숙련이 높아져 활을 메인 웨폰으로 쓸 수 있게 되면 실반은 그의 용병단에서 중요한 어택 커터(Attack cutter)의 역할을 맡게 되리라.

서늘한 어둠 사이로 나타난 것은 레벨 7의 스켈레톤과 레벨 8의 스켈레톤 아쳐였다. 동 레벨의 몬스터들이라면 서너 마리라도 혼자서 감당해 볼 만했으나 이번에 나타난 수는 대략······.

"열 마리."

수련은 입술을 축이며 말했다. 다행히 스켈레톤 아쳐의 비중은 많지 않았다. 언데드 족 몬스터를 만났을 시 가장 상대하기 쉬운 몬스터가 스켈레톤 아쳐였으나, 집단 전투에서 그 수가 많아질수록 제일 감당하기 힘든 몬스터 또한 스켈레톤 아쳐였다.

수련의 옆에 붙어 있던 신관 지아가 재빨리 캐스팅을 시작했다.

"광명의 루시온이시여, 세계수 이그드라실의 이름을 빌어 지금 그대의 축복을 원하노니. 와일드 블레싱(Wild blessing)!"

거대한 성십자가 일행의 몸에 투영됨과 동시에 수련의 고함이 터져 나왔다.

"공격!"

먼저 선방에 나선 것은 양 날개를 맡은 슈왈츠와 하르발트였다. 둘의 레벨은 각각 10과 9. 사실 그 둘만으로도 앞의 몬스터들을 어렵지 않게 요리할 수 있었으나, 그래도 모름지기 전투에서 중요한 건 신속함이었다.

오크 부족장의 목걸이 덕분인지 서브 캐릭터, 즉 용병에 관한 통솔력이 증가해서 전투 시만큼은 자유자재로 용병을 부릴수가 있었다.

날카로운 두 자루의 롱 소드가 선두의 스켈레톤을 쓰러뜨렸다. 수련은 재빨리 헨델과 중앙을 선점하며 또 한 마리의 스켈레톤 머리를 날려 버렸다.

"실반, 활로 아쳐들을 노려라."

적의 아처는 총 셋. 무시할 수 없는 숫자였으나 그렇다고 해서 꺼림칙할 정도의 숫자도 아니었다. 하지만 신경 쓰이는 것은 어쩔 수 없었다.

"슈왈츠, 적의 배후로 돌아가서 아처들부터 처리해. 하르발트는 슈왈츠를 엄호하다가 중앙으로 합류한다."

"알았다, 마스터."

"예예."

과연 용병들 중 최고 레벨인 슈왈츠답게 제 몫을 톡톡히 해주고 있었다. 비록 지금은 검이 녹슬었더라도 그는 한때 페르비오노의 근위기사였다. 투박한 그의 용병 검술은 스켈레톤 사이를 유린하며 경쾌한 리듬을 발하고 있었다. 하르발트 또한 입만 산 것은 아니라는 듯, 미적거리는 몸놀림으로 잘도 공격을 피해내며 스켈레톤들을 베어갔다.

푸슉!

실반의 화살이 스켈레톤 아처의 심장을 관통했다. 아직 6레벨인 실반과 헨델도 기대 이상으로 잘 싸워주고 있다. 힘들게 키운 보람이 뭉클거리며 가슴을 적셨다.

"인간!"

스켈레톤은 머리를 확실히 날려 버리거나 심장의 핵을 파괴해야 죽는다. 수련은 자신을 향해 날아드는 두 개의 언월도를 튕겨낸 후, 실루엣 소드를 펼쳐 또 하나의 스켈레톤을 처리했다.

삽시간에 남은 스켈레톤은 둘. 수련은 합공을 통해 어렵지 않게 스켈레톤 둘을 마저 처리했다. 쩔그렁거리는 소리와 함께 마지막 스켈레톤이 은빛으로 산화한다.

"와아! 대단해요, 오빠!"

수련의 무위를 몰래몰래 감상하며 빼꼼히 숨어 있던 지아가 바위 뒤에서 나오며 말갛게 웃었다.

"이제 시작인걸. 지하 1층은 쉬운 편이야."

수련은 지아에게 눈을 한 번 맞춰주고는 스켈레톤들이 떨어뜨린 아이템을 수거하기 시작했다.

"1층? 그럼 또 있는 거예요?"

"응."

일종의 히든 던전인 데스나이트의 무덤은 총 5층으로 구성되어 있었다. 몬스터의 위력은 당연하게도 층 수가 더해져 갈수록 강력해져 간다. 1층은 주로 스켈레톤과 스켈레톤 아처, 2층은 좀비와 스켈레톤과 스켈레톤 메이지, 3층은 구울, 4층은 메탈 스켈레톤과 구울, 5층은 보스 몬스터인 데스나이트가 출몰했다.

파삭.

아직 완전히 죽지 않은 스켈레톤의 머리를 짓이기자 꿈틀거리던 스켈레톤이 은빛으로 부스러졌다.

언데드 몬스터는 생명력이 질긴 편인 데다가 특정 부위를 공격받았을 때 경직을 거의 보이지 않아서 상대하기가 매우 까다로웠다. 하지만 찾는 이들이 많지 않은 몬스터는 대체로 드랍하는 아이템도 후한 편이었다.

"한 마리당 평균 30실버라⋯⋯."

30실버면 결코 적은 액수가 아니다. 현재 골드 대 현찰(만 원권 기준) 비율이 3:1이라는 것을 감안하면, 10마리를 사냥하면 현찰 만원이 그냥 굴러들어 온다는 이야기다.

물론 아직까지 현금 거래를 할 생각은 없지만 말이 그렇다는 거다.

"그럼 더 깊숙이 들어가 보자."

하나, 둘, 셋, 차례차례 쓰러지는 스켈레톤들을 보며 수련은 떠오르는 미소를 감출 수 없었다. 시커먼 어둠 탓에 육감 스킬의 숙련도도 비약적으로 상승하고 있었다. 막 초보자 수련장을 떠날 때만 해도 1랭크밖에 안 되던 육감이 어느새 7랭크를 넘어서고 있었다.

소드 마스터리는 이미 12랭크. 주로 사용하는 무기가 검이었기에 소드 마스터리의 숙련 또한 하루가 다르게 높아지고 있었다.

지아는 하루에 4시간 정도 수련과 함께 사냥했다. 몸이 많이 안 좋은 탓에 하루의 대부분을 잠으로 보내는 모양이다. 그런 그녀를 생각하면 수련은 마음 한구석이 쿡쿡 쑤셔왔다.

눈앞까지 다가온 사랑과 자신이 쫓아오길 기다리는 목표. 항상 서로 부딪쳐 갈등하는 두 명제가 수련의 가슴속에서도 조금씩 커다란 파찰음을 내며 대립하고 있었다.

어느 기사에서 본 기억이 났다. 남자는 사랑과 꿈을 놓고 저

울추를 택해야 할 때, 거의 사랑을 택하게 되어 있다고. 하지만 지금의 수련은 그럴 수 없었다. 꿈이라는 저울추는 그의 가족을 품고 있었기 때문에.

수련 일행은 게임 시간으로 4일째 되던 날, 던전의 지하 2층으로 돌입할 수 있게 되었다. 1층을 돌면서 습득한 총 금액은 약 60골드. 습득한 아이템 중에서 제일 쓸 만한 것은 다음과 같았다.

[스켈레톤의 롱 소드] : C+ 그레이드 매직
공격력 : 22-53
옵션 : 힘+10 / 민첩+5
부가 옵션 : 언데드 몬스터에게 데미지 5% 하락. 빛 속성 몬스터에게 데미지 5% 증가.
설명 : 스켈레톤이 사용하던 롱 소드. 죽은 자의 원혼이 깃들어 있다. 빛 속성을 가진 몬스터에게 높은 데미지를 줄 수 있다.

수련은 그 검을 자신이 쓰기로 했다. 언데드 몬스터에게 데미지가 하락한다는 점이 조금 아쉬웠으나, 그래도 이 정도면 현재까지 나온 한손검 중에서는 거의 수위를 차지하는 데미지임에 틀림없었다.

"마스터, 전에 했던 이야기 말인데……."

이야기를 꺼낸 것은 슈왈츠였다. 수련은 말하지 않아도 알고 있다는 표정으로 제스처를 취했다.

"딸의 행방을 찾고 싶은 거겠지?"

슈왈츠의 표정에 조급함이 떠올랐다. 슬슬 한계인 것 같았
다.

"만약 마스터가 나를 속인 것이라면 지금 이 자리에
서……."

"마스터를 어쩌겠다고?"

나를 가로막고 선 것은 실반과 헨델이었다. 실반과 헨델은
현재 많은 레벨업을 한 덕택에 8레벨에 올라 있었다. 용병이란
고용주와 오랫동안 함께할수록, 많은 경험치를 습득할수록 충
성도가 상승한다. 헨델이 비록 평소에는 말을 잘 듣지 않지만
마스터가 위기에 몰렸을 때마저 장난으로 대하리란 법은 없었
다.

"고작 초급용병 주제에."

슈왈츠의 얼굴에 경멸이 떠오르자 실반이 활을, 헨델이 검
을 뽑아 들었다. 슈왈츠가 소드 익스퍼트 중급이라고는 하지
만 이미 헨델과 실반도 익스퍼트 하급에 들어섰다. 자칫하면
같은 용병 간에 상잔이 일어난다. 수련은 재빨리 그들의 중심
에 섰다.

어떻게 키운 녀석들인데 이런 곳에서 잃을 수는 없다.

"이봐, 슈왈츠. 내 말은 아직 시작하지도 않았다."

슈왈츠는 검집으로 가져가던 손을 다시 내려놓았다.

"이곳은 언데드의 수장 중의 하나인 데스나이트가 기거하

는 곳이지."

"나도 어느 정도는 짐작하고 있다. 하지만 내게 필요한 것은 데스나이트의 위치가 아니라 딸의 행방이다."

수련은 묵묵히 한숨을 내쉬었다.

"이곳에 오기 전, 나는 의뢰 하나를 받았다. 의뢰의 내용은 행방불명된 마을 사람들의 종적을 찾는 것이었지."

담담한 수련의 말에 슈왈츠의 눈이 미미하게 커졌다.

"설마?"

"그래. 슈왈츠 당신은 딸의 종적을 이 마을 어디에서도 찾을 수 없었다고 했지. 하지만 마을 사람들에게 물어보면 분명 당신의 딸은 이 근처에 살고 있었던 것이 틀림없다는 걸 알 수 있다. 어느 순간 사라진 당신의 딸, 그리고 최근 들어 행방불명되기 시작하는 마을 사람들. 이 두 사건이 과연 우연의 일치일까?"

슈왈츠의 얼굴 근육이 빳빳하게 굳었다. 딸의 행방불명은 거대한 음모의 작은 교집합에 불과하다는 사실을 깨달은 것이다.

"그렇다면 내 딸도……."

슈왈츠의 입술이 떨어지려는 순간, 수련은 재빠르게 몸을 굴리며 슈왈츠의 몸을 거세게 밀쳤다. 기습에 무게중심이 흐트러진 슈왈츠가 비명을 흘리며 옆으로 나뒹굴었다.

쿠콰!

작은 폭발음이 들리며 석면의 일부가 부서졌다. 방금 전까지 슈왈츠가 서 있던 자리였다.

"마스터?"

"으음."

자신을 밀쳐 내고 바닥을 뒹구는 수련을 본 슈왈츠의 표정이 당혹감으로 젖어들었다. 뭐지, 저 공격은? 마스터가 나를 구해준 것인가?

—슈왈츠의 충성도가 상승했습니다.

수련은 귓가를 울리는 안내 메시지에 신경 쓸 틈이 없었다. 석면 조각을 헤치고 하나둘씩 다가오는 몬스터들.

끄어어어.

휘청거리며 다가오고 있지만 사실은 상식을 벗어나는 파괴력을 자랑하는 레벨 8의 좀비, 그리고 그들을 중앙에서 전투 지휘를 담당하고 있는 마법계열의 몬스터.

레벨 9 스켈레톤 메이지!

이번에는 숫자도 훨씬 많았다. 좀비 열댓 마리에 스켈레톤 메이지 세 마리. 현재의 인원으로서는 상대하기 힘들다.

"모두 석면 바깥쪽으로 도주한다."

"마스터, 도망치잔 말이야?"

헨델이 약간 자존심 상한 목소리로 되묻자, 수련이 재빨리 고개를 저었다. 손가락이 가리킨 곳은 석면 바깥쪽의 작은 문.

"저쪽으로 유인해서 싸운다."

"과연!"

좀비는 이동 속도가 느리기 때문에 히트 앤 런(Hit and run),

즉 치고 빠지기 식의 전투로 상대하기에 용이한 몬스터다. 물론 숫자가 많은 경우 근접전은 벅차기 때문에 일반적으로 활, 특히 은 화살로 상대하는 것이 정석이었다.

은 화살은 이곳에 오기 전에 충분한 숫자를 구비해서 실반에게 줬으나, 실반 혼자서 저 많은 좀비들을 처리하기에는 시간이 너무 오래 걸릴뿐더러 저쪽에는 스켈레톤 메이지까지 있었다. 스켈레톤 메이지는 4서클의 광범위 마법인 파이어 볼을 사용하지 못하지만, 2서클과 3서클의 하위 마법 정도는 어렵지 않게 구사할 수 있었다. 개중에 뛰어난 녀석은 가끔씩 라이트닝 볼트를 사용하기도 하기 때문에 주의를 요하는 몬스터였다.

일행이 모두 석문의 뒤쪽으로 빠지자 수련이 나서서 좀비들에게 돌을 던져 도발을 시작했다.

꾸어어어.

화가 난 좀비들이 붉게 충혈된 눈을 빛내며 석문으로 가까이 다가오기 시작했다. 전투 방법은 간단했다. 수련과 헨델이 나서서 한 마리씩 유인을 하고, 석문을 넘어온 좀비를 양 날개를 담당하는 하르발트와 슈왈츠가 맡아 처리하는 방식이었다. 한 마리씩 차례대로 죽일 수 있을뿐더러 일행의 피해도 최소화할 수 있는 유익한 전투법이었다.

가끔씩 스켈레톤 메이지가 마법을 캐스팅하려 하면, 실반이 은 화살을 날려 견제했다.

끄어어어.

일곱 번째 좀비가 쓰러지자 스켈레톤 메이지들이 광분하여 소리를 지르기 시작했다.

쿠쾅!

미처 실반이 견제하지 못한 메이지들이 하위 서클의 마법을 캐스팅하여 석면을 두들기기 시작한다. 석면이 진로를 가로막고 있기 때문에 좀비들이 각개격파를 당하고 있다는 사실을 눈치 챈 것이다. 제법 똑똑한 몬스터다.

"석면이 부서지는 즉시 선공을 가한다."

기습이란 건 상대방이 알고 있을 때는 의미가 없는 것. 수련은 재빨리 하르발트와 슈왈츠에게 명령을 전달했다. 곧 석면에 기괴한 뒤틀림이 일어나며 돌조각이 꽝음과 함께 무너져 내렸다.

"지금!"

수련은 날카롭게 좀비들 사이를 치고 들어가며 실루엣 소드로 좀비의 머리를 뎅겅 날려 버렸다. 그리고 반대쪽 손으로 또 다른 철검을 집어 들었다.

섬광검 제이초(二招)
섬광포(閃光砲).

막 캐스팅 중이던 스켈레톤 메이지들이 당황하는 것이 보였다. 하지만 이미 늦었다. 검극에 실린 거대한 빛무리가 스켈레톤 메이지들을 향해 산개하듯 쏘아져 나간 것이다. 각각 심장부와 머리에 커다란 타격을 입은 스켈레톤 메이지들이 하나둘 무릎을 꿇고 쓰러졌다.

뒤를 돌아보니 남은 좀비들도 용병들에게 마무리되어 가고 있었다. 수련은 스켈레톤 메이지가 떨어뜨린 아이템들을 수거하기 시작했다. 개중에는 반짝거리는 파란색 보석 같은 것이 있어서 특히 눈에 띄었다.

[하급 마나석]
설명 : 마나를 가공하여 만든 돌이다. 비싼 값에 거래된다.

"마나석이라……."

마나석은 말 그대로 마나의 집약체였다. 주로 마법 무기나 마나 포션, 혹은 비상용 대체 마나로 사용하기도 하며, 그 저장량이 상당해서 마법사들 사이에 상당한 가격에 거래되곤 했다.

사파이어처럼 파르스름하게 빛나는 마나석을 잠시 동안 훑어보던 수련은 이내 표면의 먼지를 홀홀 털어낸 후 인벤토리에 넣었다.

수련이 용병들에게 다음 명령을 내리려 할 때였다.

—외부에서 메시지가 들어왔습니다.

아마 동생이 학교에서 돌아온 모양이었다.

—오빠, 밥 먹어!

수련은 알았다는 말을 남기며 용병들을 돌아보았다. 수련이 특별한 명령을 내리지 않을 시, 던전 안의 용병들은 자동으로 근처에 캠프를 세우고 쉬게 된다. 바닥에 떨어진 아이템들을 모두 회수한 것을 확인한 수련은 안전 지역을 설정하고 로그아웃을 했다.

캡슐에서 나오자 여동생이 에이프런을 착용한 채 입술을 비죽 내밀고 있었다. 잡티 하나 없는 새하얀 피부, 검고 긴 생머리가 찰랑거리며 허공을 맴돌고 있었다. 왠지 자랑 같아서 말을 안 하는 수련이었지만, 그의 동생은 상당한 미소녀였다.

"게임 폐인."

어쩐지 원망 어린 듯한 그 눈길에 수련은 그만 머쓱해져 머리를 긁고 말았다.

"어머니는?"

"엄마 며칠 동안 친척집에 다녀오신다고 했잖아. 못 들었어?"

"아아."

그랬던가. 기억이 없다.

게임에 투자하는 시간이 길어질수록 현실과는 점점 격리되어 가는 기분이었다. 이것도 가상현실 게임의 폐해일까. 비단 수련 혼자뿐만이 아닐 것이다. 현실보다 게임 속에서의 삶에 더 익숙해져 가는 사람은. 하지만 잊어서는 안 된다.

게임의 기반은 언제나 현실이라는 것을. 현실 없는 게임은 있을 수 없다.

"오빠가 매일 게임만 하니까… 한 가족이 모여서 식사하는 날도 점점 줄어들잖아. 게임도 좋지만 식사 시간은 꼬박꼬박 지키라구, 오빠."

"으응, 미안해."

"오늘은 엄마도 안 계시고, 특별히 내가 요리해 줄게!"

"네가 요리를?"

수련이 어이없다는 눈길로 그녀를 바라보자 수연이 발끈했다.

"뭐야? 지금 나 무시하는 거야, 오빠?"

"무시라기보다는… 그 왜… 있잖아."

사실 수연이 자신이 손수 만든 요리를 수련에게 먹이겠다고 나선 게 이번이 처음이 아니었던 것이다. 수련은 지난날의 악몽을 반추하며 오늘만은 기어코 그녀의 결심을 꺾고 말겠다는 다짐을 했다. 그러나,

"있긴 뭐가 있어. 다 만들어뒀으니까 먹기만 하면 돼."

"다 만들었어?"

맙소사.

어떻게든 핑곗거리를 만들어야 한다. 어떻게든 핑곗거리를…….

그러나 생각이 이어지는 사이 그녀에게 질질 끌려가 결국 밥상 앞에 당도한 수련은 암담한 표정으로 수저를 들었다.

"저기, 내가 좀 어지러워서 밥맛이 없는데……."

"먹어."

수련은 협상이 통하지 않는다는 것을 직감했다. 그녀는

NPC가 아닌 것이다. 오크들처럼 수련에게 속아주지 않는다.

'후우…….'

수련은 속으로 간절히 기도를 올리며 바들바들 떨리는 숟가락을 부르쥐었다. 마치 거대한 숙적을 앞에 둔 양.

"게임만 하니까 수전증까지 걸렸잖아! 내가 먹여줄까?"

화들짝 놀란 수련이 황급히 웃으며 말했다.

"아, 아냐. 내가 먹을게. 와! 이거 맛있겠다!"

수련의 말에 수연의 볼이 조금 발그레해졌다. 겸연쩍은 미소를 지은 수연이 다시금 재촉했다.

"응! 얼른 먹어봐. 열심히 만들었다구!"

수련은 시커먼 빛깔로 물든 된장찌개에 달달 떨리는 숟가락을 가져다 대었다. 자, 그래. 한번 먹어보는 거다. 혹시 알아? 음식은 보이는 게 다가 아니라고 하잖아? 보기엔 이렇지만 실제로는 맛있을지도.

꿀꺽. 그리고 침묵이 내려앉았다. 간질 걸린 참새처럼 새어 나오는 신음.

"음……."

"음?"

수련은 침묵했다. 어쩌면 영원히 침묵할지도 몰랐다. 깊은 적요가 두 사람 사이를 갈라놓는다. 마치 레테의 강처럼. 아주아주 깊고, 아주아주 어둡고, 아주아주…….

"헛소리 그만 하고 빨리 말해봐!"

"음……."

차마 입이 떨어지지 않는 맛이다. 마음 같아서는 제발 맛 좀 보고 먹이라고 말하고 싶지만 자칭 마음이 여리다는 여동생을 울릴 수는 없었다. 입아, 떨어져라, 떨어져!

"마, 마……."

"마?"

여동생이 기대감 어린 눈으로 수련을 바라보았다. 그 투명한 눈망울의 포격을 받은 수련은 옴짝달싹할 수 없는 상황에 처하게 되었다. 이제는 어쩔 수 없다. 수련은 간신히 숟가락을 내려놓으며 한숨을 쉬었다.

"맛있어."

이마에서 식은땀이 흘러내리고 있다. 여동생이 시무룩한 표정으로 고개를 숙였다. 찰랑이는 흑발이 어깨 능선을 타고 길게 내려온다.

"맛없는 거지?"

"아냐! 맛있어!"

한입으론 부족했나? 수련은 마음속으로 중대한 결심을 하며 목숨을 걸고 거무튀튀한 된장찌개를 노려보았다. 이건 정체불명의 액체다. 이건 정체불명의 액체다. 먹으면 생명력이 회복된다. 먹으면 생명력이 회복된다. 회복된…….

'이건 맛있다. 맛있다. 엄청나게 맛있다. 둘이 먹다가 하나가 죽어도 모를 정도로 맛있다.'

그렇게 자기 암시를 주자 한 입, 두 입 떠먹을 때마다 조금씩 맛이 좋아졌다. 이것도 플라시보 효과일까? 아니면 자기 암시? 수련은 이걸 다 먹은 뒤에도 살아 있을 자신이 없어졌지만, 그래도 새파래진 얼굴로 수연을 향해 웃어주었다.

수연이 기쁜 표정으로 두 손을 그러모았다.

"다행이다. 내심 걱정했는데⋯⋯."

수련의 안색은 1분 1초가 무섭게 창백해져 가고 있었다. 아니, 이제는 안색이 수연이 만든 된장찌개와 비슷하게 변해가고 있었다.

"오빠, 그런데 얼굴색이⋯⋯."

검다.

"그래, 그런데 다음부턴 내가 음식 할 테니까 너는 그냥 공부만 열심히⋯⋯."

수련은 결국 말을 다 끝맺지 못하고 쓰러졌다. 세상에는 종종, 정말 사람을 기절하게 만드는 음식이 존재한다.

화려한 스포트라이트가 스타디움의 중앙에 앉은 그를 비추고, 오색의 전등이 관중석을 뒤덮고 있었다. 거센 폭풍우 같은 함성이 몰아친다.

―진수련 선수의 강습병이 움직입니다!

적은 에일리언 나이트였다. 날카로운 에일리언 특유의 앞발이 위력적인 몬스터. 그러나 수련은 개의치 않았다. 주변에는 자신의 건물들이 즐비하게 늘어서 있었다. 건물들 사이를 대시하며 잘 피해서 사냥한다면 같은 숫자의 에일리언 나이트쯤은 어렵지 않게 사냥할 수 있다.

거대한 열기에 피부가 찌릿찌릿거린다. 수련은 부드러운 컨트롤러를 말아 쥐고서 강습병들을 요리조리 움직이기 시작했다. 그런데 이상하게도 컨트롤이 잘 되지 않았다.

'뭐야? 움직여! 움직이라고!'

수련은 동그랗게 튀어나와 있는 컨트롤러의 버튼을 꾹꾹 눌러댔다. 그러나 컨트롤러가 고장났는지 누르면 누를수록 강습병들은 오히려 죽어나갔다. 수련은 화가 나서 더 세게 버튼을 눌러 젖혔다.

뭐야! 공격을 하라니까!

으응…….

거참, 기이하게도 버튼을 죽어라 누르면 누를수록 이상한 신음 소리 같은 게 귀청을 맴돌았다. 잘못 들었나? 수련은 다시 한 번 세게 버튼을 잡아당겼다.

으음…….

갑자기 식은땀이 흘렀다. 그러고 보니 나는 이미 프로게임계에서 은퇴하지 않았던가? 왜 여기서 컨트롤러를 붙잡고 있지?

아하! 그렇구나. 생각해 보니 얼마 전 팔이 회복되어서 복귀한… 것 같은 느낌도 들고 아닌 것 같은 느낌도 들고… 아닌 것 같은 느낌도 들고…… 복귀했을 리가 없잖아!

다음 순간 수련은 왼뺨에 엄청난 통증을 느끼며 꿈에서 깨어났다.

눈을 번쩍 뜨자 보이는 것은 얼굴이 더 이상 붉어질 수 없을 만큼 새빨개진 수연의 얼굴이었다.

"바보! 뭐 하는 거야!"

그대로 오른뺨까지 허용한 수련은 예수님이라도 된 기분으로 양 뺨을 감싸 쥐며 수연의 얼굴을 올려다보았다.

"무슨 일이야? 무슨 일……."

뒤통수를 감싸 안는 매끈하고 부드러운 살결. 수련은 얼마 지나지 않아 그것이 여동생의 허벅지라는 것을 눈치 챘다. 그리고…….

"자, 잠깐, 설마 아까 내가 잡았던 컨트롤러가……."

빈약하기만 하던 절벽이 언제 저렇게 변했을까. 봉긋하게 솟아오른 여동생의 가슴을 본 수련의 얼굴이 미칠 듯이 시퍼렇게 변했다.

내가! 내가 무슨 짓을 한 거지!

"몰라! 바보!"

온몸에 경련을 일으키며 그녀의 무릎에서 일어난 수련의 표정은 내일 세상이 멸망한다는 말을 들은 인간처럼 백지장 같은 얼굴로 멍하니 허공을 바라보았다.

"오빠, 왜 그래?"

"미, 미안하다……. 내가 미쳤어. 어떻게 너를……."

천인공노할 패륜아라도 된 듯, 수련은 절망적인 표정으로 수연을 바라보았다.

"에이, 뭐, 괜찮아. 오빠인걸. 또 오바하신다, 우리 오빠."

수연이 어깨를 펴며 킥킥 웃었다. 수련도 미소를 지었다. 젖살이 빠져 미끈해진 턱, 나올 곳은 나오고 들어갈 곳은 들어간 몸매. 그가 알지 못하는 사이 동생은 여자가 되어 있었다.

수련은 새삼스런 눈길로 수연을 바라보았다. 그의 여동생도 어느덧 열여덟 살이다.

"그런 표정으로 보지 마. 난 원래부터 어른이었다고."

"웃기시네."

수련은 괜스레 퉁명스럽게 쏘아붙였다. 남매는 서로를 바라보며 피식피식 웃었다.

고된 나날이었다. 아버지가 죽고, 빚더미에 묻혀 셋방에서 보내던 지옥 같은 나날. 친구들의 놀림. 친척들의 경멸 어린 시선. 남매는 그 모든 것을 함께 견뎌왔다.

열어둔 창문 너머로 부드러운 공기가 스며들어 얼얼한 뺨을 어루만졌다.

그러고 보니 손도 많이 매워졌구나.

수련은 흘끗 동생을 보며 웃었다. 순간 눈이 마주쳤다.

"방금 음흉하게 웃었어."

"오빠한테 음흉한 게 뭐냐."

남매는 다시 키득키득 웃었다.

처연한 표정으로 창밖의 광경을 응시하던 수연은 무릎을 끌어당겨 손으로 깍지를 꼈다. 짧은 반바지 아래로 새하얀 허벅지가 드러나 수련은 재빨리 시선을 돌렸다.

드문드문 가로수가 늘어서 있는 거리에는 아무도 없었다.

남매가 어릴 적에는 밖에서 술래잡기를 하거나 공 하나를 가지고 축구를 하는 장면도 심심찮게 볼 수 있었는데, 2010년 이후로는 그런 것들을 완전히 볼 수 없게 되었다.

어린 시절부터 입시의 고통에 시달리는 아이들. 컴퓨터 게임에 빠져서 친구를 등한시하는 소년소녀들. 인터넷에서 사람을 쉽게 사귀고 쉽게 버리며, 단 한순간도 컴퓨터 앞에서 벗어나지 않으려 하는 사람들.

문득 어릴 적이 그리워졌다. 남매는 늘 함께 술래잡기를 하고 공놀이를 했다.

"무궁화 꽃이 피었습니다."

수련이 그렇게 말하며 잽싸게 고개를 돌려 수연을 바라보면, 수연은 자신의 여동생을 웃겨서 패배하게 만들기 위해 노력하는 오빠의 표정에 결국 무너져 까르르 웃곤 했다.

그래, 그땐 참 귀여웠지.

"오빠가 있어서 참 다행인 것 같아."

수연이 새삼스러운 표정으로 웃었다.

"나도 그래."

수연의 몸이 천천히 수련을 향해 기울어지더니 이내 그녀의 작은 이마가 어깨에 닿았다. 수련은 가볍게 그 무게를 지탱하며 뒤로 기대듯이 앉았다.

"그러고 보니 오빠 요즘 조금 멋있어진 것도 같은데? 내가 여자친구 소개시켜 줄까?"

"요 녀석이."

"여자친구 있어?"

"음."

수련은 가볍게 고개를 저었다. 순간 지아가 떠올랐으나, 그녀를 여자친구라고 말하기에는 뭔가 망설여졌다. 수련은 아직 자신의 감정을 정리해 내지 못했다.

"없구나?"

"있어."

"에이, 없으면서 뭘."

집요한 여동생의 말에 수련은 그만 항복하고 말았다. 그녀는 왠지 안도하는 표정으로 싱글거렸다. 수련은 왠지 자존심이 상해서 입술을 비죽였다.

"어떤 여자가 좋은데? 말해봐! 소개시켜 줄게."

짓궂게 너라고 말할 수도 있겠지만 상대는 동생.

수련은 내키지 않는 표정으로 지금까지 보았던 여자들의 얼굴을 하나둘 떠올려 보았다. 개중에 가장 예뻤던 사람을 세 명 정도 꼽으라면…….

역시 제일 먼저 떠오르는 사람은 겨울 장미 성하늘. 마치 쾌청한 하늘에 흩어지는 하얀 입김 같은 아름다움을 가진 사람.

다음으로 떠오른 사람은 지아. 순수하고 깨끗한, 더럽혀지지 않은 맑은 아름다움을 가진 소녀.

마지막으로 떠오른 사람은 여름의 백합이라는 서희경. 남자들의 이상(理想)을 모두 모아놓은 듯한 진한 섹시함은 뇌리에서 쉽사리 잊히지 않았다. 수련은 그녀들의 얼굴을 하나하나

떠올려 보다가 이내 고개를 저었다.

"됐어. 게임하기 바쁜 남자 좋아하는 여자가 어딨겠냐."

"아아, 여기 있다고."

왠지 다행이라는 그 목소리에 수련은 웃었다.

"뭐야? 너, 브라콤이야?"

"우와, 오빠가 그런 말도 알아?"

"이 오빠가 바본 줄 아냐!"

수연이 미소를 띤 채 천천히 고개를 가로젓는다. 어쩐지 애
잔한 그 표정이 수련의 가슴에 스며들었다.

"오빠, 나 중학생 때 밤거리에서… 오빠가 구해줬던 거 기억
나?"

"음, 기억하지. 바보같이 빨빨거리고 돌아다니다가 깡패들
한테 붙잡혔었지, 아마?"

"씨이."

수연이 귀엽게 볼을 부풀렸다.

"아무튼 그때 오빠가 나 구해줬잖아. 마치 자기가 무슨 영화
속 주인공이라도 되는 양 '수연아아!' 하고 외치며 달려와서
는……."

"깡패들한테 죽도록 맞았지."

그때는 정말 아팠는데 지금은 이렇게 추억이라니……. 수련
은 쓸쓸한 웃음을 터뜨렸다.

"그래도 그때, 제법 멋있었다고."

"내가?"

"응. 마치 로맨스 소설 주인공 같았어. 내 여자는 내가 지킨 다랄까?"

내 여자. 수련은 그 단어가 던지는 묘한 어감에 주춤했으나, 어떤 의미에서는 그럴 수도 있다는 생각이 들어서 웃음을 머금었다.

"너 요즘 공부 안 하고 로맨스 소설만 읽지?"

"아냐! 공부도 열심히 한다고!"

로맨스 소설을 읽긴 읽는 모양이다. 바득바득 우기는 그녀를 보며 수련이 기특하다는 듯 머리를 쓰다듬어 주었다. 어릴 적부터 습관이 들어서인지 수연은 그가 머리를 쓰다듬어 주면 새끼 강아지처럼 몸을 움츠리곤 했다.

"아무튼 빈말이라도 고마운데?"

"빈말 아냐."

몸을 잔뜩 웅크리고 있던 수연은 이내 고개를 들며 수련을 바라보았다. 그 투명한 시선을 맞받으며 수련은 생각했다.

그래, 내겐 가족이 있어.

"앞으로도 어디 가면 안 돼? 꼭 곁에 있어줘야 해. 알았지?"

"그래."

약속하듯 당부하는 동생의 말에 수련은 그녀의 어깨를 도닥여 주며 고개를 끄덕였다. 은은히 불어오는 미풍이 남매의 어깨를 조심스레 감싸 안았다.

EPISODE **008**
Death knight

어느덧 던전에 들어선 지 이 주일. 수련은 아직까지 3층의 끝에서 입구를 못 찾아 헤매고 있었다. 슬슬 상당수의 유저들이 로드 스트림을 건너올 시간이다. 시간은 더욱더 촉박하게 흘러갔다.

드문드문 비어 있는 어둠의 맥을 찌른다. 쐐액 소리를 내며 날아간 서슬이 구울의 미간에 정확히 틀어박힌다. 음영 없는 검이 시퍼런 광채를 내며 소리없이 춤춘다.

"마스터, 왼쪽이 비었다."

적의 기습을 읽어낸 실반이 재빠르게 말을 보탠다. 그늘진 무표정이 자리 잡은 그의 얼굴에서는 어떤 감정도 읽어낼 수 없었다. 그는 수련의 든든한 우방, 혹은 친구처럼 옆에서 그를 호위하고 있었다.

　문득 고등학교 시절이 떠올랐다. 그도 고등학생이던 시절이 있었다. 염세적인 것이 어른스러운 것이고, 시니컬한 것이 뭔가 대단한 것인 양 착각에 젖어 살던 시절이었다.

　내게 친구가 있었던가? 수련은 잠시 망상에 젖었다. 그에게도 친구가 있었다. 처음부터 친구라고 생각한 것은 아니었다. 그때도 친구라고 생각하지 않았다. 단지 시간이 흐르면서, 친구라는 단어를 떠올리면 자연스레 그 녀석이 연상되었을 뿐이다.

　단 한 명.

　친구는 그 녀석이 처음이자 마지막이었다.

　그 애는 지금쯤 어떻게 지낼까? 수련은 프로게이머가 되기 위해 학교를 자퇴하던 시절의 마지막 영상을 간신히 반추해 냈다. 빡빡 민 민둥산 같은 머리에 흑진주처럼 늘 빛나는 광채를 가지고 있던 두 눈. 이름을 기억해 내기까지는 약간의 시간이 더 필요했다. 그러나 곧 지워 버렸다. 이름 같은 건 별로 중요하지 않다.

　"앞으로도 내겐 많은 인연들이 있겠지. 잊혀지는 걸 막을 수는 없을 거야. 눈에서 멀어지면 마음에서도 멀어진다는 말은 슬프지만 진실이니까……. 하지만 말이다, 적어도 이 순간의 나는, 이 순간에만 존재하는 나라는 사람만큼은 너를 잊지 않을 거다. 세월이 가고 시간이 무색해져도 이 순간의 나만큼은 너를 기억하고 있을 거라는 말이야. 무슨 말인지 알겠어?"

무엇도 아닌 그 말이 수련의 가슴에 시리게 새겨졌던 그날. 고등학교를 다니던 2년 동안 늘 그와 함께 있어주었던 그의 친구. 수련은 뜬금없이 애잔한 감상에 젖었다.

"마스터, 구울이다."

던전의 앞쪽을 탐색하고 온 실반이 정찰 결과를 보고하자마자 하르발트와 슈왈츠가 날개 진형을 형성했다. 헨델 역시 수련의 곁에 서서 곧 다가올 적을 기다렸다. 던전 내에서의 전투에 익숙해진 탓이다.

미리 몸을 푸는 듯 헨델의 대검이 부웅부웅 허공을 난자했다.

헨델은 얼마 전부터 대검을 사용하기 시작했다. 중군의 화력을 보강하기 위해서였다. 어차피 신속한 검속은 수련이 압도적이기 때문에 막강한 한 방의 파괴력이 필요했다.

끄어어어.

구울은 좀비의 업그레이드 판이라고 할 수 있는 몬스터였다. 구울 같은 좀비 계열의 몬스터는 이동 능력이 떨어지는 편이라 비교적 쉽게 사냥할 수 있지만, 다만 조심해야 할 점이 있다면 구울의 손톱에는 강력한 시독(屍毒)이 있다는 것. 자칫 잘못 건드리면 꼼짝없이 중독 상태에 빠질 수밖에 없다. 요행히 수련은 빈 병에 동굴 이끼를 채집해서 하급 해독제를 만드는 법을 알고 있었기 때문에 중독에 대한 걱정은 없었다.

첫 구울의 모습이 어둠 속에서 희미한 윤곽을 드러내자마자 수련의 검이 번개같이 뽑혀 나왔다.

섬광검 제일초(招)
섬광영(閃光影).

정확히 일검!

구울의 레벨은 10이나 되었지만, 쾌검의 '선'을 깨달은 수련은 방심한 상대라면 동 레벨의 몬스터라 할지라도 한 방에 처치할 수 있게 되었다. 물론 쾌검은 정신력의 소모가 상당히 심했기 때문에 초반 기선 제압 이후로는 자주 사용하기 힘든 스킬이었다.

"실반."

수련의 목소리가 울리기도 전에 실반의 롱보우에서 멀티 풀 샷(Multi—full shot)이 작렬했다. 여섯 개의 화살이 각각 구울의 목과 심장을 노리며 은빛으로 쇄도한다.

푸욱! 푹!

실반은 이제 완연한 레인저가 되었다. 용병들은 유저처럼 딱히 특정 직업을 가졌다고 해서 어떤 혜택을 누릴 수 있는 것이 아니었기 때문에 활을 사용하면 아쳐나 레인저, 검을 사용하면 검사라고 불렸다. 물론 활을 사용하던 용병이 소드 마스터리를 올려서 검을 다룰 수도 있었고, 검을 다루던 용병이 보우 마스터리를 올릴 수도 있었기 때문에 어떤 의미에서 모든 용병들의 직업은 수련과 같은 '노비스'라고 할 수 있었다.

"다 왔다."

수련은 머릿속으로 맵 메이킹을 수행하며 외워뒀던 길들을 간신히 상기시켜 냈다. 이쪽에서 저쪽으로, 저 석등을 돌아나가면 바로 3층과 4층을 연결하는 거대한 문. 수련은 뒤를 돌아보았다.

"헨델."

수련과 눈이 마주친 헨델이 고개를 끄덕이며 앞으로 나섰다. 거대한 대검이 투박한 곡선을 그리며 웅장하게 석문에 내리꽂힌다.

쿠구궁.

수련은 가벼운 먼지 사이로 어렴풋이 보이기 시작하는 윤곽들을 보았다.

—퀘스트의 조건이 충족되었습니다.

어둠 속에서 바들바들 떨고 있는 인영들. 수련은 재빨리 어둠을 향해 달려들었다. 문의 안쪽을 지키던 스켈레톤들이 수련의 눈부신 발검에 하나둘 무릎을 꿇는다. 언데드의 열이 무너지자 그 뒤쪽에서 나타난 것은…….

"기사님!"

놀랍게도 석문의 안쪽에는 행방불명되었던 마을 사람들이 있었다. 그리고 그 마을 사람들 중에는…….

"아렌!"

"아빠!"

눈물을 머금은 채 서로를 껴안은 두 사람. 바로 슈왈츠와 그의 딸 아렌이었다. 기사 가문의 딸답게 섬뜩한 어둠 속에서도 고귀한 기품을 유지하고 있던 그녀는 헤어졌던 아버지의 얼굴을 보자 끝내 울음을 터뜨리고 만다.

"기사님, 감사합니다!"

"이대로 꼼짝없이 죽는 줄 알았건만……."

수련을 기사로 착각한 마을 사람들이 수련의 다리에 매달리며 서글프게 울어댔다. 수련은 안쓰러운 눈으로 그들을 한번쓱 훑어보고는, 하르발트와 실반에게 손짓하여 마을 사람들을 데리고 밖으로 나갈 것을 명령했다.

—'중년검사의 부탁' 퀘스트가 완료되었습니다.

—명성이 15 상승했습니다.

—경험치 게이지가 레벨 13을 돌파했습니다.

'중년검사의 부탁' 퀘스트는 D급임에도 불구하고 클로즈 베타 테스트 기간이 종료될 때까지 그걸 클리어한 유저가 아무도 없었다. 물론 그 퀘스트의 해결책을 추측해 낸 사람은 있었다. 바로 수련이었다.

베타 테스트 당시의 수련이 처음부터 이 던전과 중년검사의 퀘스트를 연결지어 생각한 것은 아니었다. 그때의 수련은 단지 행방불명된 마을 사람들을 구출하는 퀘스트를 위해 이 던전을 찾은 것뿐이었고, 그곳에서 우연히 슈왈츠의 딸인 아렌을 발견한 것뿐이었으니까.

그리고 그녀에게서 페르비오노에서 헤어진 아버지의 이야

기를 들었을 때, 수련은 주점에서 연신 술을 퍼마시던 한 중년 남자를 떠올렸다. 딸을 구해주면 자신의 능력 안에서 할 수 있는 일이라면 무엇이든 들어주겠다던 중년 사내. 마침 수련은 남은 한 명의 용병을 충당할 곳이 필요했다.

"슈왈츠."

수련의 목소리에 딸을 껴안고 있던 슈왈츠가 천천히 자리에서 일어섰다. 막 되찾은 행복을 다시 빼앗길까 두려운 자의 초췌함. 수련은 속으로 조금 미안한 마음이 들었다.

"…부탁은?"

퀘스트의 보상. 그의 능력 내에서 무엇이든 들어줘야만 하는.

"어려운 부탁을 해야 할 것 같다."

수련의 말에 슈왈츠의 표정이 굳어졌다. 어디까지나 부탁은 '그가 들어줄 수 있는 한도' 내의 것. 만약 그의 딸을 달라거나 하는 부탁이 나온다면 그는 가차없이 검을 뽑아 들지도 몰랐다. 그러나 수련의 입에서 나온 것은 뜻밖의 말이었다.

"정식으로 내 용병단에 들어와라."

용병단. 그 단어가 주는 기이한 무게에 슈왈츠는 순간 빳빳하게 굳고 만다. 그런 아버지를 보던 딸의 표정도 가히 좋지 않았다.

"아버지……."

용병. 자신의 가문을 파괴하고 그의 모든 행복을 앗아간 자들. 지금 수련은 그에게 그들과 똑같은 자가 되라고 강요하고 있는 것이다. 수련의 말이 이어진다.

"모든 용병이 다 똑같은 것은 아니다."

"하지만 용병은……."

묵묵히 입술을 깨무는 슈왈츠를 본 아렌이 애타는 목소리로 수련을 바라보았다. 그러나 수련의 그늘진 눈은 대답없는 슈왈츠의 어깨를 고요히 응시하고 있을 뿐. 진동이 가늘게 퍼져나가며 이내 결심은 현실이 된다.

"알겠… 습니다."

"아버지!"

아렌의 목소리에 슈왈츠가 팩 고개를 돌리며 딸의 시선을 외면했다. 붉게 충혈된 눈. 그의 결심이 얼마나 힘든 것이었을지 여실히 느낄 수 있었다. 아렌의 원망 어린 눈길을 받은 수련이 착잡한 표정으로 슈왈츠를 바라보았다.

"걱정 마라. 언제까지 그대를 용병으로 두진 않을 것이다."

"마스터, 당신은……."

그 말에 희망을 얻은 것일까. 슈왈츠의 시선이 수련의 그것과 얽혔다. 믿음과 믿음이 얽힘과 동시에 짧은 메시지가 수련의 귓가를 울렸다.

—슈왈츠 제네거를 용병으로 고용하셨습니다.

만남, 그리고 이별. 고요의 무게가 세 사람을 짓누를 무렵, 한참 만에 아렌이 입을 열었다.

"기사님, 아직 구출해 내지 못한 분이 계세요."

얼굴에 한가득 울음을 짓던 아렌이 처음으로 수련을 향해 건넨 말이었다. 수련은 고개를 끄덕였다. 사실 이미 알고 있다. 누구를 구출해 내지 못했는지.

언데드들이 마을 사람들을 납치한 이유는 시체의 언데드화를 통해 그들의 세력을 불리기 위해서였다. 그냥 무덤에 묻힌 시체를 쓸 수도 있겠지만, 생명력이 덜 빠져나간 시체일수록 더 강력한 언데드가 생성되기 때문에 언데드들은 일부러 살아 있는 사람을 갖다 재료로 썼다.

"페르비오노 제4왕세자를 말씀하시는 거로군요."

수련의 말에 아렌의 눈이 토끼 눈처럼 동그랗게 변했다.

"어떻게 아시는 거지요?"

"이렇게 구하러 왔잖습니까."

"아, 역시 당신은 기사님이셨군요."

아렌의 눈에 맺힌 눈물방울이 하나둘 바닥에 떨어지기 시작한다. 아렌은 자신의 목에서 왕가의 문장이 새겨진 목걸이를 건네주었다.

—연계 퀘스트가 발동합니다.

목걸이를 받자마자 작은 퀘스트 창이 수련의 눈앞에 출력된다.

[연계 퀘스트 : 페르비오노 왕세자 구출] : 스페셜 퀘스트

난이도 : A-

시간 제한 : 일주일

설명 : 페르비오노의 제4왕세자인 디오르 드 페르비오노가

전란을 틈타 남쪽으로 도주하던 도중 언데드 병사들의 습격을 받아 납치당했다. 생존자들의 증언에 의하면 왕세자를 납치한 것은 던전의 주인인 데스나이트라고 한다. 왕세자를 무사히 구출하여 페르비오노 왕궁으로 데려오자.

승낙—걱정 마십시오. 제가 왕세자님을 안전하게 모셔오겠습니다.

거절—죄송합니다. 지금 제 능력으로 왕세자님을 구출하는 것은 무리…….

내용을 본 수련의 안색이 가늘게 경련했다. 이미 한번 받았던 퀘스트임에도 마음을 쉽게 다스릴 수가 없었다. 드디어 피트가 절정에 오른 것이다.

A―급의 난이도. B급의 퀘스트를 수행하기 위해서 필요한 최소 레벨이 12인 것을 감안했을 때, A급이라면 거의 마스터급의 레벨을 요구할 것임에 분명했다.

그리고 현재 수련의 레벨은 12였다.

'4층까지 돌파하는 것은 그리 어려운 일이 아니다. 다만…….'

수련이 가장 걱정하는 것은 바로 5층에 있는 보스 몬스터였다.

마왕을 받드는 어둠의 일곱 수장 중 하나, 데스나이트(Death knight).

공략이 아예 불가능하다고 알려진, 소문만 무성한 '마왕의 성채'를 제외하고, 현재까지 밝혀진 어둠 속성의 언데드 던전은 총 여섯 개.

'리치의 마탑', '데몬의 미궁', '뱀파이어의 동굴', '언데드의 신전', '네크로멘서의 유적', '반시의 묘지', 그리고 그 마지막을 장식하는 곳이 바로 어둠의 일곱 수장 중 가장 강력한 전투력을 가진 데스나이트가 기거하는 '데스나이트의 무덤'이었다.

지난 클로즈 베타 테스트 당시, 수련은 데스나이트가 기거하는 마지막 층에서 죽고 말았다. 근접전에 약하다는 직업의 특성 탓도 있었지만, 고작 6레벨 후반이었던 수련이 거기까지 올라간 것만 해도 용한 일이었다. 그때는 은신 스킬이 상당히 높았던 탓에 그나마 데스나이트를 구경이라도 할 수 있었던 것이리라.

그리고 정식 서비스. 수련의 일정은 예정으로부터 많이 어긋나 있었다.

원래 수련의 계획은 멀티웨포너로 전직한 후, 용병들을 레벨 12까지 훈련시켜서 던전에 돌입하는 것이었다. 현재 용병들의 레벨은 슈왈츠와 하르발트가 12, 실반과 헨델이 10이었다. 본래 계획에서 오차 범위가 그렇게까지 크다고 할 수는 없었지만, 그래도 레벨 2의 차이는 무시할 수 없는 것이었다.

게다가 지금 수련의 직업은 초보자, 즉 노비스(Novice)다. 멀티웨포너로 전직할 시 얻을 수 있는 모든 무기 공격력 +20%

라는 엄청난 장점을 얻지 못한 상태. 비록 그에 못지않은 뛰어난 스킬들을 얻었다곤 하지만 데스나이트를 쓰러뜨릴 수 있다는 생각은 들지 않았다.

데스나이트는 마스터, 즉 레벨 15의 몬스터다. 얼핏 보면 레벨 2~3 차이에 불과할지 몰라도 소드 마스터와 소드 익스퍼트의 차이는 엄청난 것이다.

수련은 진지하게 포기를 고려하기 시작했다. 이 네 명의 용병을 얻은 것만으로도 사실 1차적인 목표는 달성한 셈이다. 용병은 한 번 죽으면 다시 살아나지 않는다. 용병들은 이미 소드 익스퍼트 중급. 막강한 전력을 굳이 희생할 필요는 없었다.

그렇지만 여기서 돌아가는 것도 아쉬웠다. 이미 고지가 눈앞이다.

"걱정 마십시오. 제가 왕세자님을 안전하게 모셔오겠습니다."

수련의 대답에 안절부절못하던 아렌의 표정이 환하게 변한다. 신뢰의 눈길이다.

—퀘스트를 승낙하셨습니다.
—페르비오노 왕가의 목걸이를 습득하셨습니다.

수련은 마지막 전투를 앞두고 먼저 마을에 들러 재정비를 마쳤다. 무기를 수리하고 힐링 포션과 해독제를 든든하게 챙겼다. 또한 신전에 가서 정화의 의식을 받은 후, 따로 '여신의 눈물' 몇 개를 구입했다.

여신의 눈물은 신전까지 와서 정화의 의식을 받지 않아도 그 자리에서 레벨업이 가능하도록 만들어주는 의식 대용 아이템이었다. 개당 1골드라는 상당한 가격 탓에 대부분의 유저들은 경험치를 몰아서 한 번에 의식을 받는 것을 택하곤 했지만, 수련은 그럴 여유가 없었다.

수련은 마을에 진입한 유저들을 흘끔흘끔 살폈다.

상인 유저들이 있다면 포션이나 소모성 아이템들을 싼 가격에 쉽게 구입할 수 있었겠지만, 아직까지 리저브에 진입한 유저는 많아 보이지 않았다.

종종 로드 스트림을 막 건너온 것으로 보이는 유저들이 누추한 차림의 수련을 곁눈질하며 수군거렸다.

"저것 봐, 유저 다섯 명이 우르르 몰려다니잖아?"

"장비도 허접해 보이는데… 제법이잖아, 벌써 여기까지 온 걸 보면. 의외로 근성가이인가?"

수련은 자신의 아이디와 용병의 닉네임을 숨겨놨기 때문에 다른 유저들이 보기에는 그가 데리고 다니는 용병들 또한 한낱 유저처럼 보였다.

수련은 혹여나 따라오는 유저가 없는지를 몇 번이나 체크하며, 던전으로 가는 길을 교묘히 빙 둘러서 들어갔다. 언제든 방심이란 화를 자초하는 법이다.

미리 몬스터들을 정리해 놓았던 탓에 다시 3층에 오르기까지는 그리 오랜 시간이 걸리지 않았다. 수련은 용병들을 정렬시킨 후 한 명 한 명에게 힐링 포션과 해독제를 나눠 주었다. 4층으로 가는 거대한 석문. 수련은 가볍게 검을 휘둘러 벽면을 십자로 쪼갰다.

수련은 작은 배려 차원에서 용병들을 향해 입을 열었다.

"뭐, 혹시나 할 말이 있는 사람은 지금 해두도록 해. 지금부터는 눈 깜박거릴 시간도 촉박할 테니까."

후에 상급용병이 되어 통솔력이 증가하면 이런 구구절절한 과정이라든가 입으로 명령할 필요도 없어지지만, 그전에는 이런 사소한 행위 하나하나가 용병들의 호감도나 충성도의 상승을 가져왔기에 신경 써줄 필요가 있었다.

―용병들의 충성도가 증가합니다.

역시!

입을 연 것은 슈왈츠였다.

"마스터, 한 가지 물어봐도 됩니까?"

"뭔가?"

"어떻게 제 딸이 이곳에 있다는 것을 아셨습니까?"

다른 용병들도 그 사항에 대해 궁금한 듯했다. 용병들은 수련이 기사가 아니라는 사실을 알았다. 그렇기에 더욱 궁금했다. 그는 대체 누구인가?

수련은 용병 하나하나에도 상당한 수준의 지능을 부여한 레볼루셔니스트가 새삼 존경스러워졌다. 동시에 이들을 이끄는 자신이 자랑스러워진다.

"그냥… 남들보다 예지력이 뛰어나다고 해두지."

수련은 가벼운 너털웃음으로 남은 대답을 대신했다.

"이제부터 본격적으로 힘들어질 거야."

4층에 올라온 수련이 맨 먼저 꺼낸 말은 그것이었다. 4층부터는 익스퍼트 존이 아니라 마스터 존에 속했다. 구질구질한 이름처럼 들릴지는 모르지만 말 그대로다. 익스퍼트 레벨의 유저들이 사냥하기에는 버거워지기 시작하는 사냥터라는 의미다.

끼이이익.

뭔가 본격적인 대비책을 강구하기도 전에 소름 끼치는 소음이 들려왔다. 철과 철이 맞닿아 비벼지는 그 음색은 살을 뒤집어 깐 다음 긁는 듯한 괴상망측한 기분을 야기하고 있었다.

"메탈 스켈레톤."

나타난 것은 적색 중갑옷을 온몸에 두른 하얀 해골. 레벨 12의 메탈 스켈레톤들은 절그럭거리는 다리를 끌며 한 마리당 서너 마리의 구울을 데리고 일행 앞에 기립해 있었다.

메탈 스켈레톤의 숫자는 총 다섯. 구울의 숫자는 무려 스물이 넘었다. 정면으로 싸워서는 쉽게 승부를 장담할 수 없는 숫자였다.

메탈 스켈레톤은 살아생전에 상당한 수준의 검사였던 자들이 언데드화된 몬스터. 지금까지 싸워왔던 구울이라든가 일반 스켈레톤들과는 차원이 달랐다.

"실반, 메탈 스켈레톤의 중갑옷은 은 화살로 뚫을 수 없다.

무조건 얼굴만을 노려. 불가능하다면 다리나 관절을 노려도 좋다. 잠시나마 전투력이 저하될 테니까."

실반이 고개를 끄덕이자, 수련이 재빨리 브리핑을 시작했다. 작전 구상과 작전 설명을 동시에.

"내가 중앙을 뚫는다. 실반은 내 뒤를 엄호하며 따라오도록 해. 패가 나뉘면 헨델은 혼자서 중앙을 맡고, 하르발트와 슈왈츠가 전처럼 양 날개를 맡으며 헨델을 엄호한다."

용병들이 의문을 제기하기도 전에 수련이 말을 이었다.

"나와 실반이 메탈 스켈레톤의 시선을 끌겠다. 가능한 한 빠른 시간 내에 구울을 처리하고 돕길 바란다."

수련은 용병들의 대답이 떨어지기도 전에 돌격을 시작했다. 이미 몬스터들의 지척까지 다가왔던 것이다. 메탈 스켈레톤 같은 강력한 몬스터에 정면으로 맞서 싸우기에는 구역의 가로 길이가 너무 애매했다. 정확히 세 명가량이 나란히 서서 맞서 싸울 수 있을 정도. 이 정도 간격의 구역에서는 현재의 전력을 모두 활용하기가 힘들었다. 물론 싸우면 이기기야 하겠지만 그렇게 되면 시간이 너무 오래 걸릴뿐더러 피해를 많이 입을 수도 있다. 게다가 4층은 석문을 이용할 수가 없어서 각개격파도 불가능했다.

가장 안전한 방법은 하나. 메탈 스켈레톤을 넓은 지역으로 유인하여 시간을 끄는 동안, 좁은 지역에서 다른 용병들이 구울을 빠르게 해치우기를 바라는 수밖에 없다. 이제 용병들도 꽤 강해져서 구울 정도라면 해치우는 데에 그리 긴 시간이 걸리지 않으리라.

이 전략은 수련이 메탈 스켈레톤으로부터 얼마나 적게 타격을 입고 많은 시간을 버느냐가 승부의 요지였다.

섬광포!

거대한 섬광의 빛줄기가 구울들을 꿰뚫음과 동시에 작은 길이 열렸다. 수련은 실루엣 소드를 이용해 쾌속하게 구울들을 베어 넘기며 길을 열기 시작했다. 일검에 하나씩! 구울의 열이 줄어들기 시작하자, 수련은 재빨리 왼쪽의 벽면을 밟고 구울과 메탈 스켈레톤들을 뛰어넘어 통로의 반대편에 섰다. 민첩이 높은 실반 또한 어렵지 않게 수련의 뒤를 쫓았다.

·통로를 조금 더 달려나가자 예상대로 넓은 공간이 나왔다. 4층의 구조는 오직 직선으로만 이루어져 있어서 짧고 간결한 편이었다.

달려오던 메탈 스켈레톤들이 실반의 화살을 맞고 비틀거렸다. 찰나의 여유가 생기자 수련은 재빨리 실반에게 명령했다.

"실반, 높은 곳으로 올라가서 자리를 잡아라. 내가 시선을 끌겠다."

지금처럼 수적으로 불리할 때는 좋은 자리를 선점하는 쪽이 유리했다. 던전 내의 공터는 중세시대의 콜로세움과 비슷한 구조를 취하고 있었다. 가장자리에는 벽면을 둥글게 둘러싼 장벽이 있었고, 장벽 안쪽의 계단을 통해 2층으로 올라갈 수 있는 구조로 설계되어 있었다.

수련은 실반을 따라 재빨리 계단 안쪽으로 올라서며 무섭게 뒤쫓아오는 메탈 스켈레톤들의 동태를 살폈다.

이크!

날카로운 메탈 스켈레톤의 철검이 수련의 머리를 스치고 지나갔다. 메탈 스켈레톤쯤 되면 움직임이나 전투 방식이 일반 스켈레톤과는 차원을 달리한다. 검을 던지고 휘두를 뿐만 아니라 주변의 지형지물을 무기로 사용하기도 한다. 전생에 상당한 수준의 검사였다니 이해할 법한 일이지만, 유저 입장에서는 짜증나기 그지없는 몬스터였다.

자, 덤벼라!

계단 위쪽의 고지를 점령한 수련이 의기양양한 표정으로 메탈 스켈레톤들을 내려다보았다. 계단은 메탈 스켈레톤과 일대 일로 맞서 싸우기에 적합한 넓이였다. 이 자리를 사수하면서 맞서 싸우면 용병들의 도움을 받지 않고도 하나둘씩 처리할 수 있을지 모른다.

그러나 계획은 금세 틀어졌다. 높은 계단 위에 올라선 수련을 힐끔 살핀 메탈 스켈레톤들이 고개를 한 번 갸웃하고는 반대쪽을 향해 달려가기 시작했던 것이다. 생각을 읽는 것은 어렵지 않았다.

반대쪽 계단. 녀석들은 2층에서 싸울 심산인 것이다.

쐐액!

실반의 화살이 메탈 스켈레톤들을 견제하기 위해 날아갔으나, 검질 한 번에 싱겁게 막히고 말았다. 화살도 쳐낼 정도라면 상대하기가 버거울지도 모른다. 수련은 상대가 확실한 강적이라는 것을 인지했다.

예전에 다수의 홉 고블린을 상대로 싸운 적이 있었지만, 메탈 스켈레톤과 홉 고블린은 차원이 다른 적.

메탈 스켈레톤이 2층으로 올라가게 해선 안 된다. 수련은 재빨리 위층 계단에서 뛰어내리며 메탈 스켈레톤의 뒤를 쫓았다. 꾸준한 체력 훈련을 통해 얻은 근섬유가 순간적으로 폭발할 듯 팽창했다.

여섯 발자국을 앞으로 전진한 후 십자 베기! 연속적으로 파찰음이 두 번 튀기며 불꽃의 잔재를 터뜨렸다. 급작스런 공격에 당황한 메탈 스켈레톤이 대처할 새도 없이 다른 한쪽 검의 실루엣이 빛을 발한다.

실루엣 소드!

이제 검의 분영(分影)은 감히 범인의 눈으로는 셀 수 없을 만큼 화려하고 또 빨랐다. 쾌검과 환검의 속도 차이는 그야말로 종이 한 장. 하지만 그 종이 한 장이 승부를 결정했다. 현란한 틈새를 비집고 빛줄기가 환영을 꿰뚫는다.

섬광영!

빛을 느낄 틈도 없이 첫 번째 메탈 스켈레톤이 빛줄기를 눈에 맞고 부서져 내렸다. 예상대로 메탈 스켈레톤은 2층으로 올라가지 않고 그를 포위하듯 감싸기 시작했다. 하나, 둘, 셋…
셋?

제길!

수련은 스치듯 2층을 살폈다. 실반과 대치하고 있는 한 명의 메탈 스켈레톤. 실반은 실력이 뛰어난 레인저이기 때문에 메탈 스켈레톤 하나쯤은 어떻게 상대할 수 있을지 모른다. 하지만…….

계산이 어긋났다.

수련의 계산은 네 마리의 스켈레톤을 1층으로 다시 끌어내린 후, 시간을 끌며 실반의 원거리 지원을 받는 것이었다. 지금 상태로는 메탈 스켈레톤을 모두 쓰러뜨리더라도 치명적인 타격을 감수해야 할지도 모른다.

치명적인 타격? 수련은 고개를 저었다. 아니다. 그 정도는 아니다. 이젠 그도 강해졌다. 조금은 버겁지만 지금의 그라면 저 메탈 스켈레톤들을 해치울 수 있을 것이다.

어쨌든 차선책.

성공할 수 있을지는 의문이다. 그래도 가능성이 있다는 것은 시도해 볼 가치가 있다는 말이다.

수련은 세 방향에서 쇄도하는 메탈 스켈레톤들의 검을 확인하자마자 오른손의 검을 부서질 듯 세게 부르쥐었다. 세 개의 검극이 수련의 몸에 도달하려는 찰나, 눈부신 검의 환영이 수련의 작은 몸을 빈틈없이 메운다.

환검 궁극의 방어술인 팬텀 실드가 발현된 것이다. 보랏빛 오오라와 함께 피어오른 잔영들이 세 개의 검극을 튕겨낸다. 반탄력을 이기지 못하고 메탈 스켈레톤들이 솟아오른 순간, 왼손의 검이 강렬한 섬광을 뿌리며 움직이기 시작했다.

섬광검 제이초(二招)
섬광포(閃光砲).

빠르고 완벽한 공수의 전환! 환검과 쾌검의 환상적인 연계 기술이 수련의 양손으로부터 펼쳐지고 있었다.

―구간 레벨이 올랐습니다!

섬광의 간극 탓인지 모든 메탈 스켈레톤에게 섬광을 발출할 수는 없었다. 검극에 정통으로 맞은 두 마리의 스켈레톤이 산화하며 부서졌다. 그러나 남은 한 마리가 문제였다.

서걱!

스태미나에 무리가 오는지 섬광포 발출 직후 순간 몸이 경직되어 빈틈을 허용하고 만 것이다. 간발의 차이로 급소는 피했지만, 깊게 베인 왼쪽 허벅지의 움직임이 급격하게 둔해지고 있었다.

일정 수준 이상의 상처를 입으면 힐링 포션이나 약초로도 치료가 힘들다. 수련은 마음이 급해졌다. 가능한 한 빨리 이 녀석을 쓰러뜨리고 치료를 시작해야 한다.

2층의 실반 또한 상당히 고전하고 있을 터. 슬슬 구울을 모두 처리한 용병들이 올 때가 됐는데 이상하게 늦고 있었다. 수련이 검을 엇갈리게 쥐고 휘두를 찰나, 버그인지 렉인지 갑자기 메탈 스켈레톤의 움직임이 뻣뻣해졌다.

실이 끊어진 마리오네트처럼 메탈 스켈레톤의 육중한 몸이 서서히 무너져 내렸다. 수련은 기회를 놓치지 않고 메탈 스켈레톤의 머리에 검을 찔러 넣었다.

파삭!

검이 들어가기도 전에 먼지가 되어 공중에 흩어져 버리는 메탈 스켈레톤. 수련은 의아한 시선으로 메탈 스켈레톤을 잠깐 내려다보다가 재빨리 실반이 있는 2층으로 시선을 돌렸다. 그런데 2층에도 똑같은 일이 벌어지고 있었다.

실반 또한 영문을 모르겠다는 표정이었다. 다른 용병들의 도움일까? 아니다. 아직까지도 용병들은 이곳까지 오지 못한 듯했다. 이상한 불안 같은 것이 죽음을 앞둔 매미처럼 가슴 깊은 곳에서 파르르 떨기 시작했다.

스르릉.

원추형 콜로세움의 칙칙한 어둠 속에서 소름 끼치는 마찰음이 울렸다. 어둠 속에서도 은은한 광채를 가진 채 새파랗게 빛나는 두 개의 검. 등골이 삐걱거렸다.

스켈레톤 나이트!

"맙소사."

그럴 리가 없다. 수련은 계획의 완성도를 높이기 위해 베타 테스트 당시 몇 번이나 이 던전을 들락거렸었다. 던전의 지도를 작성하고, 몬스터들의 분포도를 익히고, 혹시나 빠뜨린 몬스터는 없는지 꼼꼼히 체크하고……. 단 하나의 빈틈도 허용하지 않았다.

"패치가 됐어?"

그렇게밖에는 생각할 수 없었다. 수련은 한 번도 4층에서 스켈레톤 나이트를 본 적이 없었다. 수련이 알기로 스켈레톤 나이트는 '언데드의 무덤'에 나오는 스켈레톤 킹을 호위하는 준 보스급 몬스터. 그런데 그런 몬스터가 4층에?

반드시라고는 할 수 없지만 종종 준 보스 급이나 보스 급 몬스터가 출현하면 그 기력을 감당해 내지 못한 일반 몬스터가 소멸하는 경우가 있는데, 지금 같은 경우가 그런 상황이었다.

'데스나이트 하나만으로도 벅찬데, 저 녀석들까지……'

스켈레톤 나이트의 레벨은 13. 소드 익스퍼트 상급은 되어야 상대할 수 있는 몬스터다. 이런 상황을 맞이하는 것은 처음이었기에 대처 방법 같은 걸 생각해 뒀을 리도 없었다.

어떡하지?

나타난 스켈레톤 나이트는 둘. 스켈레톤 나이트는 보통 셋이서 하나라고 들었다. 그렇다면 남은 하나는? 식은땀이 등줄기를 훑고 지나갔다.

분명 남은 하나는 다른 용병들과 싸우고 있을 것이다. 그래, 그렇다면 조금 안심할 수 있다. 그 셋이라면 어렵지 않게 구울을 해치우고, 스켈레톤 나이트 하나를 없앨 수 있을 것이다.

스아아아!

어둠마저 꽁꽁 얼려 버릴 듯한 냉기 어린 그 시선에 자기도 모르게 주눅이 들었다. 그러나 물러서지는 않는다. 전에도 그랬듯이 늘 일이 계획대로, 혹은 예상대로 풀리리라는 법은 없는 것이다.

벌컥벌컥 힐링 포션을 들이켠 수련이 짧은 신음을 내뱉으며 두 자루의 검을 뽑아 들었다. 그에게는 환검과 쾌검이 있는 것이다.

실반의 매그넘 샷을 신호로 두 마리의 스켈레톤 나이트가 수련을 향해 달려오기 시작했다.

섬광영!

수련은 일부러 낮은 각도로 검을 휘둘렀다. 그러나 두 마리의 스켈레톤 나이트는 너무도 쉽게 공중으로 뛰어올라 그의 섬광을 피해 버렸다. 스켈레톤 나이트들은 소드 익스퍼트 상급의 기사들. 개개인이 녹록지 않은 실력을 가지고 있다.

하지만 바로 그게 수련이 노렸던 것.

"실반!"

명령이 떨어지기도 전에 이미 은은한 오오라에 감싸인 실반의 멀티 풀샷이 작렬하고 있었다. 쾌속한 일곱 개의 은빛이 두 마리의 스켈레톤 나이트를 향했다. 아무리 실력이 뛰어난 기사라도 공중에서 방향을 바꿀 수는 없기에.

쿠아아!

괴상망측한 그 포효에 수련은 순간 미간을 찡그렸다. 공간이 붙어 일그러질 듯한 괴성. 입에서 나오는 것인지, 아니면 다른 어딘가에서 울려 퍼지는 것인지 알 수 없는 목소리. 음파에 정면으로 충돌한 몇 개의 화살이 바닥에 틀어박히고, 속도를 잃은 나머지 화살들은 스켈레톤이 휘두른 검에 보기 좋게 튕겨 나갔다.

수련은 경악을 곱씹으며 이맛살을 찌푸렸다. 녀석들의 실력은 상식을 초월하고 있었다.

"데스나이트도 아닌 녀석들이……."

겨우 이런 녀석들에게 고전한다면 마스터 레벨인 데스나이트도 상대할 수 없다. 수련은 검을 교차시키며 반월 형태로 날아오는 스켈레톤들의 검을 쳐냈다. 과연 스켈레톤의 기사는 완력의 수준도 달랐다.

검과 검이 맞물리며 힘 싸움이 시작된다. 그러나 상대는 둘. 수련은 온 힘을 다해 검을 밀쳐 내고는 다시 거리를 벌렸다. 어차피 마스터 레벨 이전의 전투는 기교, 혹은 힘에 의해 승부가 갈린다. 레벨 면에서 1이 꿀리고, 익스퍼트 중급과 상급이라는 격차가 있지만 그것만으로 패배를 인정할 수는 없었다.

수련은 가능한 한 마나를 절약하며 다시 한 번 섬광영을 펼쳤다. 그래도 섬광류의 기술은 소모되는 스태미나에 비해 마나를 적게 쓰는 편이었다.

"꾸아, 인간!"

수련의 '직선'에 스친 스켈레톤 나이트가 비명을 지르며 검을 마구 휘둘러 왔다. 아찔한 검격에 왼쪽 어깨와 무릎에서 은빛 입자가 새어 나왔다. 지능이 높은 몬스터일수록 오히려 이런 면에서는 편리하다. 지능이 아예 없는 경우는 몬스터에게 '감정'이라는 것이 존재하지 않지만, 최소한의 지능이라도 있다면 몬스터로부터 도발을 이끌어낼 수 있는 것이다.

실반의 은 화살이 다른 스켈레톤 나이트 한 마리를 견제하는 동안 수련은 왼손에 비교적 데미지가 강력한 스켈레톤 롱 소드를 바꿔 잡았다.

이봐들, 그동안 나도 놀고만 있었던 건 아니라고.

펜텀 블레이드 퍼스트 스타일.
일루전 브레이크(Illusion brake).

검이 분화한다. 실루엣 소드와는 달리 분명한 하나의 형체를 갖춘 환상의 검. 페르비오노 진입 전에는 고작 다섯 개가 한계였던 그의 검이 이제는 아홉 개가 되어 있었다. 그러나 공격은 거기에서 그치지 않았다.

연계 스킬. 실루엣 소드.

일루전 브레이크에 이은 실루엣 소드. 아홉 개의 검날은 수많은 실루엣에 둘러싸여 또 다른 형태의 분검(分劍)을 시작했다. 허상과 잔영, 그리고 실체가 섞인 수십 개의 검. 무한(無限)이라 말하기엔 부족하지만, 상대방을 당혹시킨 후 해치우기엔 충분한 숫자.

끄아아!

두려움을 모르는 스켈레톤 나이트들은 용맹하게 검을 향해 돌격했다. 그러나 그것은 실수였다. 그들을 기다리고 있는 것은 검의 무덤. 수많은 검이 스켈레톤 나이트의 모든 방위를 노리고 돌격해 들어갔다.

그러나 역시 스켈레톤 나이트. 쉽게 죽을 생각은 없었던 모양이다. 최후의 순간, 스켈레톤 나이트 하나가 허리춤에서 단검 하나를 뽑아 들어 수련을 향해 던졌던 것이다. 찰나의 공간을 앞에 두고 있었기에 피할 수 없는 일격이었다.

푸슉!

단검은 정확히 수련의 오른쪽 가슴에 스치듯 박혔다. 그러나 깊은 출혈이 일어나야 함에도 불구하고 데미지는 거의 없었다. 분명 죽었다고 생각할 만큼 깊은 상처인데…….

끄아아아.

검에 맞은 스켈레톤 나이트들이 괴로움에 몸을 비틀어댔다. 곧 하얀 입자가 피어오르기 시작했다.

소드 익스퍼트 상급이라는 스켈레톤 나이트들은 그 위명에 걸맞지 않는 허무한 최후를 맞이하고 말았다. 수십 개의 검극이 스켈레톤 나이트를 관통하고, 또 난자했다.

기교의 승리였다.

"하아!"

마나가 다 떨어진 수련은 자리에 쓰러지듯 주저앉았다. 새어 나온 한숨이 뼛속에 고인다. 수련은 재빨리 가슴의 단검을 뽑아내고 그곳에 힐링 포션을 부었다. 의외로 상처는 깊지 않았다.

방금 그 스킬은 수련의 몇 안 되는 히든카드였다. 아직 다른 고급 스킬들은 숙련이 완전치 못했기 때문에 비교적 하위 스킬에 스킬을 덧씌워 고급 스킬에 못지않은 효과를 내는 방법을 선택했던 것.

―경험치 게이지가 레벨 13을 돌파했습니다.

수련은 메시지가 들려옴과 동시에 인벤토리에서 유리병 하나를 꺼내 스스로의 머리 위에 뿌렸다. 여신의 눈물이었다. 몸이 부르르 떨림과 동시에 메시지가 들려온다.

'나의 작은 영광의 일부를 돌려 작은 하늘을 유영하는 새들을 위해 남기노니 부디 유용하게 사용하도록 하라.'

―레벨이 올랐습니다.

"마스터!"

뒤쪽에서 달려오는 세 명의 용병. 용케도 스켈레톤 나이트를 해치운 모양이었다. 하지만 생각보다 오래 걸렸다. 수련이 나무라듯 입을 열었다.

"너무 늦었잖아."

"죄송합니다. 구울을 상대하던 도중에 괴이쩍은 해골 두 마리를 만나는 바람에……."

슈왈츠가 수련에게 손을 내밀며 말했다.

"두 마리?"

두 마리의 스켈레톤 나이트를 자신과 비슷한 시간대에 해치웠다는 말인가?

수련은 그제야 고개를 끄덕였다. 납득할 만했다. 강해진 것은 그뿐만이 아니었다. 어느덧 용병 슈왈츠와 하르발트의 레벨도 자신과 같은 13에 들어섰던 것이다.

"그렇군. 강해졌구나, 너희들도."

그뿐만 아니라 실반과 헨델도 급속한 레벨업을 해서 11이 되어 있었다. 스켈레톤 나이트의 경험치가 생각보다 짭짤했던 모양이다. 희망이 조금 부풀어 올랐다.

수련은 빼먹지 않고 아이템 수거를 시작했다. 공터 안쪽에서부터 구울을 상대한 곳까지, 그는 진로를 역행하며 아이템들을 모았다. 그러나 떨어진 아이템들은 대부분 잡템이거나 쓸모없는 것들이 많았다.

[스켈레톤 나이트의 낡은 장갑] : C+ 그레이드 레어.

방어력 : 30

옵션 : 힘+20 / 체력+20 / 민첩+5

설명 : 스켈레톤 나이트가 사용하던 낡은 장갑. 질긴 트롤과 미노타우르스의 가죽으로 되어 있으며 힘과 체력을 향상시켜 준다.

[스켈레톤 나이트의 단검] : B- 그레이드 매직

공격력 : 1-1

옵션 : 힘+10 / 민첩+10

부가 옵션 : 30%의 확률로 적에게 치명적인 타격을 입힐 수 있다. 타격을 입은 적은 빈사 상태에 빠지며, 특수 옵션이 발현될 시 단검은 자동 소멸된다.

설명 : 스켈레톤 나이트가 사용하던 단검. 전생에 억울하게 죽은 원혼들의 저주를 받은 단검으로 강력한 시독이 묻어 있다.

단검의 옵션을 보던 수련은 이마에 흐르는 땀을 훔쳤다. 하마터면 단 한 방에 저 세상으로 갈 뻔했던 것이다. 운이 좋았다. 아니면 스켈레톤 나이트의 운이 나빴거나.

수련은 장갑을 자신이 쓰기로 했다. 레어 급에 힘과 체력을 20씩이나 올려준다면 팔더라도 상당한 가격을 받을 수 있는 아이템이었지만, 이런 아이템은 수요가 공급보다 월등하기 때문에 오래 가지고 있을수록 그 가치가 상승하는 법이다.

"다들, 다친 곳은 없나?"

수련은 용병들을 훑어보며 말했다.

—용병들의 충성도가 상승했습니다.

이런 사소한 관리에도 쉽게 감동하는 것이 용병들. 수련은 내심 미소를 지으며 한 명 한 명의 상태를 꼼꼼하게 살폈다. 남은 것은 최후의 결전 만반의 준비를 갖춰야만 한다.

데스나이트.

"어쩌면 다음 층에서 우리 중 한 명은 죽을지도 모른다."

그렇게 되지 않기를 빌었으나 수련의 말은 사실이었다. 어쩌면 그들 중 한 명, 아니, 그들 모두가 죽을지도 모른다. 그만큼 데스나이트는 강하다. 클로즈 베타 테스트 당시 은신과 회피 기술만큼은 거의 유저들 중에서 거의 최고라고 자부했던 수련이 데스나이트의 일검을 받아내지 못하고 즉사했다. 이번이라고 그러지 않으리라는 보장은 없었다.

"너희들의 의견을 들어보려고 한다. 여기서 그만 내려갔으면 하는 사람 있나?"

형식적인 질문이었다. 아직 수련이 하급용병이기 때문에 용병들 사이에 이견이 발생할 수 있었다. 중급용병이 되면 통솔력이 강화되어 용병들은 더 이상 이견을 제기하지 않게 되고, 상급용병이 되면 간단한 눈짓과 손짓만으로도 용병들의 움직임을 조작할 수 있게 된다. 그러나 그건 후의 일. 지금의 수련은 하급용병이었다.

대표로 대답한 것은 슈왈츠였다.

"저희는 마스터의 의견을 따릅니다."

다행히 용병들은 고분고분했다. 그것은 수련이 착용하고 있는 통솔력을 상승 옵션을 가진 오크 족의 목걸이 탓도 있지만, 평소에 수련이 용병들을 잘 관리해 주었기 때문이리라.

"대장, 뭐가 무서워? 쓸어버리자구!"

"저는 두렵지 않습니다."

헨델과 실반도 고개를 끄덕였다. 수련의 시선이 마지막으로 향한 곳은 하르발트였다.

"하르발트, 미리 말하지만 데스나이트에게 꼼수가 먹힐 거라는 생각은 하지 마라."

"음."

하르발트는 찔끔한 표정으로 수련의 눈길을 받았다. 수련은 심심한 눈길로 다시 한 번 용병들을 바라보았다.

멀티태스킹 능력만을 사용할 거라면 사실 네크로맨서나 소환술사 같은 직업을 선택하는 편이 더 나았다. 하지만 수련은 그 자신도 앞에 나서서 싸우는 것을 원했다.

전투란 모름지기 그런 것이다. 자기가 직접 전장의 최첨단에 선 채 다른 이들을 지휘하는 것으로부터 오는 쾌감. 그래서 수련은 용병들을 키운다.

"그럼 가자."

5층으로 가는 석문은 특이하게도 색다른 재질의 금속으로 제작되어 있었다. 수련은 이미 한 번 겪어봤던 상황이었기에 당황하지 않고 문의 옆에 있는 작은 레버를 내렸다.

쿠구궁.

마침내 5층으로 가는 문이 열렸다.

*　　　*　　　*

하아아……!

냉혹한 숨결이 깊은 어둠에 연무처럼 녹아내렸다. 파르르 떨리는 입술이 자신의 것 같지 않았다.

이곳에 들어온 지 얼마나 시간이 흘렀을까. 하루? 이틀? 사흘? 알 수 없었다. 그러나 분명히 말할 수 있는 것은 지독한 시간이었다는 것이다. 그는 자신의 의지가 누구보다 강하다고 믿었다.

그래, 지금은 힘이 없어서 도망치는 것일 뿐. 용병? 웃기지 말라고 해. 언젠가는 반드시…….

아아아…….

기억은 혼선을 빚는다. 입술을 타고 흐르는 목소리가 어색하기만 하다. 마치 끝이 없는 무저갱, 혹은 공허 속에서 우러나오는 듯한 끔찍한 음성. 믿고 싶지 않다.

내가 진 것을 믿고 싶지 않다. 나는… 나는… 나는 누구?

새하얀 뼈가 드러난 손. 시간이 내려앉아 나이를 먹은 망토와 하얗게 빛나는 중갑, 그리고 손끝에 쥐어진 날카롭게 벼려진 검.

그래, 사실은 인정하기 싫었을 뿐이다. 자신이 이렇게 된 것을. 그는 주변을 둘러보았다. 그곳에는 자신과 똑같은 상황에 처한 네 명의 검사가 있다. 한때는 자신을 호위했던 용맹한 검사들.

북극의 숨결을 빚어 만들어낸 차가운 눈동자. 깊은 어둠의 허무를 깎아 만들어낸 심장. 세상 모든 공허를 담은 어둠의 생명체.

죽음의 기사[Death knight].

데스나이트는 생각한다.

나는… 누군가를 기다리고 있다. 하지만 누구를……?

쿠구궁!

사고는 천천히 점멸하듯 마비되어 간다. 스르르 열린 석문과 함께 소음이 존재하지 않을 귀를 먹먹하게 한다. 나타난 다섯 명의 인영. 자신도 모르게 미소를 짓는다.

…왔다.

어둠의 옥좌에서 일어나 검을 뽑는다. 그래, 저들이 바로 자신이 기다리던 자들. 이제는 미소라고 부를 수 없는 기괴한 것이 얼굴의 표면에 떠오른다.

기다리고 있었다.

* * *

방을 장식한 네 개의 거대한 거울. 거대한 대전의 기틀 위에 다섯 개의 그림자가 일렁이고 있었다. 음산한 죽음의 냄새가 주변을 옅게 잠식한다. 진입과 동시에 쿵, 하는 소리를 내며 석문이 닫혔다.

"이 무슨……!"

수련은 5층에 들어서자마자 끔찍한 표정으로 소리쳤다. 그들을 기다리고 있었던 것은 한 마리도 아닌, 무려 다섯 마리의 데스나이트였다.

일말의 가능성이라도 있다면 포기하지 않는다고? 그건 가능성이라고 부를 만한 여지가 조금이라도 존재할 때의 이야기였다.

수련은 망설이지 않고 귀환 스크롤을 찢었다.

─스크롤 사용 불가 지역입니다.

"제기랄!"

저도 모르게 욕설이 튀어나온다. 데스나이트 한 마리라면 상대할 법도 했다. 하지만 무려 다섯 마리다.

게다가 중앙의 데스나이트는 다른 데스나이트들보다 월등히 강해 보였다. 입은 중갑도 달랐다. 다른 데스나이트들이 흑색의 풀 플레이트를 갖춰 입은 반면, 중앙의 데스나이트는 흰 오오라가 피어오르는 신비한 형태의 갑옷을 입고 있었다.

그의 온몸에서 흘러나오는 죽음의 기운만 아니라면 성기사단의 팔라딘(Paladin) 같기도 했다.

공간 전체에서 울리는 것인지, 아니면 자신의 뇌리에서 울리는 것인지 알 수 없는 기묘한 목소리가 울린 것은 그 순간이었다.

"나약한 인간 주제에 용케도 여기까지 왔군."

형식적인 문장. 수련은 그 서늘한 눈길에 지지 않고 매섭게 눈을 떴다.

"왕세자는 어디 있지?"

수련은 여차하면 5층의 석문을 부수고 달아날 요량으로 연신 뒤쪽을 흘끔거렸다. 가능하다면 왕세자만이라도 데리고 나갈 생각이었다.

'아이템을 놓치는 것은 조금 아깝지만…….'

수련이 눈에 불을 켜고 데스나이트를 찾았던 것에는 다 이유가 있었다. 바로 공식 홈페이지에 올라와 있는 데스나이트에 대한 설명 때문이었다.

[데스나이트] : Level 15.

설명 : 어둠에 그 뿌리를 둔 죽음의 기사. 전생에 마스터 급의 역량을 갖춘 위대한 검사들이 온전치 못한 죽음을 맞이하여 언데드화된 괴물이다.

늘 공허와 허무 속에 잠겨 살아가는 그들은 암흑의 끝에서 쟁취한 불사신의 몸으로 다시 태어나 암흑군단을 이끄는 죽음의 기사가 되었다.

혹시라도 여행 도중 데스나이트를 만난다면 망설이지 말고 귀환 스크롤을 찢기 바란다. 조금이라도 지체하게 된다면 다음 순간 당신은 이미 이 세상 사람이 아닐 것이다.

드랍 아이템 : 데스나이트 세트(Death knight set).

수련이 주목한 부분은 아이템, 바로 '데스나이트 세트'였다. 한때 인프라블랙에서 이런 이야기를 들은 적이 있었다.

—이건 확실한 정보는 아닌데, 어차피 정확한 정보는 정보라고 할 수 없으니 블랙 멤버들에게만 살짝 알려주도록 하지.

큰 인심을 쓴다는 듯 입을 연 카오스블랙은 당시 다음과 같은 메시지를 타이핑했다.

—암암리에 퍼진 입소문에 의하면, 론도의 특정 몬스터는 특수한 '세트 아이템'을 떨어뜨린다더군. 세트 아이템의 등급은 레어와 유니크의 중간 수준이고, 이 세트 아이템들에는 특수한 기능이 있는데, 개중에 어떤 것은 특정한 몬스터로 변신할 수 있는 옵션을 갖추고 있다더군.

—신용할 수 있는 정보인가?

—말했다시피 확실한 정보는 아니다. 이런 정보를 유저들이 알고 있을 리는 없고, 정보의 근원지를 굳이 추적하자면 최종적으로 운영자 중 한 명일 수밖에 없는데… 과연 무슨 의도로

이런 이야기를 흘렸는지는 도무지 알 수가 없더군.

카오스블랙의 정보는 그게 전부였다.

"왕세자를 찾나?"

묘하게 비틀린 조소가 담긴 목소리. 수련은 상대방이 그런 걸 가르쳐 줄 리가 없다고 생각했다. 수련은 검을 빼어 든 채 묘연하게 흐르는 긴장 속에서 타이밍을 쫓았다.

탈출한다.

"탈출할 생각은 하지 않는 게 좋아. 저 석문은 미스릴로 만들어졌거든."

생각을 읽혔다는 패배감과 분노로 인해 어깨가 가늘게 떨렸다. 그러나 전처럼 자신감을 잃지는 않았다. 심리를 읽고, 그에 맞게 대처하는 것은 수련 자신의 특기이기도 했던 것이다.

"그런 생각 한 적 없다. 단지 너를 죽이고 저 문을 떼어 팔면 얼마나 받을까 하는 생각을 하고 있었지."

허세가 담긴 그 웃음에 데스나이트가 묘하게 입술을 비틀었다.

"그대는 재미있군."

"왕세자는 어디 있지?"

수련은 같은 질문을 다시 한 번 던졌다. 데스나이트를 쓰러뜨리더라도 우선 왕세자의 신병을 확보하는 것이 중요했기에.

데스나이트의 섬뜩한 두 눈이 천천히 깜빡거린다. 인간은 닿을 수 없는 허무가 그 속에서 전율하고 있었다. 데스나이트의 빼빼한 손가락이 가리킨 곳은 수련의 가슴이었다.

새하얀 백색의 갑옷, 그리고 갑옷의 가슴 부근에 새겨진 문장. 수련은 감전된 사람마냥 몸을 부르르 떨었다. 그와 똑같은 문장이 수련의 목에도 걸려 있었다. 그뿐만 아니라 다른 데스나이트의 갑옷에도 똑같은 문장이 새겨져 있었다.

설마하니 이들은……

"당신은……?"

데스나이트의 고개를 까딱거린다. 모든 의문을 뭉뚱그려 일소하듯이 기괴한 목소리가 허공을 울렸다.

"그래, 내가 바로 왕세자다."

* * *

왕세자 디오르 드 페르비오노는 정확히 말해서 데스나이트에게 납치된 것이 아니었다. 정확히 말해서 납치된 것은 일행의 '일부'였다.

아렌을 포함한 스물두 명의 왕세자 일행. 습격의 생존자들에게 그들의 납치 소식을 들은 왕세자와 4인의 호위기사는 그들을 구출하기 위해 몰래 던전 속에 잠입했다.

난을 피해 변경 마을인 리저브에 정착한 왕세자 일행에게 언데드 무리의 습격은 설상가상의 재난 같은 것이었다.

'데스나이트, 그리고 여덟 마리의 스켈레톤 나이트.'

당시 왕세자와 호위기사들은 석면 뒤에 숨어서 그들의 행적을 몰래 추적하고 있었다. 상대방의 병력을 확인한 왕세자는 침착하게 때를 기다렸다.

데스나이트만 쓰러뜨린다면 이곳에 갇혀 있는 사람들을 구할 수 있다.

당장 달려들어서는 상대할 수 없는 전력이었다. 하지만 얼마 지나지 않아 기회는 찾아왔다. 데스나이트가 네 마리의 스켈레톤을 위층으로 다시 올려보냈던 것이다.

아마 납치한 일행을 감시하기 위해서인 것 같았다.

기회는 지금뿐.

왕세자 일행은 네 마리의 스켈레톤 나이트와 데스나이트를 향해 달려들었다. 스켈레톤 나이트들은 익스퍼트 상급인 왕세자의 호위기사들이, 데스나이트는 마스터인 왕세자가 상대했다.

검과 검이 부딪치며 강한 불꽃의 음영이 드러났다. 색조 짙은 데스나이트의 다크 오라가 무시무시한 위력을 선보이며 왕세자를 압도했다.

'질 것 같으냐!'

왕세자의 검에서도 황금빛의 오라가 넘실거리며 데스나이트의 다크 오라에 정면으로 부딪쳐 갔다. 오라와 오라, 투지와 투지의 대결.

'강하다!'

몇 번의 검을 채 섞기도 전에 왕세자는 자신이 눈앞의 상대에게 이길 수 없을지도 모른다는 생각을 했다.

왕세자는 마스터 초급의 실력을 가지고 있었다. 그에 비해 데스나이트는 오랜 시간 암흑 투기를 축적하여 이미 마스터 중급을 바라보는 경지에 올라 있었고, 시간이 지날수록 전황은 점차 왕세자에게 불리하게 돌아갔다.

찰나가 승부를 가르는 순간, 미처 막지 못한 다크 오라가 그의 옆구리를 스쳤다.

"크윽!"

"왕세자님!"

신의 축복이 있었을까.

구사일생으로 네 명의 호위기사들이 스켈레톤 나이트들을 쓰러뜨리고 그를 돕기 위해 달려들었다. 비록 마스터 급의 실력자들은 아니었지만 그들 개개인은 왕가에서 알아주는 소드 익스퍼트 상급의 검사. 비록 몸의 곳곳에 상처를 입기는 했지만 익스퍼트 상급 네 명이면 능히 마스터 하나를 감당해 낼 수 있었다.

"크으으!"

수적 우세에 밀려 데스나이트는 점차 움직임이 둔해져 갔다. 신이 왕세자의 손을 들어준 것이다. 네 명의 기사가 데스나이트의 틈을 만들기 위해 몸을 던져 데스나이트의 검을 막았다. 여러 명의 기사들이 달라붙자 움직임을 제한당한 데스나이트가 포효하며 날뛰기 시작했다.

그리고 기회가 왔다. 왕세자는 자신이 펼칠 수 있는 최고의 기술을 선보였다.

골든 블레이드(*Golden blade*) 라스트 스타일.

소드 익스플로전(*Sword explosion*).

황금의 오라가 강력한 굉음을 일으키며 데스나이트의 몸체에 적중했다. 폭발과 동시에 데스나이트의 심장부에 금이 늘기 시작했다.

"해치웠다!"

호위기사들의 환호성이 터져 나왔다. 그래, 해치웠어. 그 순간만큼은 왕세자조차도 그렇게 믿고 있었다.

그러나.

"크으… 인간들, 나는 이대로 죽지 않겠다!"

데스나이트는 자신의 오른손을 왼쪽 가슴에 찔러 넣었다. 심장에서 뿜어져 나온 암흑이 콸콸 흐르며 주변을 조금씩 채워 나가기 시작한다. 뭔가 심상치 않음을 느낀 왕세자와 호위기사들이 데스나이트를 향해 공격을 시작했으나 이미 때는 늦어 있었다.

깡마른 손에 쥐어진 암흑의 원천. 데스나이트는 처절한 고통 속에서 원통한 목소리로 부르짖었다.

"언데드의 왕이시여, 저의 목숨을 제물로 이들을 저주하소서!"

데스나이트의 외침과 함께 암흑의 밀도가 짙어진다. 상처로 어둠이 스며들고, 불쾌한 감각이 혈류 속에 녹아들어 왕세자들을 잠식하기 시작했다.

"네놈, 무슨 짓을!"

안색이 검게 변한 채 목을 부여 쥔 왕세자는 고통스러운 표정으로 데스나이트를 올려다보았다. 검은 가루로 산화하는 데스나이트의 입가에는 처참한 미소가 떠올라 있다.

"크흐, 너희들은 영원한 어둠 속에서 깊은 고독과 함께 떠돌게 될 것이다. 영혼이 회귀하지 못하는 불사(不死)의 지옥이 어떤 것인지 처절하게 느껴보거라!"

불사의 지옥. 왕세자는 꺼져 가는 의식 속에서 몇 번이나 머리에 메아리치는 그 목소리를 들었다.

*　　　*　　　*

"그래서 깨어났을 때는 데스나이트가 되어 있더라는 말인가?"

"그래."

왕세자는 무심한 표정으로 고개를 끄덕였다.

"그렇게 된 것이다."

덧붙이는 음색에는 고저(高低)가 없다. 마치 당연한 수순 같은 것을 밟는 양, 이젠 데스나이트가 된 왕세자는 담담한 눈길로 수련을 바라보고 있었다.

원망? 아니면 후회? 감정을 읽을 수 없었다. 수련은 거기서 어떤 참담함 같은 것을 느꼈다. 메시지가 떠오른 것은 그때였다.

─퀘스트 조건이 변경되었습니다.

[연계 퀘스트 : 데스나이트의 명예] : 스페셜 퀘스트
난이도 : A-
시간 제한 : 하루
설명 : 왕세자와 호위기사들은 악전고투 끝에 데스나이트와 네 명의 스켈레톤 나이트를 쓰러뜨렸으나 결국 어둠의 힘에 감염되어 언데드가 되고 말았다. 의지가 어둠에 완전히 잠식되기 전에, 그들을 처치하여 명예를 지켜주고 안식을 가져다주자.

속에서 울컥하고 뭔가가 솟구치는 것을 간신히 참았다. 이건 뭐, 사람을 놀리는 것인가?

어느 정도의 패치가 있을 거라고는 예상했지만, 설마 데스나이트가 하나에서 다섯으로 늘어날 줄은 몰랐다. 수련은 베타 테스트 당시 대전에 고독하게 서 있던 데스나이트를 떠올렸다. 아마 그 녀석이 바로 왕세자 일행이 처치했다던 그 데스나이트이리라.

수련의 던전 진입이 예상보다 늦춰졌기에 일어난 일이다.

"네 녀석을 기다리는 사람이 있다."

수련은 자신의 목에서 목걸이를 떼어냈다. 페르비오노의 황금색 이도류가 그려진 왕가의 문장. 왕세자의 눈길이 크게 흔들렸다.

"…아렌인가?"

"그래."

그것은 마지막 희망 같은 것이었다. 왕세자는 수련 일행을 바로 공격하지 않았다. 만약 그에게 미약하나마 의지가 남아 있고, 어둠에 잠식되지 않았다고 한다면 싸우지 않고도 살아날 길을 찾을 수 있을 것이다.

고개는 천천히 가로로 흔들린다. 절망의 농도가 짙어졌다.

"나는 이미 그녀와 다른 길로 들어섰다. 나는 인간이 아니다."

"아직 의지가 있잖아!"

"잠시뿐. 나는 알고 있다. 내 의지란 건 거대한 태양 앞에 선 작은 반딧불 정도에 불과하다는 것을."

"도전해 보지도 않고 포기하는 것만큼 멍청한 짓도 없지."

수련 스스로도 자기 목소리라고는 믿을 수 없을 만큼 신랄한 음색이었다. 그는 화가 났다. 사실 왕세자의 의지 박약이나 거기에서 오는 답답함보다는 맘대로 풀리지 않는 퀘스트 때문이라고 할 수 있었다.

상대는 무려 다섯 명의 데스나이트다.

"너는 모른다. 내가 아니니까."

확실히 수련은 알 수 없었다. 인간이란 늘 상대방의 상황을 가정(假定)하여 파악하는 동물. 왕세자가 수련의 기분을 이해할 수 없듯, 수련도 왕세자의 고통을 이해할 수 없었다.

"그럼 자살해라."

비참한 문장이었으나 그건 정말 최후의 등불 같은 것이었다. 왕세자에게 최소한의 자존심이라도 남아 있다면, 스스로 어둠이 되어 어둠의 검을 휘두르느니 차라리 자살을 택할 것이다.

그의 말에 왕세자의 표정이 심하게 흔들렸다. 바르르 떨리는 손이 그의 허리춤에 걸려 있던 황금색의 롱 소드를 집는다.

수많은 언데드를 베며 여기저기 손상된 부분이 많았으나, 아직도 검은 명검 본래의 광택과 검명(劍鳴)을 유지하고 있었다. 방의 온도가 내려간 듯한 기분이 들었다.

내부에서 싸움이 벌어진 것일까. 파르르 떨리는 왕세자의 팔은 안쓰러워 보이기까지 했다. 그러나 동정할 수는 없었다. 막간의 시간이 흐르고 마침내 데스나이트의 떨림이 멎는다. 그건 어떤 결심이라기보다는 체념에 가까운 몸짓이었다.

"우리는 자살할 수 없다. 자살은 곧 최초의 어둠, 신에게 거역하는 행위."

수련은 그럴 줄 알았다는 표정으로 왕세자, 아니, 이제는 데스나이트가 된 그를 바라보았다. 그럼 그렇지. 퀘스트가 그렇게 쉽게 풀릴 거라고는 생각지 않았어.

"데스나이트는 내 몸속에 있다."

목소리의 색채가 검게 물들고 있었다. 말투에서 악의(惡意)가 빚어지기 시작했다.

"우리는 여기서 죽겠다. 다만."

안광이 짙어진다. 섬뜩한 핏빛 동공이 투명하게 떠올랐다.

"너희도 이곳에서 죽을 것이다."

EPISODE **009**
Travel

"멍청이들! 자살도 못해!"

길게 쌍소리를 내뱉은 것은 헨델이었다.

수련 일행과 데스나이트는 각자 한 명씩의 상대를 마주 본 채 대치하고 있었다. 아니, 정확히 말하면 아직 중앙의 백색 데스나이트, 즉 왕세자는 움직이지 않았다.

네 명의 검은 데스나이트만이 대전의 앞으로 나섰던 것이다.

얕보는 건가.

오기가 솟았으나 만용을 부릴 계제는 아니었다. 누군가 이 상황을 두고 내기를 한다면 백이면 백 데스나이트 쪽에 걸 것이기 때문이다. 그게 수련 자신이라도 마찬가지일 것이다. 하지만 지금 그는, 내기를 거는 쪽이 아니라 내기의 대상이 되는 자다. 마음가짐 또한 다를 수밖에 없었다.

쓰러뜨릴 가능성이 얼마나 되냐고 물어보면 답할 수 없었다. 하지만 쓰러뜨릴 자신이 있느냐고 물어본다면 그렇다고 대답할 수 있었다.

나는 강하다.

수련은 스켈레톤 나이트들과의 전투를 떠올렸다. 스켈레톤 나이트 서넛이면 데스나이트 하나를 능히 상대할 수 있다. 수련은 조금 상처를 입긴 했지만 스켈레톤 나이트 둘을 쓰러뜨렸고, 그의 용병 셋은 스켈레톤 나이트 둘을 큰 상처 없이 쓰러뜨렸다.

어쩌면 수련은 처음부터 자신의 전력을 잘못 계산하고 있었는지도 몰랐다. 멀티웨포너로 전직하지 않아서 활이나 다른 무기를 사용할 수는 없었지만, 최종적으로 그와 용병들은 계산보다 평균 1레벨이 더 높아졌으며, 또한 그는 멀티웨포너는 감히 엄두도 못 낼 엄청난 기술들을 습득했다.

진짜 실력을 다한다면, 모든 실력을 다 발휘한다면 어쩌면 눈앞에 보이는 데스나이트 하나쯤은 자기 혼자서도 상대할 수 있을지도 몰랐다.

스르릉!

청명한 검명이 울려 퍼짐과 동시에 발검이 시작되었다.

다크 오라(Dark aura). 네 명의 데스나이트의 검에서 솟아나는 어둠의 기운이 용병들의 기세를 압도하고 있었다.

"걱정 마라. 우린 지지 않아."

수련은 그들의 정면으로 나서며 용병들을 독려했다. 굳게 검을 쥔 손바닥 사이로 혈류의 파동이 느껴진다.

─용병들의 사기가 상승합니다.

"간다!"

목청껏 내지른 그 음성과 함께 첫 돌격이 시작되었다. 검게 물든 롱 소드와 샴쉬르가 공간을 베자 대기가 끔찍한 비명을 질러대었다.

왼쪽 가슴, 오른쪽 발목!

데스나이트가 된 네 명의 호위기사들은 생전의 기교보다는 힘과 파괴력을 위주로 전투를 구사하고 있었다. 수련은 가뿐히 스텝을 밟으며 날아오는 검의 궤적을 피해냈다.

검이 보인다.

초인적인 안력, 그리고 어두컴컴한 던전을 클리어하며 강해진 육감. 수련은 어렵지 않게 데스나이트의 검격을 피해냈다. 두 마리의 데스나이트가 수련을 향해 달려들었고, 나머지 두 마리가 네 명의 용병을 향해 검을 휘두른다.

카강!

검과 검이 부딪치자 손목이 크게 휘청거린다. 완력에서는 역시 데스나이트를 당해낼 수 없었다. 하지만……

피해낼 수 있다.

여섯 번째 검을 피해낸 수련은 자신의 실력에 확신을 가졌다.

데스나이트가 이 정도였던가? 수련은 아찔하게 스치는 검격을 최소한의 몸놀림으로 흘려내며 생각했다. 의구심이 짙어져 간다.

사아아…….

한때는 인간이었던 그들. 그러나 이미 데스나이트가 된 남자들에게 던져 줄 만한 동정심은 남아 있지 않다.

카강!

간발의 차이로 수련의 몸을 비껴 나가는 검들. 몇 번 검을 더 섞은 후에야 수련은 확신할 수 있었다.

이길 수 있다. 이 데스나이트들은 자신이 상대했던 녀석들보다 약하다.

작은 희망이 다시 되살아났다. 용병들을 잃지 않고 이들을 처치해야만 한다. 지금의 용병들이라면 이 정도 실력의 데스나이트 둘을 상대로 시간 정도는 끌 수 있을지 모른다. 데스나이트들의 검은 예전에 수련이 겪었던 그것보다 무디어졌다.

기존의 호위기사들이 언데드화되었기 때문일까?

수련은 조심스럽게 추측을 마쳤다. 데스나이트가 되기 전 호위기사들의 실력은 소드 마스터 상급. 수련이나 용병들의 일부와 동급이라는 이야기다.

물론 다크 블레이드를 사용하는 것으로 봐서 익스퍼트 상급의 수준은 넘어선 듯했지만, 기교 면에서 오히려 예전보다 못했기 때문에 상대하기는 더 편했다. 마스터는 아니라는 이야기다.

원래 잔머리 굴리는 검사가 제일 상대하기 어려운 법이다(하르발트 같은 경우는 양심상 제외하자). 수련은 찰나의 간격 속에서 작전을 세우기 시작했다. 단 한 번, 일격에 승부를 낼 수 있는 확실한 작전이 필요하다.

검과 검이 부딪치고, 흐르는 땀의 양이 증가한다. 스태미나가 빠른 속도로 소모되는 만큼 뇌리 속을 더듬는 생각도 증가하고 있었다.

그리고 얼마 지나지 않아 수련의 동공 속에 안정된 색채가 떠올랐다. 뭔가가 완성(完成)된 것이다.

수련은 흘깃 눈길을 돌려 백색의 데스나이트를 바라보았다. 그는 마치 석상이라도 된 양 거대한 검을 바닥에 내리꽂은 채 수련을 쏘아보고 있었다.

이 작전의 성공은 어디까지나 백색의 데스나이트가 참전하지 않는다는 가정하에서 생각해 볼 수 있는 것.

언제라도 전투에 참전할 수 있다는 인상을 주는 몸짓이었으나, 수련은 그가 끼어들지 않을 것임을 알았다.

그의 참전 여부에 따라 이번 작전의 승패가 갈릴 것이다. 그럼에도 수련은 도박을 결심했다. 지금까지도 그랬듯이 이번에도 부디 제대로 된 선택을 했기를 내심 기도하며.

왼쪽 하단. 허공을 자르는 검날이 허벅지를 미세하게 스침과 동시에 수련의 반격이 시작되었다.

연격(連擊), 실루엣 소드!

이제는 거의 마스터 랭크에 도달한 실루엣 소드의 검영이 몰아침과 동시에 시야를 가리는 아홉 자루의 검이 투영되었다.

일루전 브레이크!

이미 한 번 사용했던 환검의 연속기. 적은 마나 소모에 비하여 큰 데미지를 줄 수 있는 기술이 또다시 발현된 것이다.

수많은 검이 분화함과 동시에 잔영을 남긴다. 다섯 자루의 검은 한 데스나이트에게, 나머지 네 자루의 검은 또 다른 데스나이트에게.

그러나 쇄도하는 검의 분영은 다크 블레이드와 강하게 충돌함과 동시에 산산조각나고 말았다. 하지만 그것 또한 수련의 계산에 들어가 있었다.

이번 공격은 사실상 다음 기술을 시전할 시간을 벌기 위한 일종의 전채 공격이었다. 검의 분영이 먼지로 부서져 나간 순간, 수련이 쥔 한 자루의 검은 석면 바닥에 깊숙이 꽂혀 있었다. 무형의 기운이 대지를 타고 검의 표면을 흐르기 시작한다. 데스나이트들은 당황과 침착의 간격을 필사적으로 줄여내며 수련을 향해 돌진했다. 거대한 기운이 땅속에서 폭사한 것은 다음 순간이었다.

팬텀 블레이드 라스트 스타일.

고스트 그레이브(Ghost grave).

크아아아!

공기를 무겁게 짓누르는 압력에 데스나이트들이 거센 비명을 터뜨렸다. 공간의 간격이 좁혀지듯 검게 물들더니, 이내 투명한 인영들이 틈새 지옥을 비집고 대전에 나타나기 시작했다. 아니, 그것은 정확히 말해서 인영(人影)이 아니라 검(劍)이었다.

마치 누군가의 손에 쥐어진 양 투명한 허공 위에서 흔들리는 각양각색의 검들이 데스나이트들을 향해 강한 적의(敵意)를 드러낸다.

팬텀 블레이드의 오의(奧義).

주변에 산재하는 영혼. 원혼의 기운이 강할수록 파괴력이 증폭되는 팬텀 블레이드의 최강 기술인 고스트 그레이브가 발현된 것이다.

유령의 무덤. 주변을 떠도는 검사들의 영혼을 불러내는 기술인 고스트 그레이브는 일정 시간 동안 죽은 검사들이 쓰던 검과 검사를 대거 불러 자신의 영향권 안에 두고 상대방을 공격할 수 있는 무시무시한 기술이었다.

언데드 던전은 전장을 포함해 가장 많은 영혼들이 떠도는 곳 중 한곳. 수련의 고스트 그레이브는 숙련도는 낮았지만, 이곳에서라면 짧은 시간이나마 최상의 능력을 발휘해 낼 수 있었다.

크아아아!

억울하게 죽은 언데드의 영혼. 언데드들에게 납치당해 통한의 최후를 맞이한 검사들. 허공을 잠식한 그 강력한 기운에 당황한 데스나이트들이 다크 오라를 흩뿌리며 대적하고 있었다.

그 광경을 지켜보던 수련도 다리가 후들후들 떨렸다.

영혼이나 데스나이트가 두려웠기 때문이 아니다.

고스트 그레이브는 체력과 정신력뿐만 아니라 마나와 스태미나까지 소모하는 최상위 클래스의 기술. 아직 마스터 레벨에도 도달하지 못한 수련이 함부로 남발할 만한 스킬이 아니었다.

10초도 채 지나지 않아 수련은 뇌가 터져 버릴 것 같았다. 원통한 영혼들의 울부짖음이 뇌리 속에서 끊임없이 메아리쳤기 때문이다. 게임이 지원하는 오감(五感)을 넘어선 정신적인 고통이었다.

여기서 지면 안 된다.

수련은 입술이 터지도록 깨물며 검을 부르쥐었다.

"공격!"

네 마리의 흑색 데스나이트의 몸놀림은 크게 둔해져 있었다. 지금이라면 한 번에 넷 모두를 처치할 수 있을 것이다.

수련은 마지막 정신력을 필사적으로 쥐어짜 내어 검을 휘둘렀다.

팬텀 블레이드 퍼스트 스타일.
일루전 브레이크(Illusion brake).

유형의 검들 사이에 둘러싸인 데스나이트들은 쇄도하는 아홉 개의 검을 보지 못했다. 동시에 실반의 멀티 풀 샷과 슈왈 츠, 하르발트의 연계 공격이 작렬했다.

쿠쾅!

성공의 예감이 짙어졌다. 확실하게 울려 퍼진 데스나이트의 울음은 분명 소멸(消滅)의 그것이었다. 몸이 휘청거린다 싶더니 이내 유령들이 소리없이 모습을 감춘다.

허무를 대신하여 대전 속에 내려앉은 것은 깊은 침묵이었다.

쓰러진 네 마리의 데스나이트. 수련은 두 자루의 검을 각각 두 데스나이트의 심장에 내리꽂았다. 낮은 비명이 스산하게 울려 퍼지며, 데스나이트들이 완전한 안식을 맞는다. 용병들도 아직 죽지 않은 데스나이트들의 마지막 숨통을 끊었다.

수련은 혼미한 와중에도 포션을 꺼내어 벌컥벌컥 마셨다. 차가운 포션의 감각이 온몸의 혈관을 퍼져 나가며 정신이 조금 들었다. 체력과 생명력이 천천히 회복되기 시작한다.

"데스나이트, 내가, 우리가 이겼다."

옥좌의 백색 데스나이트는 여전히 자리에 기립한 채 그들을 바라보고 있었다. 부하들이 하나둘 쓰러져 감에도 끝내 참전하지 않았던 백색의 데스나이트.

죽음이 두려운 것일까?

수련은 문득 그런 생각에 데스나이트의 얼굴을 찬찬히 훑어보았으나, 그런 기색은 없는 것 같았다. 죽음이 두려운 것이 아니다. 그렇다면?

"괜한 만용을 부리는군. 너는 이미 졌어."

도박은 성공했다.

오기였는지 자존심이었는지, 아니면 하찮은 배려였는지는 알 수 없지만 그는 부하들의 죽음을 묵인했다. 그가 아무리 강하더라도 수련과 용병들의 합공을 당해낼 수는 없으리라.

"내가 만용이라면 그쪽은 허세겠지."

데스나이트는 검을 뽑아 들었다. 흔들림없는 눈길, 저벅거리며 다가오는 발걸음 소리가 짙어질수록 수련도 마음을 가라앉히기 위해 애써야 했다.

몸짓에서 흘러나오는 무한한 자신감. 상상을 불허하는 중압감이 수련과 용병들의 어깨를 짓누른다.

실력을 숨기고 있었어?

거리가 좁혀지는 것은 찰나였다. 황금빛 롱 소드와 수련의 철검들이 교차하며 굉음을 낳았다. 양손을 다 사용함에도 불구하고 한 손인 데스나이트에게 완력에서 밀리고 있었다.

제길!

수련은 재빨리 두 걸음을 물러서며 용병들에게 공격을 명령했다. 데스나이트들을 상대하느라 지친 용병들이었으나 상대는 하나. 아무리 강하더라도 그들을 당해낼 수는 없을 것이라 생각했다.

"으랴아! 죽어랏!"

헨델과 하르발트가 기운찬 목소리를 토해내며 검을 휘둘러

갔다. 강력한 풍압이 허공을 찢고 데스나이트의 몸체에 적중했다.

쿠앙!

"말도 안 돼!"

경악성을 발한 것은 하르발트였다. 데스나이트의 황금색 검은 특유의 다크 오라로 검게 물들어 있었다. 흑색 데스나이트들과는 비교도 할 수 없을 만큼 강력한 다크 블레이드.

단 한 번의 검격으로 두 가지 공격을 튕겨낸 데스나이트는 반격에 들어갔다.

다크 블레이드!

왕가의 검술이 어둠의 오오라를 뿜어내며 용병들을 향해 몰아친다. 수련은 마음이 다급해졌다. 상대가 안 된다.

왕세자, 백색 데스나이트의 실력은 가히 압도적이었다. 남은 네 명의 용병과 수련의 합격을 받으면서도 조금도 밀리지 않았다. 밀리는 쪽은 오히려 수련 일행이었다.

아직 자신의 의지가 뿌리 깊은 곳에서 꿈틀거리는 그는 기교나 검의 움직임 면에서 다른 데스나이트들과는 비교도 할 수 없었다. 완벽한 공격 템포와 공수 전환. 간간이 날아오는 실반의 은 화살을 가볍게 쳐낸 데스나이트는 어둠 속에서 싱겁게 웃었다.

"약하다. 고작 이 정도 검에 내가 당할 것 같은가?"

도발이라는 것을 알면서도 기분이 상한다. 수련은 검이 거칠어지지 않게 주의하며 웃었다.

"고전하고 있는 녀석이 말이 많군."

"고전?"

비웃음? 조소? 어딘가 뒤틀린 그 목소리가 허공을 꿰뚫음과 동시에 데스나이트의 검에서 검은 오오라가 폭발했다. 지금까지와는 차원이 다른 검공(劍攻)이었다.

다크 블레이드 라스트 스타일(Last style).
다크 스톰(Dark storm).

수련은 강력한 검풍이 몰아치는 것을 직감했다. 평범한 방어술로는 저 공격을 막아낼 수 없다. 수련은 왼손을 한껏 치켜세우며 검풍에 정면으로 맞섰다.

그에게는 최강의 방패가 있는 것이다.

팬텀 블레이드 써드 스타일.
팬텀 실드(Phantom shield).

수십 개의 검이 허공을 짓누르며 강림한다. 훈련을 통해 한층 더 성장한 블레이드들이 풍차처럼 회전하며 어둠의 강기에 정면으로 맞섰다. 아크의 무시무시한 쾌검도 막아냈던 팬텀 실드였다. 저 정도 공격쯤은……

파직!

검과 검의 사이에 균열이 번진 것은 한순간이었다. 틈새를 비집고 들어온 검은 폭풍이 밀물처럼 밀어닥쳤다. 수련은 온몸을 비집고 들어서는 뜨거운 열류를 느끼며 간신히 자리에 버티어 섰다. 용병들의 처참한 비명 소리가 귀를 먹먹하게 했다.

폭풍이 지난 자리에는 아무것도 없었다. 거대한 석조 대전을 절망적인 침묵이 채워 나갔다.

"하르발트! 실반! 헨델! 슈왈츠!"

용병들은 대답이 없었다. 유리병이 깨지듯 감정이 폭발한다. 돌이킬 수 없는 균열이 수련의 온몸을 잠식했다.

어떻게 모은 용병들인데! 어떻게 키운 용병들인데!

무시무시한 분노가 이가 빠진 낡은 두 자루의 검에 집중된다. 수련은 괴성을 내지르며 어둠 사이를 꿰뚫고 데스나이트를 향해 돌진했다.

카강!

검과 검이 섞이고, 마음과 마음이 부딪친다. 의지와의 격돌. 수련은 이를 악문 채 맞서 싸웠다. 그는 이곳이 게임 속이라는 것조차 잊어버렸다.

"부하를 잃은 기분이 어떤가?"

데스나이트의 비웃음에 수련의 검이 더욱 과격해졌다. 강맹해진 검격은 상대적으로 정확도와 속도가 떨어졌고, 허공만을 가를 뿐이었다.

"닥쳐!"

수련은 아직 용병들이 죽지 않았을 것이라는 가정에 희망을 걸었다. 이 데스나이트를 쓰러뜨리고 어떻게든 응급 처치를 한 후 마을로 데려가면 살릴 수 있을지도 모른다.

용병들이야말로 그의 핵심 전력이다. 용병들을 모두 잃는다면 계획을 처음부터 다시 짜야만 했다. 하지만 계획을 처음부터 짠다고 해도 그와 같은 용병들을 다시 얻을 수는 없을 것이다.

섬광영!

누구도 쉽사리 피해내지 못했던 섬광이 어둠을 꿰뚫는다. 그러나 데스나이트는 그것마저도 가볍게 피해 버렸다. 마스터와 익스퍼트의 차이였다.

여섯 번째의 검격이 교차했다. 수련은 상대방의 완력을 직접 체감할 수 있었다. 애초부터 그와는 비교가 안 된다.

적은 평범한 데스나이트가 아니다. 백색 데스나이트의 레벨은 적게 잡아도 16 이상. 모르긴 해도 현존 최강의 몬스터에 속할 것이다.

여덟 번째 검격이 교차했다. 손목이 후들후들 떨리고 다리에 마비 증세가 왔다. 아픔도 고통도 느낄 수 없었으나 괴로웠다. 검을 맞댈 때마다 서늘한 어둠이 상처 속으로 스며드는 느낌이었다. 깊은 어둠, 한없는 고독.

다행히 그 차가움이 수련에게 조금씩 침착함을 되찾아주었다. 일종의 전화위복이었다.

"영원한 어둠을 생각해 본 적 있나?"

열다섯 번째로 검이 부딪쳤을 때, 데스나이트는 뜬금없는 말을 했다. 그러나 수련은 아무 대답도 하지 않았다.

그것은 검으로 나누는 대화.

검이 부딪칠 때마다 기이하게도 수련은 데스나이트를 조금씩 이해할 수 있을 것 같은 기분이 들었다.

열일곱 번째 검이 다가왔을 때, 수련은 목소리를 들었다. 그것은 검명을 넘어선 한없는 울부짖음에 가까운 목소리였다.

더 이상 햇빛을 볼 수 없어. 더 이상 검을 휘두를 수 없어.

더 이상 숨을 쉴 수 없고. 더 이상 살아 있는 자신을 느낄 수 없다…….

"그대는 그런 어둠이 눈앞에서 자신을 기다리고 있다는 걸 알면서도 스스로에게 칼을 꽂을 수 있겠는가?"

"……."

그 말을 들으면서도 수련의 뇌는 잠시도 쉬지 않았다. 데스나이트의 공격 패턴을 분석하고, 검의 궤도를 짐작하고, 다음 공격 검로(劍路)를 예상한다.

마치 장기 말의 수를 읽듯, 수련은 조금씩 상대방을 읽어 들어갔다. 상대는 자신보다 강하다. 그걸 인정한 자만이 더 높은 곳을 향해 올라갈 수 있다.

"꽂을 수 없겠지."

스물두 번째 검격이 부딪쳤다. 수련은 재빨리 물러서며 포션을 벌컥벌컥 마셨다. 틈틈이 마셨던 포션은 이미 한계에 도달해 있었다. 방금 먹은 것이 마지막이었다.

"꽤 많은 포션을 가지고 있군."

"물약신공이라는 거다."

웃음? 데스나이트는 이해할 수 없는 미소를 지었다. 서로에게 있어서 그것은 마지막 싸움이었다. 왕세자로서, 데스나이트로서, 한 사람의 인간으로서.

"난 널 이해할 수 없어."

수련은 검을 내지르며 말했다. 그는 데스나이트가 자신을 조금씩 봐주고 있다는 사실을 알았다. 하지만 그러면서도 조금도 그에게 질 생각이 없다는 사실도 알았다.

어차피 최후에는 자신이 이길 것이라는 자신감이 있기에 취할 수 있는 강자의 여유였다. 그것은 현재의 결과가 여실히 말해주고 있었다. 데스나이트는 찰과상 정도의 상처를 입은 반면, 수련의 레더 아머는 곳곳에 커다란 흠집과 치명상으로 뒤덮여 있었다. 포션을 마구 먹어치운 덕에 간신히 체력을 유지하고는 있지만 이제 그것도 끝이다.

이제 자신이 받아낼 수 있는 검은 얼마나 될까? 다섯 합? 아니면 여섯 합?

수련은 다친 곳을 또 스치는 검을 느끼며 생각했다.

선과 선이 교차하고, 최단거리의 직선이 눈에 스며든다. 수련은 틈틈이 섬광을 발출하며 그 선분들을 가슴속에 담았다. 기이하게도 수련의 마음속에서 그 수많은 선들은 차츰 그 길이가 줄어들고 있었다.

카캉!

이걸로 서른 번째.

수련은 더 이상 자신이 상대방과 검을 마주할 수 없다는 것을 알았다. 이것이 한계다. 체력은 바닥. 마나도 고스트 그레이브를 사용할 만큼 남아 있지 않았다.

그러나 물러설 수는 없었다. 아니, 물러설 구석도 없었다.

팬텀 블레이드 퍼스트 스타일.
일루젼 브레이크(Illusion brake).

공간을 지배하는 아홉 개의 검. 벌써 세 번째 사용하는 일루젼 브레이크였다. 막힐 것은 안다. 그래도 어떻게든 이번 합을 견뎌내야만 했다.

푸슉!

공기가 비명을 지름과 동시에 검은 오오라를 맞은 두 개의 검날이 부서져 나갔다. 한 번의 검격에 하나, 혹은 둘의 검이 먹색의 어둠 아래 산산이 찢어발겨진다.

세 번, 네 번, 다섯 번. 애타게 울부짖는 검들. 수련은 그 처참한 광경을 눈 하나 깜빡하지 않고 응시했다.

선분과 선분이 교차한다. 그러더니 점점 그 길이가 줄어들고, 마침내는 하나의 점이 된다.

모든 것의 시작과 출발. 태초의 점. 천천히 깜빡이는 수련의 눈에 황금빛 광채가 일렁였다. 눈앞에 새로운 신세계가 펼쳐진다. 이제 그는 아크가 했던 말을 이해할 수 있었다.

그리고 마지막 검이 부서졌을 때, 수련은 '점(點)'을 볼 수 있게 되었다. 섬광검의 새로운 경지를 깨달은 것이다. 일격과 일격이 부딪치며 커다란 반동이 생겼다.

─섬광검 스킬의 랭크가 상승했습니다.

데스나이트는 수련의 분위기가 변했음을 알았다. 더 이상 상대를 경시할 수 없다는 것도 느꼈다.

"강해졌군."

검을 통해 전달되는 압력이 달라진다. 더 쾌속한 움직임과 더 빠른 검격. 수련은 익스퍼트와 마스터의 차이를 기교를 통해 조금씩 극복해 내고 있었다.

대등하다.

점과 점, 그리고 그 점을 잇는 하나의 간극.

수련이 내지른 검이 처음으로 데스나이트의 어깨에 꽂혔다. 움직임이 봉쇄당한 사이 검격은 바로 이어진다.

일루전 브레이크!

코앞에 나타난 아홉 개의 검이 데스나이트의 온몸을 난자하며 스친다. 재빠른 몸놀림을 가진 데스나이트였기 때문에 치명적인 상처는 주지 못했다.

그러나 분명히 타격을 입었다.

일곱, 여덟, 그리고 아홉!

아홉 번째 검이 데스나이트의 허벅지를 스침과 동시에 섬광검이 빛을 발한다. 단 한순간도 숨 돌릴 틈을 주지 않고 몰아붙인다.

데스나이트의 얼굴이 처음으로 일그러졌다. 애써 고통을 참는 표정. 다크 블레이드의 오오라가 짙어지며 다크 스톰이 펼쳐진다. 수련은 크게 등을 돌리고 한 바퀴를 선회하며 검을 뻗었다.

섬광포!

얼마간 남은 마나를 아끼고 아껴 펼쳐 낸 섬광포. 커다란 구
멍이 생긴 다크 스톰의 빈틈을 뚫고 수련의 섬광포가 데스나
이트를 향해 쇄도했다.

데스나이트의 왼쪽 팔에 섬광이 직격한다. 점을 깨달은 수
련의 섬광포는 마스터 급의 능력자라도 쉽게 피할 수 없는 기
술. 선과 선의 영역을 초월한 점을 향해 날카로운 빛줄기가 스
친다.

그러나 데스나이트도 녹록하지 않았다. 골든 블레이드를 응
용한 다크 블레이드의 공격이 또다시 펼쳐진다. 그러나 수련
의 공격이 조금 더 빨랐다.

실루엣 소드!

섬광영에 이은 실루엣 소드. 수련이 실루엣 소드를 사용한
것은 엉뚱하게도 그의 이도류가 아니라 한 자루의 단검이었
다. 수많은 잔영 속에 일그러진 단검을 데스나이트는 미처 피
하지 못했다.

피이익!

허무를 베어내며 순식간에 다가간 단검이 데스나이트의 복
부에 틀어박힌다. 그와 동시에 수련 또한 다크 스톰에 휩쓸려
나가떨어졌다.

—치명적인 일격이 터졌습니다.

—단검이 소멸합니다.

"크아악!"

데스나이트의 커다란 비명이 터져 나온다. 그것으로 수련은 공격이 성공했음을 깨달았다. 수련이 던진 것은 방금 전 입수했던 스켈레톤 나이트의 단검.

30%의 확률로 적에게 치명적인 타격을 입혀 빈사 상태에 빠뜨린다는 바로 그 아이템이었다. 옵션 발동 후 자동으로 소멸된다는 것이 흠이라면 흠. 하지만 운이 다하지는 않은 모양이었다.

맛이 어떠냐!

수련은 속으로 쾌재를 지르며 비틀비틀 자리에 섰다. 치명적인 일격이라고는 하나 데스나이트를 완전히 죽이지는 못했을 것이다. 단검의 옵션은 '적을 죽인다'가 아니라, '빈사 상태에 빠뜨린다'였으니까.

"크으으……."

일루전 브레이크의 잔영이 소멸한 가운데, 간헐적으로 어둠을 호흡하며 헐떡거리는 데스나이트와 수련이 기기묘묘한 대치를 이루고 있었다. 누가 먼저 검을 휘두르느냐, 혹은 누가 먼저 공격을 시작하느냐에 따라 승부가 결정될 것이 자명했다.

치열한 눈치 싸움이 계속된다. 승부를 거느냐, 피하느냐. 칼자루를 쥔 쪽은 데스나이트였다. 대등한 실력이라지만, 마스터와 익스퍼트의 차이가 완전히 좁혀진 것은 아니었다. 미세한 우위. 그것은 모든 상황이 같을 때 먼저 검을 뽑을 수 있게 만들어준다.

서로를 향해 뛰어들어 간 것은 거의 동시였다. 아찔한 쾌검과 강맹한 중검(重劍). 순간적인 풍압에 대기가 밀려나 미증유의 진공 상태가 된다.

투캉!

쾌검이 튕겨 나가고, 환검이 무너진다. 이도류의 틈새를 꿰뚫고 다가오는 다크 블레이드!

"끝이다."

수련은 이제 정말 마지막이라고 생각했다.

그러나 다음 순간, 코앞에 다다른 검이 미증유의 힘에 미끄러지듯 꺾여 나갔다. 당황한 데스나이트가 한 걸음을 물러서자 허공에 균열이 생기며 뭔가가 깨져 나간다.

데스나이트의 다크 블레이드는 물리력에 대해 힘을 행사하는 보통의 실드로는 막을 수 없다. 게다가 용병 중에는 마법사도 존재하지 않았다. 그렇다면……?

"…홀리 실드(Holy shield)!"

이를 갈 듯 외친 데스나이트의 음성 너머에 한 소녀가 서 있었다. 모든 계산 밖에서 수련을 도와준 게임의 유일한 변수.

갈라진 대전의 틈새로 들어오는 서늘한 바람에 소녀의 긴 금발이 크게 출렁이며 작은 물결을 만들어낸다.

지아!

"바보 오빠, 한참 찾았어요."

가쁜 숨을 몰아쉬는 소녀의 입술은 가늘게 웃고 있었다.

전세가 역전되는 것은 한순간이었다. 신관인 지아의 그레이트 힐을 받은 수련의 생명력과 스태미나가 빠르게 회복되자, 몸놀림이 평상시의 그것으로 돌아왔다. 더 빠른 쾌검과 더 강력한 환검!

이제 수세에 몰리기 시작한 것은 데스나이트였다. 완벽한 이도류의 연계 공격 앞에서 그의 다크 블레이드는 무용했다.

빠르게 옆으로 스텝을 밟으며 상대방의 다음 투로를 예상해 낸다. 완벽한 흘리기에 성공한 수련은 재빨리 오른손을 치켜들어 섬광검을 펼쳤다.

섬광검 제일초(招)
섬광영(閃光影).

점과 점의 간극을 잇는 선분이 아닌 점 그 자체로 상대방을 압도하는 새로운 경지의 섬광검, 데스나이트는 간발의 차이로 섬광영을 피했다. 섬광이 스친 옆구리에서 검은 입자가 흘러내리고 있었다. 그리 큰 상처는 아니었지만 빈사 상태의 데스나이트에게는 치명적인 타격이었으리라.

하지만 기술을 피해냈다는 것은 공격 기회를 잡았다는 의미. 데스나이트는 몸을 사리지 않고 수련을 향해 돌진해 왔다.

그러나 그것이 바로 수련이 노린 것이었다.

대전은 사면이 거울. 비껴 나간 섬광영의 빛줄기는 거울의 면과 면에 부딪쳐 반사광을 낳았다. 데스나이트의 검은 수련의 코앞에서 정확히 멈춘다. 홀리 실드나 미증유의 완력이 그의 검을 가로막았기 때문이 아니었다.

옆구리에서부터 시작해 심장을 정확히 관통한 백색의 섬광. 데스나이트의 내부는 이미 괴멸되어 있었다. 검게 변색된 황금빛 롱 소드가 천천히 바닥에 떨어진다.

깊은 어둠이 바닥으로 흘러나와 꿈틀댔으나, 신성력의 보호를 받는 수련을 해칠 수는 없었다. 데스나이트의 몸이 천천히 무너진다. 혈광을 내뿜던 눈빛이 점차 본래의 것으로 돌아온다. 깊은 블루 블랙의 눈동자. 아마 왕세자의 그것일 것이다.

데스나이트가 천천히 오른손을 내밀었다. 마치 뭔가를 갈구하는 듯한 눈빛. 손을 잡아달라는 것일까? 수련은 어렵지 않게 그 의미를 읽었다.

이게 퀘스트의 마지막이리라.

동정이 아니라고 생각했지만, 어쩌면 정말 동정이었을지도 모른다. 수련은 목에서 풀어낸 왕가의 목걸이를 왕세자의 손에 쥐어주었다. 손에 닿는 왕세자의 손은 몹시 차가웠다. 이제 곧 혹한의 냉기가 그의 몸을 감싸 안고, 영원의 어둠 속으로 빠져들리라.

"아렌……."

두 손으로 고이 목걸이를 감싸 쥔 데스나이트가 자리에 엎드리듯 주저앉았다. 불사의 존재가 그곳에서 흐느끼고 있었다. 찬찬히 먼지로 흩어지는 데스나이트. 한때는 제4왕세자였던 그는 이제 영원한 어둠 속으로 녹아들 것이다. 죽을 수도 살 수도 없는 완전한 무저갱.

그것이 언데드가 된 자의 최후다. 더 이상 사랑하는 사람을 만날 수 없고, 스스로의 존재를 느낄 수 없으며, 오로지 어둠 속에서 어둠 안에 동화되어 영원히 잠들어야만 하는.

"괴물과 싸우는 자는 스스로 괴물이 되지 않기 위해 노력해야 한다."

투명해져 가는 데스나이트의 입이 달싹거리며 짧은 문장을 토해냈다. 순간 의아함에 젖어든다. 수련은 그 말을 알고 있었다. 니체의 말이었다. 흐린 데스나이트의 동공에서 뻗어 나온 시선이 수련을 향한다.

"그대는 그런 괴물이 되지 않기를 바란다."

데스나이트의 심장에서 흘러나온 어둠이 틀어쥔 오른손의 완장 속으로 흘러들어 간다. 빛과 어둠이 공멸하며, 곧 산화하기 시작했다.

"…고맙다."

데스나이트는 최후의 순간 수련을 향해 고개를 들어 보이며 그렇게 말했다. 그는 분명히 웃고 있었다.

—퀘스트를 완료하셨습니다.

—획득 경험치가 마스터 레벨 구간에 들어섰습니다.

지아가 온 덕분에 수련은 데들리 상태에 빠져 있던 용병들을 간신히 구할 수 있었다. 넷 모두 생명력이 거의 제로에 가까웠기 때문에 조금만 늦었더라면 수련은 용병을 모두 잃을 뻔했다.

"흐흑, 하마터면 그레텔도 못 만나보고 죽는 줄 알았네!"

일어나자마자 바로 설치기 시작한 것은 헨델이었다. 온몸에 붕대를 친친 감다시피 한 헨델은 지아의 어깨를 마구 흔들며 엉엉 울어젖혔다.

그 다음으로 깨어난 것은 하르발트였다.

"흐, 흥. 내가 이런 걸로 고마워할 것 같아?"

아예 팔짱까지 끼고 턱을 빳빳이 세운 하르발트는 전혀 고맙지 않다는 표정으로 지아를 흘끔거리더니 이내 시선을 돌리고 모기만 한 목소리로 '고마워' 하고 뇌까렸다.

"뭐? 하르발트? 지금 뭐라고?"

"닥쳐!"

장난스럽게 어깨를 쿡쿡 찌르며 히죽거리는 헨델에게 하르발트가 역정을 냈다. 세 번째로 깨어난 것은 슈왈츠였다.

"고맙군."

분한 표정과 안도하는 표정, 그리고 지아에 대해 감사하는 표정이 교차하는 슈왈츠의 얼굴은 한마디로는 형용할 수 없는 기묘한 형상을 취하고 있었다.

마지막으로 깨어난 것은 가장 큰 상처를 입었던 실반이었다. 그레이트 힐을 몇 번이나 사용하고, 지아가 가진 거의 대부분의 성력을 사용한 후에야 실반은 정신을 차렸다.

"…고맙습니다."

지아가 자신을 살렸다는 것을 안 실반은 납죽 고개를 숙이며 지아에게 감사의 인사를 했다. 귓불이 새빨갛게 물든 것으로 봐서 정말 고마운 모양이었다.

일행의 치료가 끝나자, 수련은 지아를 보며 말했다.

"그런데 어떻게 찾아온 거야?"

"헤헤, 던전 입구에 서 있다가 아렌인가 하는 언니를 만났어요."

아렌은 던전을 나가자마자 신관인 지아를 붙잡고 도와달라고 했다고 한다. 지능이 높은 NPC가 이럴 때는 제법 도움이 된다. 물론 지아 외의 다른 유저들에게 그런 소리를 했다면 조금 곤란해졌겠지만.

수련은 자리를 털고 일어나며 방금 데스나이트들을 쓰러뜨리고 수거한 아이템들을 확인했다. 분명 반짝거리는 뭔가가 바닥에 떨어졌는데 미처 제대로 확인하지 못했다.

어떤 아이템일지 예상은 하고 있었다. 하지만 그렇다고 해서 예정된 경악, 혹은 감탄을 막을 수 있는 것은 아니었다.

[데스나이트 로드의 아머] : A 그레이드 세트 아이템

방어력 : 240

옵션 : 힘+30 / 민첩+30

모든 저항력 +10% / 어둠 저항력 +50%

설명 : 데스나이트 로드가 사용하던 백색의 데스나이트 아머. 데스나이트 세트인 아머, 그리브, 건틀렛, 크레스트를 모두 착용하면 추가 방어력 100과 모든 속성 저항력이 10% 향상

되며, 특수 옵션으로 '데스나이트 변신' 스킬을 획득할 수 있다. 단, 하루에 한 번만 변신이 가능하며 변신 시 유저들에게 공격받을 수 있다.

[데스나이트 로드의 그리브] : A그레이드 세트 아이템
방어력 : 80
옵션 : 민첩+10
부가옵션 : 이동 속도, 점프력 30% 상승.
설명 : 데스나이트 로드가 사용하던 백색의 데스나이트 그리브. 데스나이트 세트인 아머, 그리브, 건틀렛, 크레스트를 모두 착용하면 추가 방어력 100과 모든 속성 저항력이 10% 향상되며, 특수 옵션으로 '데스나이트 변신' 스킬을 획득할 수 있다. 단, 하루에 한 번만 변신이 가능하며 변신 시 유저들에게 공격받을 수 있다.

[데스나이트 로드의 건틀렛] : A그레이드 세트 아이템
방어력 : 60
옵션 : 힘+30 / 체력+30
설명 : 데스나이트 로드가 사용하던 백색의 데스나이트 건틀렛. 전설의 오거 파워 건틀렛과 쌍벽을 이루는 옵션을 보유하고 있는 것으로 알려져 있다. 데스나이트 세트인 아머, 그리브, 건틀렛, 크레스트를 모두 착용하면 추가 방어력 100과 모든 속성 저항력이 10% 향상되며, 특수 옵션으로 '데스나이트

변신' 스킬을 획득할 수 있다. 단, 하루에 한 번만 변신이 가능하며 변신 시 유저들에게 공격받을 수 있다.

[데스나이트 로드의 크레스트] : A그레이드 세트 아이템
방어력 : 50
옵션 : 힘+10 / 지능+10
설명 : 데스나이트 로드가 사용하던 백색의 데스나이트 크레스트. 데스나이트 세트인 아머, 그리브, 건틀렛, 크레스트를 모두 착용하면 추가 방어력 100과 모든 속성 저항력이 10% 향상되며, 특수 옵션으로 '데스나이트 변신' 스킬을 획득할 수 있다. 단, 하루에 한 번만 변신이 가능하며 변신 시 유저들에게 공격받을 수 있다.

"최고다!"
수련은 자기도 모르게 소리를 질렀다. 사실 그 말밖에는 할 대사가 없었다. 그렇다고 해서 그럴듯한 대사의 부재를 탓하거나 할 정신도 없었다. A그레이드의 세트 아이템. 거의 유니크 급에 준하는 옵션인 데다가, 세트를 모두 착용할 시에는 S그레이드 급의 아이템과 맞먹는 수준의 방어구였다.
게다가 특수 옵션으로 데스나이트 변신까지! 그야말로 꿈의 방어구였다.
원래 한꺼번에 세트가 다 드랍되는 경우는 없었지만 수련의 경우는 최초 발굴자의 특혜가 있었을 뿐만 아니라, 일반적으

로 던전에서 맨 처음 잡힌 몬스터는 드랍 가능 아이템의 대부분을 떨어뜨리도록 설정되어 있었다. 데스나이트가 가지고 있던 황금색 롱 소드까지 얻지 못한 것은 조금 아쉬웠지만, 이것만으로도 큰 수확이었다.

게다가 엄밀히 말해서 수확은 이게 다가 아니었다.

블랙 데스나이트 세트.

흑색의 데스나이트들 또한 데스나이트 세트를 떨어뜨렸던 것이다. 비록 옵션은 로드 세트보다 못한 A-급이었지만, 기본 옵션만이 조금 떨어질 뿐 특수 옵션이나 부가 옵션 면에서는 완전히 같았다.

데스나이트 로드 세트와 네 개의 블랙 데스나이트 세트. 마치 수련과 용병들을 위한 아이템인 양 그것은 거기에 존속하고 있었다.

"우와, 마스터! 힘이 부쩍부쩍 솟아나는 것 같은데?"

헨델이 호들갑을 떨며 말했다. 검은 광택이 빛나는 네 개의 패너플리를 장착한 용병들은 각자 탄성을 흘리며 매무새 이곳저곳을 다듬고 있었다.

"다들 마음에 들어?"

"이건… 굉장한 장비군. 정말 우리가 받아도 괜찮은가, 마스터?"

슈왈츠가 미안한 낯빛으로 말했다. 수련은 흔쾌히 고개를 끄덕였다. 용병들이야말로 그가 가진 전력의 핵심이다.

수련은 알파 테스트에 참가하지 않은 데다가 클로즈 베타 테스트 때도 거의 혼자 놀다시피 했기 때문에 인맥이 없는 상태였다. 인프라블랙에서 얻은 정보에 의하면 이미 프로게이머들은 각각 몇 개씩의 그룹을 지어 서로 정보를 교환하거나 세력을 형성하고 있다고 했다.

제대로 된 인맥을 쌓지 못한 수련에게 있어 용병들은 유일한 핵심 전력이었다.

"물론이지. 너희들을 위한 장비다."

사실 요행이라고 할 수 있었다. 설마 보스 방에 데스나이트가 다섯 명이나 있을 줄도 몰랐지만, 다섯 명 모두가 데스나이트 세트를 떨어뜨릴 줄은 더더욱 몰랐다.

"감사히 사용하도록 하겠다, 마스터."

용병들의 충성도가 증가했다는 말이 들려옴과 동시에 수련의 입가에도 미소가 뒤따랐다.

수련은 던전 클리어를 완료하자마자 마을의 신전으로 향했다. 신전으로 들어가자마자 단정한 십자가가 새겨진 예복을 입은 성직자가 웃으며 수련을 맞았다.

"저번에 방문하셨던 분이군요. 이번에는 무슨 일로 찾으셨습니까?"

수련은 의식을 치르기 위해 찾아왔다고 말했다.

"음? 저번에 여신의 눈물을 구입해 가셨지 않습니까?"

"여신의 눈물로는 넘어설 수 없는 경지에 올랐습니다."

수련의 말에 성직자의 눈이 휘둥그렇게 변했다. 여신의 눈물로는 넘어설 수 없는 경지? 성호를 그으며 수련의 경지를 확인한 성직자가 탄성을 터뜨렸다.

"오, 이럴 수가! 내 생전 마스터에게 축복을 내리기는 처음이군요!"

"아직까지 마스터에 도달한 자가 없습니까?"

"오, 왜 없겠습니까. 물론 있기야 하지요. 하지만 어느 시대나 그렇듯이 마스터의 경지에 오른 분을 뵙는 것은 쉬운 일이 아니랍니다. 더군다나 이런 시골 영지에까지 마스터가 찾아올 일은 거의 없으니까요."

성직자가 조금 씁쓸한 목소리로 말했다. 마치 자신의 수준은 이 정도가 아닌데, 고작 이런 변경 지역에 파견되었다는 사실을 원망하는 듯한 눈치였다. 수련은 그의 몸짓 속에서 특수한 신관들만이 가지는 허영을 느꼈다.

역겹다거나 불쾌하지는 않았다. 그건 사실 정상적인 인간들이 품을 수 있는 감정이니까. 혼자서 고상한 척한다고 해서 스스로의 허영이 소멸하는 것은 아니다. 수련은 자신이 최초의 마스터가 아니라는 사실에 조금 실망했다.

"뭐, 그건 그렇다 치고, 일단은 제 의무를 다해야겠지요. 이쪽으로 오십시오."

성직자는 수련을 이끌고 신전 내부로 들어갔다. 작은 신전이었음에도 신전은 단일 신이 아니라 여러 신을 모시고 있었다. 태초신이라 불리는 광명의 루시온부터 바다와 우레의 프리에르, 순결과 영원의 기드리안, 검과 전쟁의 시그너스에 이르기까지.

성직자는 그중 시그너스의 석상 앞에 멈춰 섰다. 수련처럼 두 개의 이도류를 교차시키며 한쪽 무릎을 굽힌 시그너스. 마치 악마의 그것인 양 굳게 솟아오른 두 개의 뿔은 전투 전 상대에게 충분한 공포를 줄 수 있을 것 같았다. 몸에서는 당장이라도 전쟁에 뛰어들어 검을 휘두를 수 있을 것만 같은 살기가 느껴졌다.

단지 석상임에도 불구하고 그토록 강력한 기운을 풍기는 석상의 영험함에 수련은 내심 경배를 올렸다.

"이곳에 한쪽 무릎을 꿇고 앉으십시오."

성직자는 시그너스의 석상 앞을 가리키며 말했다. 수련은 성직자의 말에 따라 순순히 시그너스의 석상 앞에 한쪽 무릎을 꿇고 앉았다.

살짝 미소를 머금은 성직자는 시그너스의 샘에서 물을 한 줌 뜨더니 수련의 머리 위에 주먹을 꾹 쥐고 한 방울씩 떨어뜨리기 시작했다. 그리고는 기도를 읊었다.

가슴속에서 창쾌하고 산뜻한 뭔가가 은은히 퍼져 나가는 것이 느껴진다. 근육이 약동하고 심장이 긴장하여 달음질쳤다. 거대한 어떤 에너지가 몸속 깊은 곳에서 따뜻하게 번져 나간다.

'작은 영혼이 숨 쉴 수 있는 첫 번째 영혼의 하늘에 도달한 것을 축하하네. 언젠가 최초의 하늘을 유영할 수 있게 되기를 기원하며, 지금 그대에게 첫 권능을 하사하노라.'

—마스터 레벨이 되셨습니다.

다섯 마리의 데스나이트를 잡은 덕이 컸는지 수련은 드디어 마스터 레벨에 도달할 수 있었다.

"지아도 상급신관이 됐어요."

루시온의 신전에서 레벨업을 한 지아가 싱글싱글 웃으며 다가왔다. 수련은 칭찬의 표시로 부드럽게 머리를 쓰다듬어 주었다.

"지아, 애 아니야!"

본인은 극구 아니라고 하지만 귀여운 걸 어쩌겠는가. 그리고 입으로는 그렇게 말해도 머리를 쓰다듬어 줄 때 지아가 제일 좋아한다는 것을 수련은 알고 있었다.

앙증맞게 부풀린 볼에 고운 보조개가 피었다. 뭐가 그렇게 못마땅한 것일까. 투박한 손가락 사이로 부드러운 금발이 파고들자 갑자기 애틋한 감정이 샘솟는다.

그녀가 없었더라면 수련은 데스나이트에게 죽은 것은 물론이고 용병들마저 모두 잃어야만 했으리라.

"저기… 지아."

"네?"

수련의 얼굴이 가까워지자 지아가 조심스레 한 걸음을 물러섰다. 작고 하얀 뺨이 살짝 상기되는 모습은 참을 수 없는 유혹이었다.

"저기, 내가……."

그때, 정확히 타이밍을 맞춘 헨델이 이죽거리며 다가왔다.

"여, 마스터, 너무 진한 것 아냐?"

하르발트도 한 손을 거들었다.

"로리콤은 범죄다."

"……."

그러나 뜻밖에도 수련은 그 말을 진지하게 받아들이고 있었다. 로리콤까지는 아니지만, 그래도 무려 네 살 차이다. 네 살 차이면 궁합도 안 본다지만―아, 그건 네 살 차이던가? 하지만 아무래도 상관없다―요즘은 까딱하면 도둑놈으로 몰리는 세상이 아닌가.

"왜 그래요, 오빠?"

수련이 그녀의 머리에 손을 올린 채 가만히 있자 이상함을 느낀 지아가 수련을 올려다보며 물었다. 맑은 목소리에 깊이 침잠하던 정신이 번쩍 깨어난다.

"그게, 지아야……."

수련은 아렌 일행에게 왕세자의 비보(悲報)를 전해주고 새로운 퀘스트를 받았다. 데스나이트의 하얀 뼛가루가 묻은 목걸이를 받은 그녀는 수련의 품에 안겨 오랫동안 울었다.

한참 후에야 울음을 그친 아렌은 천천히 눈을 깜빡이며 말했다.

"부디 이 목걸이를 왕가에 돌려주세요. 마지막 왕세자님마저 돌아가셨으니 이제는 페르비오노의 정식 계승자가 없어진 것이나 다름없군요……."

　페르비오노의 정세에 대해 자세하게는 아는 바가 없었던 수련은 낮게 고개를 끄덕이며 아렌이 재차 건넨 목걸이를 받아 쥐었다. 어차피 페르비오노의 수도로 갈 일이 있으니 퀘스트를 받아가는 것도 나쁘지 않을 것이라는 생각이 들었다.

　[연계 퀘스트 : 왕세자의 비보] : 스페셜 퀘스트
　난이도 : B+
　시간 제한 : 한 달
　설명 : 페르비오노의 마지막 왕세자인 제4왕세자가 사망했다. 페르비오노는 현재 정통 왕가 계승권을 가진 사람이 전무한 상태. 왕가에 왕세자의 비보를 알려 새로운 국왕의 선출을 돕도록 하자.

　승낙─미천한 몸이지만 왕가의 명령을 받들겠습니다.
　거절─거절할 수 있을 것 같냐?

　"……."
　수련은 작게 한숨을 쉬고는 오기라도 부리듯 느릿느릿 입을 열었다.
　"미천한 몸이지만 왕가의 명령을 받들겠습니다."

　"나랑 같이… 가지 않을래?"

그 말을 꺼내는 것이 그만큼 힘들 줄은 몰랐다. 혹여나 거절하면 어떡할까. 과연 그녀가 자신과 같이 가줄까?

헤어짐이 두려웠다. 그녀라는 전력을 잃는 것이 아니라 그녀라는 사람을 잃는 것이 두려웠다.

"수도로 가는 길 말이죠?"

지아는 아무것도 모르는 눈치로 콧소리를 내며 싱글거렸다.

"흐흥, 어쩔까나."

어쩐지 순진한 그녀도 고단수가 되어버린 것 같은 느낌에 수련은 암담함에 휩싸였다. 누구지, 얘한테 이런 걸 가르친 놈이?

찌릿한 눈빛을 피한 것은 하르발트와 헨델. 수련은 속으로 혀를 찼다.

"지아, 같이 갈게요. 페르비오노 안이라면 괜찮아요."

그녀는 수련을 오래 애태우지 않고 말했다. 표정이 밝아진 수련을 보며 헨델과 하르발트가 히죽거리며 다가오는 모습이 보였다. 그러나 수련은 끝내 마지막 말이 걸렸다.

페르비오노 안이라면 괜찮아요? 밖은 안 된다는 뜻일까? 수련은 문득 피어오르는 불길한 예감을 억지로 꾹꾹 눌러 담았다.

＊　　　＊　　　＊

퀘스트를 통해 보상으로 얻은 경험치와 명성이 상당히 후했던 덕에 수련은 상급용병이 되었다. 보통 상급용병이 되면 용병들과 간단한 눈짓과 손짓만으로도 의사 소통이 가능하게 된다. 전략의 효율성과 기동성이 높아지는 것이다.

하르발트와 슈왈츠 또한 상급용병이 되었고, 실반과 헨델은 중급용병이 될 수 있었다.

원래도 강했지만 전원이 소드 익스퍼트 상급이 되고, 수련이 마스터에 오른 상태에서 그들의 전력은 감히 측정할 수 없는 수준이었다. 수련은 이번 연계 퀘스트로 인해 특급용병으로의 진입을 노리고 있었다.

특급용병이 되면 용병들에게 생각만으로 명령을 내릴 수 있게 된다. 수련의 멀티태스킹 능력이 진정한 빛을 발하는 것은 그때가 될 것이다.

"저기, 바로 가야 해요?"

입을 연 것은 지아였다. 오랜 사냥으로 힘들고 지루했으리라. 그러나 이미 마을의 입구였다.

그래, 딱 하루만 쉬자.

그런 유혹이 번진 것은 어쩐지 노곤하고 지루한 표정을 짓는 헨델과 하르발트 때문인지도 몰랐다. 아마 수련의 갈등을 알았던 것이리라.

"하루만 쉬면 안 돼요?"

징징거리며 떼쓰는 지아를 바라보던 수련이 천천히 고개를 끄덕이자, 이윽고 그녀의 표정에도 미소가 피었다.

수련 일행은 페르비오노의 관광을 겸하기 위해 일부러 카를 숲이나 동부 해변 변경 지역을 경유해서 갔다.

몸이 약한 지아가 도중에 로그아웃하는 경우도 적지 않았기 때문에, 수련은 지아가 접속하지 않는 시간에는 함께 로그아웃을 하거나, 그녀가 로그아웃한 자리 근처에서 훈련을 시작하거나 사냥을 하곤 했다. 이미 동부 평원 변경에서 수련을 당해낼 만한 몬스터는 없었다.

찰방찰방.

방울진 빗망울이 수면 위를 튕겨 나왔다. 하얗고 가녀린 다리가 물방울을 참방거리고 있었다. 종종 새들의 노랫소리가 나무 사이사이로 꿈결처럼 흘렀다.

시내 사이로 굽이치는 강물이 간지럽게 발끝을 적시며 스쳤다.

지아는 자신의 백금발을 쓸어 넘기며 수련을 향해 손짓했다.

"오빠도 이리 와서 같이 놀아요!"

엉거주춤 그녀의 곁에 다가가서 신발을 벗고 발을 담그자, 시원한 감각이 아찔한 전류처럼 밀려들었다. 한없는 평화가 마음속에 스며든다.

순간 짓궂은 생각이 든 수련은 바지를 걷고 시냇가에 첨벙 뛰어들었다. 지아가 눈을 동그랗게 뜨며 호기심 어린 눈길로 그를 바라보았다.

"헤에, 뭐예요? 꺅!"

크게 물장구를 치자 손에 그러모인 물이 한꺼번에 튀긴다. 물방울이 그녀의 옷과 머리카락에 스며들자, 신관복이 야릇하게 젖어들어 왠지 조금은 빈약한 그녀의 몸매가 드러났다.

얼굴이 조금 붉어졌다. 그리고 수련의 아이디도 붉어졌다. 게임에서는 여성 플레이어에게 성추행에 가까운 행위를 하면 일시적으로 머더러가 되도록 만들어져 있었다. 물론 수련은 결코 자신의 행위가 성추행과는 아무런 관련이 없다고 믿었지만, 그건 어디까지나 그의 생각일 뿐…….

"이… 너무해!"

얼굴이 새빨개진 지아가 시냇가에 함께 뛰어들어 물장구를 치기 시작했다. 하얀 미니스커트 신관복의 끝이 젖어들었으나 이미 그런 건 안중에도 없는 것 같았다.

수련도 에라, 모르겠다 하는 심정으로 마구 물방울을 튕겼다. 처음에는 장난이었으나 나중에는 오기가 되고, 더 시간이 지나자 정신력 싸움이 되었다.

"헥헥! 하, 항복해요, 오빠!"

"헉헉! 너, 너야말로!"

작은 간격을 사이에 두고 서로를 노려보던 수련과 지아는 이내 동시에 웃음을 터뜨렸다. 가는 소프라노와 저음의 웃음소리가 섞여들며 기이한 화음을 만들어냈다.

한참이 지난 뒤, 수련과 지아는 다시 바위 위에 앉아 땡볕에 몸을 말리고 있었다. 가끔씩 으스스한 오한이 든 탓에 둘은 체온을 지키기 위해 바싹 붙어 앉았다.

시원한 감각이 발목 근처를 스쳐 지나간다. 맑고 투명한 시내 속에는 하얗게 빛나는 물고기들이 온몸을 꼼지락대며 꿈틀대고 있었다. 뒤쪽에서 헨델과 하르발트의 것으로 보이는 '그레텔, 오늘따라 네가 더 보고 싶구나', '저 도둑놈' 등등의 목소리가 들려왔지만, 수련은 깨끗이 무시했다.

지아가 볼을 부풀리며 뾰로통한 목소리로 중얼거렸다.

"오빠 때문이에요. 다 젖어버렸잖아요. 사제복은 여벌이 하나밖에 없는데……."

그녀는 얼굴에 감정이 쉽게 드러나는 타입이었다. 마치 표정에 '나 지금 이런 기분이야' 하고 쓰여 있는 것 같은 그런 타입 말이다. 기쁠 때는 기쁜 표정, 슬플 때는 슬픈 표정……. 그녀는 마치 모든 표정의 오브제 같았다.

그리고 지금은… 그래, 삐친 척하면서 행복한 표정이다.

"금방 마르는데 뭘."

입가에서 웃음이 가시질 않는다. 수련은 가족과 함께 있을 때와는 또 다른 감정의 격변을 맞이하고 있었다. 조금씩 커져가는 미증유의 어떤 감정을 두려워하면서도, 동시에 그것을 받아들이고 있다. 그는 지난 이십여 년의 세월 동안 굳게 닫혀 있던 뭔가가 조금씩 열리는 것을 느꼈다.

그래서 그런 말을 할 수밖에 없었으리라.

"고마워."

"뭐가요?"

답변은 그저 생긋 웃어주는 것. 지아의 어리둥절함을 뒤로

한 채 수련은 맑게 갠 하늘을 올려다보았다. 부디 내일도 이렇게 평범한 날이기를.

조금만 더 이 작은 평화가 지속되어 주기를…….

＊　　　＊　　　＊

어쩐지 매일이 같다.

요즘 수련이 자주 하는 생각이었다. 밥을 만들어 먹고, 가끔 여동생의 간식을 만들어주며, 일정한 숫자만큼 팔굽혀 펴기와 줄넘기를 하고, 다시 큐브 속에 스며든다.

현실과 가상현실 사이에 놓인 괴리가 커져 가는 만큼, 수련은 정신을 놓지 않도록 가뜩 텐션을 올려야만 했다. 조금이라도 빗나가면 무너질지도 모른다. 그래서는 안 된다.

텔레비전 소리가 방 안의 정경을 아늑하게 채워간다. 스테레오로부터 흘러나오는 고운 미성(美聲). 부엌에서 볶음밥에 넣을 당근을 채 썰던 수련―그동안 실력이 조금 늘었다―은 커다란 원룸의 중앙에서 흘러나오는 목소리에 귀를 기울였다.

"안녕하세요? '론도, 이렇게 하면 나도 할 수 있다!'의 새로운 MC 서희경입니다."

유혹적이면서도 결코 어떤 선을 넘지 않기에 천박해 보이지 않는 아름다운 미소였다. 아마 한동안 이 사건으로 인해 커뮤니티 게시판이 뜨거워질 것 같았다.

소문에 의하면 얼마 전까지 앵커를 맡던 MC 레아는 남자

MC를 유혹했다느니 어쩌느니 한 이유로 잘렸다고 한다.

"안녕하세요? '론도, 이렇게 하면 나도 할 수 있다!' 의 MC 영돈입니다. 저희 '론도, 이렇게 하면 나도 할 수 있다!' 가 시청자 분들의 의견을 수렴해 이번 방송부터 '화려한 오후의 론도' 라는 이름으로 방송명을 바꾸기로 했답니다."

확실히 방송이 나가고 한동안 이름 때문에 논란이 많았던 게 사실이었다. 너무 성의없는 이름이라는 둥, 작명 센스 끝내준다는 둥, 단순히 비꼬는 댓글에서부터 시작해 악플에 이르기까지.

"하하, 센스 없는 이름이기는 마찬가지입니다만, 그래도 그냥 그러려니 하고 귀엽게 봐주시며 눈감아주시면 감사하겠습니다."

남자 MC인 영돈이 그런 말을 하니 영 신빙성이 없었다. 일련의 분위기를 눈치 챘는지 서희경이 재빨리 눈웃음을 치며 입을 열었다. 언제 봐도 멋진 눈매였다.

"참, 지난주에 드디어 론도의 공식 랭킹이 발표되었답니다."

사실은 대사 중에 포함되는 것이었음에도 막 생각난 것인 양 말을 꺼내는 능청. 수련은 그 몸짓 하나하나에서 묻어 나오는 자연스러움에 조금 감탄했다. 프로게이머가 아니라 MC를 위해 태어난 여자 같았다. 수련은 볶음밥을 우걱우걱 쑤셔 넣으며 의자에 컬터앉았다.

곧 브라운관에 랭커들의 순위가 출력되기 시작하고, 수련은 또 한 번 놀라고 말았다.

"마스터가 벌써 백 명이야?"

수련은 자리에서 발딱 일어나서는 노트북으로 세부 랭킹 정보를 찾기 시작했다. 수련이 주로 검색한 것은 근접 전투 계열의 랭킹이었다.

얼마 지나지 않아 낡은 노트북의 액정에 유저의 랭킹이 출력되기 시작했다.

〈근접 전투 계열 랭킹 정보〉

─전사, 무투가, 검사 등, 모든 근접 계열의 랭킹을 총망라합니다.

순위/아이디/직업/레벨

1위─비공개/비공개/17

2위─비공개/비공개/17

3위─아르카제/어쌔신/16

4위─비공개/비공개/비공개

……

11위─마에스트로/비공개/16

12위─벨라로메/검사/16

……

36위─발테우스/무투가/15

37위─류현/비공개/비공개

38위─시리우스/노비스/15

수련은 자신의 아이디를 발견하자마자 기겁하며 비공개로 전환시켰다(물론 비공개로 전환해도 그 자신은 랭크를 볼 수 있다). 근접 전투 계열에서는 랭킹이 38위, 전체 랭킹에서는 70위였다.

수련의 레벨과 1위의 레벨은 고작 2 차이였지만, 마스터 레벨 대에서 2 차이란 실로 큰 것이었다. 1레벨이 10구간으로 나눠져 있다는 것을 감안하고, 구간 사이에 존재하는 세부 경험치를 환산해 보면 실로 어마어마한 차이가 되는 것이다.

게다가 17레벨이면 마스터 초급의 마지막 단계.

수련은 랭킹에서 나훈영이나 아크를 찾아보려고 했으나, 그들의 것으로 추측되는 아이디는 쉽게 발견해 낼 수 없었다. 그들이라면 분명 수련보다 앞에 있을 터인데, 대체 어떻게 된 것일까? 그 외에도 마에스트로와 벨라로메가 10위권 안에 진입하지 못했다는 것이 조금 의외였다.

가장 신경 쓰이는 것은 랭킹 10위 안쪽의 비공개 아이디들이었다. 비공개 아이디는 정확히 세 명. 수련은 묘하게도 그걸 발견하는 순간 인프라블랙이 떠올랐다. 신경과민일지도 모르겠다. 요즘은 뭣하면 자꾸 인프라블랙이라 연결시키려 드니…… 그만큼 인프라블랙은 존재의도가 모호한 단체였다.

'그러고 보니 요즘 접속을 못했지.'

수련은 랭킹 페이지를 종료하고 인프라블랙의 주소를 타이핑했다.

"어?"

뜻밖에도 인프라블랙 홈페이지는 폐쇄되어 있었다. 출력되는 것은 하얀 창에 뜨는 '페이지를 찾을 수 없습니다' 라는 메시지뿐. 사이트를 닫은 건가?

그때, 수련의 눈가에 기묘한 점 같은 것이 잡혔다. 마치 모니터에 붙은 먼지, 혹은 벌레마냥 페이지의 한구석에 똬리를 튼 신묘한 점.

인프라블랙.

어둠보다 더 깊고 더 고결한 어둠. 점은 마치 세상의 모든 어둠을 포함하는 양 그곳에서 수련을 노려보고 있었다.

마치 신들린 것처럼 마우스 커서를 드래그해서 셀을 잡는다.

하얗게 물드는 점. 수련은 그것이 링크태그라는 것을 확신했다. 페이지를 자세히 찾아보자 그와 유사한 세 개의 점이 각각 동서남북의 방향에 자리 잡고 있었다. 잠시 고민하던 수련은 예전에 하던 방식으로 동쪽의 점부터 차례대로 누르기 시작했다.

그러자 이내 새까만 화면 하나가 출력되었다. 밑도 끝도 없는 색조 없는 어둠. 수련은 이번에도 주저없이 화면에 셀을 잡았다. 까만 화면 사이로 드러난 셀에 새하얀 글씨가 잡힌다.

—6월 18일 오후 10:00 채팅 방.

채팅 방이라고 쓰인 글씨에는 링크가 잡혀 있었다. 클릭해보니 예전에 멤버들이 사용하던 채팅 방이 나타났다.

[Black #1님께서 채팅 방에 입장하셨습니다.]

접속해 있는 사람은 아무도 없었다. 그래서 수련의 순번도 1번으로 나왔다.

오늘이 5일이니 아직 13일의 여유가 있다.

수련은 잠시 뭔가를 생각하더니 이내 수첩에 날짜와 시간을 메모하기 시작했다.

EPISODE **010**
Distorted

페르비오노로 가는 여정은 순탄하지만은 않았다. 이미 많은 유저들이 동부연합국가로 진입해 왔기 때문이었다.

마을 리저브를 벗어나자 상당히 많은 유저들이 사냥터와 마을 곳곳에 포진해 있는 것을 볼 수 있었다. 많은 기존 유저들이 레벨 6 이상의 고지를 밟았을 터, 6이라면 파티 플레이를 통해 로드 스트림을 건너올 만한 레벨이었다.

수련은 조급해하지 않았다. 어차피 시간이 지나면 그렇게 될 것이라 예상했던 일이다. 그래도 아쉽기는 했다. 아직까지 모든 계획을 완료하지 못한 것이다.

수련은 항상 마을에만 갇혀 있었던 지아에게 경험도 시켜줄 겸 파티 퀘스트 하나를 수락했다.

페르비오노 남작 영애의 호위 퀘스트. 총 8명의 유저가 수도까지 남작 영애를 호위하는 하드코어 퀘스트였다. 굳이 하드코어 퀘스트를 수락한 이유는 그녀를 지켜줄 자신이 있었기 때문이다.

현재까지 론도에 캐릭터를 만든 유저의 숫자는 국내와 해외를 모두 포함해서 4천만에 육박한다. 평균 동시 접속자 수만 해도 약 600만.

그중에서 백여 명 정도밖에 되지 않는 마스터가 바로 수련인 것이다.

함께 움직이는 유저의 수는 지아와 수련을 포함해서 총 여덟 명. 그 외에도 수련의 용병들과 남작의 개인 사단이 함께 동행하고 있었다.

여덟 명 중 네 명은 이미 같은 파티 소속인 듯했다. 왁자지껄 떠드는 목소리에 어쩐지 옅은 흥분이 감돌고 있었다. 개중에는 수련을 보며 수군거리는 자들도 있었다.

"저것 봐, 저런 전사들이 파티를 제일 곤란하게 만드는 존재들이란 말이지."

일반적인 유저의 상식으로 수련처럼 풀 플레이트 아머를 착용한 전사는 파티에서 꾸준한 골칫덩이였다. 풀 플레이트 아머를 비롯한 중갑은 개인의 방어력 향상에는 뛰어나지만, 민첩성이나 움직임 면에서 많은 제약을 받았던 것이다.

풀 플레이트 아머를 주로 사용하는 것은 디펜더(Depender)들이었는데, 최근 디펜더를 기용한 대량 몹이 사냥보다는 차라리 전사 둘을 앞세워 스피디한 사냥을 즐기는 파티가 늘어나고 있었기 때문에 풀 플레이트 아머를 착용한 겉멋 든 전사들을 기피하는 것이 요즘의 경향이었다.

"쯧쯧, 자기가 무슨 기사라도 된다고……. 게다가 저 뒤의 유저들은 또 뭐야? 일행인가? 전원이 아주 겉멋에 **빠지셨구면.**"

수련이 용병들의 이름을 비공개로 설정해 놓은 탓에 용병들은 일반적인 유저들에게 같은 유저처럼 보였다. 상급용병이 되고 나서 헨델과 하르발트도 발톱만큼 더 고분고분해졌기 때문에 다른 유저들 앞에서 문제를 일으킬 일도 없었다.

"좀 멋진 장비라면 또 몰라. 저런 너저분한 갑옷을 무슨 배짱으로 입고 다닐까."

한 유저의 말에 일행 사이로 낮은 웃음소리가 번졌다.

비록 수련의 갑옷은 전 왕세자가 입던 것이지만, 겉면 손질을 제대로 하지 않은 까닭에 여기저기에 때와 흠집이 난 상태였다. 물론 수련이라고 갑옷을 수리하고 싶지 않았던 것은 아니다.

수련의 갑옷은 A그레이드의 세트 아이템. 적어도 마스터 급 대장장이가 되어야 손상없이 고칠 수 있는 아이템이었다. 당연하게도 변경 지역에 그런 대장장이가 있을 리 없었고, 수련이 페르비오노의 수도로 가는 이유 중에는 그 아이템들의 수리도 포함되어 있었다.

"저기, 이보세요."

어느 일행에나 직접 나서서 꾸지람을 주는 역할을 수행하고 싶어하는 용감한 인간이 있다. 단순히 오지랖이 넓은 건지, 아니면 자기가 아는 것이 더 많다는 것을 남들 앞에서 과시하고 싶은 것인지는 몰라도 불쾌한 인간임엔 틀림없었다.

그리고 지금 수련에게 말을 건 남자도 그런 부류에 속하는 족속이었다. 수련과 시선이 부딪치자 남자는 조금 움찔거리는 듯했다. 시선에 담긴 서늘함을 느낀 것일까. 그러나 남자는 자존심 때문인지 물러서지 않고 말했다.

"당신, 파티 플레이의 기본이 안 되어 있군요. 방패도 갖추지 않은 걸 보면 디펜더인 것 같지도 않은데, 그런 풀 플레이트 아머는 전투에 방해만 되는 것 모르십니까? 아, 물론 당신이 디펜더일 수도 있겠지만 아무리 그래도 지금의 구성은……."

수련이 반응을 하건 말건 남자의 말은 계속되었다. 풀 플레이트 메일을 착용한 다섯 명의 인영. 수련 일행을 죽 훑어보던 남자의 입가에 냉소가 번졌다.

"디펜더가 다섯 명이라니… 제가 이런 말 하기는 조금 뭐하지만 직업을 바꾸시는 편이 좋겠습니다. 디펜더는 요즘 점점 묻혀가는 추세거든요."

딴에는 충고라고 했겠지만 수련에게는 그저 같잖은 소리일 따름이었다. 수련의 옆을 걷던 헨델이 귀를 후비적댔다. 수련이 대답을 않자 자신의 충고가 무시당했다고 생각한 남자가 툴툴거렸다.

"쳇, 남은 기껏 충고해 줬는데. 어디, 골탕 한번 먹어보라지.

저런 놈들 없어도 파티 퀘스트는 충분히 수행할 수 있으니까."

남자가 표정을 한껏 일그러뜨리며 사라지자 이번에는 일행 중에서 다른 남자가 수련 쪽을 향해 다가왔다. 이 녀석들, 번갈아서 릴레이하나? 그러나 남자가 멈춰 선 곳은 뜻밖에도 수련이 아니라 지아의 앞이었다.

"저기, 혹시 신관님이십니까?"

제법 훤칠하게 잘생긴 남자였다. 등 뒤에 거대한 블레이드를 매달고 있는 것으로 보아 대검사나 버서커가 아닐까 짐작했지만 확실하지는 않았다. 남자의 이름은 칼룬이라고 했다.

"괜찮으시다면 저희와 동행하시지 않으시겠습니까? 적어도 옆에 서 있는 이분들보다는 저희가 좋은 대우를 해드릴 수 있습니다. 아이템 배분 때 다른 유저의 두 배를 쳐드리겠습니다. 어떻습니까?"

칼룬은 자신이 생각하는 가장 멋진 미소를 지어 보이며 말했다. 이 정도면 꼼짝없이 넘어오겠지. 대놓고 일행을 비교하며 무시하는 목소리에는 자신감이 가득 배어 있었다. 은은한 자만이 내비치는 그 모습을 보던 수련이 내심 혀를 찼다.

엉성하지만 얼핏 보면 그럴듯한 작전이었다. 일행 중 하나가 여론을 형성해 수련을 매도하고 분위기를 조작한 다음, 수련의 이미지가 적당히 나빠졌다 싶을 때 비교적 외모가 괜찮은 남자를 시켜 수련의 수행원을 빼돌린다.

평범한, 혹은 소심한 사람이라면 분위기에 휩쓸려 일행을 바꿀 법도 할 작전이었다. 마녀 사냥이란 그만큼 무서운 것.

세상엔 교활한 인간들이 너무나 많았다.

그러나 이번엔 상대를 잘못 골랐다. 그런 작전은 그들과 비슷한 인간들에게나 통용될 법한 것이다.

"됐거든요."

지아의 목소리는 차가웠다. 아마 그들의 대화에 귀를 기울이고 있었던 모양이다. 수련을 나쁘게 말한 그들이 그녀에게 좋은 이미지로 부각되었을 거라고 생각하면 크나큰 오산. 순수함이란 때로 그 어떤 것보다 더 명확하고 깨끗한 그림을 그려낸다. 때 묻지 않았기에 더 확연하고 옳은 대사를 취사선택할 수 있다.

"아······."

남자는 어딘가 병 찐 표정이었다. 한순간에 무너진 자존심이 복구되기까지, 그 위에 분노가 입혀지기까지는 그리 오랜 시간이 필요하지 않았다.

"거참, 그렇군요."

약간 허탈한 목소리였다. 그러나 눈에는 강한 적의가 담겨 있다. 물론 그 적의는 지아가 아니라 수련을 향한 것이었다. 네깟 놈이 얼마나 잘났기에 이런 미소녀가 붙어 다니는 거냐?

칼룬의 다른 일행도 놀랐는지 수군거렸다.

"왜 저런데, 저 여자?"

"홍, 저놈이 제법 남자 구실을 하는 모양이지?"

"바보 녀석, 넌 어딜 봐서 저 여자애가 성인으로 보이냐?"

"성인이든 아니든 저 정도면 S급이지, S급. 이님이 뭘 모르시네. 그리고 론도의 나이 제한을 고려하면 저 여자는 아무리 어려도 열여덟 살 이상이라 이거지."

남자 유저는 그 말을 하며 입맛을 다셨다.

말끝에는 기분 나쁜 웃음이 뒤따랐다. 그런 말을 하면 스스로가 더 추악해질 것이라는 사실을 알면서도 그들은 끝내 그 말을 던지지 않을 수 없었을 것이다. 수련은 선뜻 대답하지 않았다. 그는 추악한 목소리에 일일이 대답해 줄 만큼 인정이 많은 사람이 아니었다. 웅성거림이 커지자 칼룬이 그들을 저지했다. 아마 그가 리더인 모양이다.

"언제든 괜찮으니 우리 일행으로 오시면 환영해 드리겠습니다. 그리고……."

칼룬이란 자는 제법 침착하게 말을 이었다. 뜻밖의 기습에도 쉽게 당황하지 않는 성정이 언뜻언뜻 비쳤다. 하지만 그건 잘 포장한 위선일 뿐. 그들은 단지 신관이, 그리고 여자가 필요했을 뿐이다.

"남자 분의 실력이 얼마나 굉장할지 기대가 되는군요. 부디 기대에 어긋나지 않았으면 좋겠는데요."

어쩐지 묘한 조소 같은 것이 담겨 있었다. 패배감을 극복하려는 남자의 작은 몸부림을 수련은 가볍게 외면했다.

"그쪽의 실력은 얼마나 대단한지 한번 보고 싶군. 물론 곧 보게 되겠지만."

대신 말을 받은 것은 슈왈츠였다. 평소에는 말이 없던 그였음에도 마스터가 받는 모욕만큼은 참을 수 없었던 모양이다.

수련은 내심 마음이 뭉클해졌다.

얼굴이 살짝 붉어진 칼룬은 잠시 동안 슈왈츠와 짧은 대치를 이루더니 쏟아지는 용병들의 시선을 견디지 못하고 이내 크게 콧방귀를 뀌며 몸을 돌리고 말았다. 패배를 인정하지 않은 것이다. 눈이 마주치자 슈왈츠가 수련을 향해 고개를 살짝 끄덕여 보였다.

"그런데 지아 너, 그런 말도 할 줄 알았어?"

"으응, 그래도 기분이 많이 나빴다고요."

자신이 아닌 누군가가 어떤 형태로든 자신을 변호해 주는 것은 언제나 기분 좋은 일이다.

입술을 삐죽 내민 그녀의 모습이 귀여워 볼을 꼬집어주려는데, 옆에서 두 명의 인영이 다가왔다. 예의 그 일행에 속하지 않은 나머지 두 사람이었다.

"야아, 시원하게 잘 뿌리치던데?"

목소리는 여자의 것이었다. 은발, 아니, 정확히는 회백색에 가까운 색채. 숲길 사이로 내리쬐는 볕을 받아 은은하게 빛나는 머리카락을 트윈 테일로 묶은 소녀가 그곳에서 웃고 있었다.

혀를 살짝 빼어 문 채 손가락 두 개를 경례하듯 눈썹에 붙인 소녀는 마치 학원 만화에나 나올 법한 히로인 여자애 같았다.

"으음."

이런 타입보다는 차라리 대놓고 시비를 거는 쪽이 낫다. 친근하게 접근하는 자들은 무슨 생각을 품고 있는지 알 수 없기 때문에 경계를 곤두세우느라 신경이 피곤해진다.

"뭐… 딱히 의도한 바는 아니었습니다만……."

"아아, 그쪽 말고, 저 아가씨 말야."

여자의 말에 지아가 작은 손가락을 들어 자기를 가리킨다.

"에, 지아요?"

여자의 눈이 잠깐 혼란의 빛에 휩싸이더니 이내 입술을 오므리며 손가락으로 자기 자신을 가리켰다. 그리고는 똑같은 목소리로 말했다.

"에, 지아요?"

"……."

수련은 왠지 이런 날이 조만간 찾아올 것 같았다는 생각을 하며 이마를 짚었다. 여자가 눈썹을 찡긋거리며 말했다.

"뭐야, 너? 왜 자기 이름을 자기가 부르고 그래?"

"에, 그게… 지아는… 그러니까……."

지아는 한참 동안이나 눈동자를 굴리다가 이내 울상을 지었다. 수련은 흘끔흘끔 자신을 바라보는 그녀의 눈길을 느꼈으나, 괜히 짓궂은 마음에 아무런 변호를 하지 않고 있었다.

"그러면… 안 돼요?"

울, 울, 울먹울먹.

여자가 입을 딱 벌렸다. 엄청나게 황당하다는 눈길이었다.

"마, 맙소사! 어떻게 이런 애가 존재할 수 있지?"

사나운 눈매가 수련을 향한다. 세상에 뭐 이런 놈이 다 있냐는 듯한 변명할 수 없는 질책이 담겨 있는 눈빛이었다. 수련은 잘못한 게 없음에도 반성하고 말았다.

"너 말야, 애를 어떻게 교육시킨 거야? 설마 너, 취향 이……."

"아닙니다만."

재빨리 정신을 차린 수련은 뒷말을 다 듣지도 않고 답했다. 왠지 뒤에서 용병들이 킥킥거리는 것 같은 느낌이 들었다.

하르발트, 헨델. 이따가 죽었다.

여자는 흐응 하고 콧소리를 내더니 의미심장한 눈길로 수련 과 지아를 번갈아 보았다.

"연인?"

순간 지아가 고개를 갸웃거렸다. 여자의 말이 무슨 뜻인지 이해하는 데에 시간이 필요한 모양이었다. 그리고 정확히 5초 뒤, 지아의 얼굴이 귓불부터 발갛게 물들어가기 시작했다. 수 련은 이미 빨개진 지 오래였다.

"아하하. 뭐, 이렇게 순진한 애들이 다 있담."

여자가 배를 부여잡고 키들키들 웃기 시작했다. 묘한 신선 함과 불쾌함, 그리고 떨림이 뒤섞인 기분에 수련은 무슨 말을 해야 할지 알 수 없었다.

다음 순간, 여자의 웃음이 그쳤다. 그리고는 이내 버럭버럭 소리를 지르기 시작한다.

"…이라고 할 리가 없잖아! 이 가식 덩어리들! 너희 같은 인 간들이 세상에 존재할 리가 없어!"

그 틈을 놓치지 않고 발끈한 수련이 끼어들었다.

"저기, 그쪽도 충분히 만화 캐릭터 같은데요?"

"이건 내 컨셉이야!"

"……."

뭔가 할 말이 없게 만드는 여자였기 때문에 수련은 그냥 입을 다물고 말았다. 어디선가 이런 상황을 본 듯한 기시감 같은 것도 느껴졌으나 그냥 무시했다.

여자의 곁에 서 있던 인영이 다가온 것은 그때였다.

"저기."

수련의 시선이 그쪽으로 향하자 상대방이 마주 눈웃음을 쳤다. 남자. 남자임에도 불구하고 눈부시게 매력적인 눈웃음이었다. 얼마 전 방송명을 바꾼 '화려한 오후의 론도'에 출연하는 서희경이 생각날 만치 멋진 눈웃음.

어깨 위에 살짝 늘어져 있는 회백색의 머리칼, 창백하다 못해 파리한 얼굴, 입가에 매달린 가는 미소.

수련의 눈길이 의아함에 젖어들자 남자의 미소가 짙어졌다.

히죽히죽은 아니고, 싱긋싱긋. 그래, 싱긋싱긋이 좋겠다. 남자. 남자보다는 소년에 더 가까워 보이는 그는 싱긋싱긋 웃고 있었다.

"죄송해요. 세피 누나가 좀 버릇이 없답니다."

"아아."

수련은 '괜찮습니다'라고 말하려다가 입을 다물었다. 남자가 대답을 요구하지 않는다는 생각이 들었기 때문이다.

"저희 누나는 늘 그렇답니다. 마음에 드는 사람을 만나면 언제나 저렇게 툴툴거리곤 하지요."

확실히 그녀의 행동이 실례이기는 했으나, 이상하게 불쾌감은 느껴지지 않았다. 예의 가식적인 미소를 얼굴에 처바른 일행에 비하면 훨씬 인간적이고 약동적인 대화였다.

조금 조악한 비유를 덧붙이자면 마치 쓰레기 더미 사이를 지나다가 상쾌한 숲길 사이로 들어선 듯한 그런 느낌.

여자와 남자는 각각 세피로아와 이지너스라고 했다. 줄여서 세피, 그리고 이지. 어딘가 신비하면서도 특이하게도 이 세상과는 한 뼘쯤의 거리를 둔 듯한―이건 어디까지나 느낌의 이야기다―인상을 가진 둘. 수련은 그 속에서 왠지 모를 동질감 같은 것을 느꼈다.

"아무한테나 저렇게 대하는 누나가 아닌데… 아마 두 분이 마음에 들었나 봐요."

세상을 살다 보면 종종 그런 사람이 있다. 이상하게 쉽게 다가갈 수 있고, 쉽게 친해질 수 있을 것 같은 사람.

마음을 연다거나 선을 넘는다거나 하는 문제를 지나서 편하게 다가오는 사람 말이다.

세피는 어느새 지아와 친해졌는지 살갑게 담소를 나누고 있었다. 연신 머리를 쓰다듬는 것으로 보아 지아가 어지간히 마음에 든 모양이다.

"헤에, 레벨 4에 페르비오노에 진입했다고? 굉장한데? 거의 첫타였겠네?"

"음, 꼭 그런 것만도 아니었지만……."

수련은 지아를 흘끗 바라보며 말했다. 지아를 볼 때면 언제나 연쇄적으로 떠오르는 남자, 아크.

"뭐? 바람해역의 남부 해로를 이용해 건너온 사람이 있다고?"

수련이 아크에 대한 이야기를 꺼내자, 세피로아가 그럴 리 없다며 고개를 흔들었다.

"말도 안 돼. 바람해역 남부 해로는 개척된 지 얼마 되지 않았는걸? 고작해야 게임 시간으로 일주일 정도밖에 안 되었을 텐데……. 우리가 그 해로를 통해 동남부 국가 진입을 시도해 봤기 때문에 잘 알고 있어."

수련은 세피의 말에 지아를 흘끔 바라보고는 다시 시선을 돌렸다. 그녀는 뭔가 골똘히 생각에 잠긴 표정이었다. 모종의 확신 같은 거대한 퍼즐이 천천히 맞춰져 가고 있었다.

지아가 입을 연 것은 그때였다.

"저기, 두 분은 연인이에요?"

예의 기습을 그대로 돌려준 셈이었다.

지아의 말에 이지의 볼이 붉게 물든다. 창백한 볼이 도화색으로 물들자 마치 옅게 번진 물감 같았다. 세피도 잠깐 멍한 표정이더니 이내 유쾌하게 웃어 젖혔다. 그녀는 한 손을 이지의 어깨에 두르며 쾌활하게 물었다.

"정말? 우리 연인으로 보여?"

어딘가 기대하는 그 목소리에 수련은 괜히 짓궂은 표정을 지었다. 세피로아의 완벽한 포커페이스를 제압할 수 있는 기회가 온 듯한 느낌이 들었던 것이다. 그러나 대답을 가로챈 것은 지아였다.

"어? 두 분… 남매 아닌가요?"

"말도 안 돼! 어떻게 이런 녀석이랑!"

"우린 머리색도 다르다고요!"

비정상적일 정도로 강렬한 반발이었다. 세피와 이지가 서로의 머리를 밀어내며 지아를 마주 보고 섰다. 두 사람의 시선을 감당하는 지아는 당혹스러운 표정이었다.

"두, 두 분 다 같은 색 아닌가요?"

"얘는 백발! 나는 은발!"

"저는 은발! 누나는 백발이에요!"

"같은 색깔 같은데……."

"…두 사람, 말도 서로 다른데?"

붉게 상기된 표정으로 소리치던 이지가 그제야 찔끔한 표정으로 어깨를 움츠렸다. 세피는 여전히 씩씩거리고 있었다. 마치 뭔가 억울해하는 듯한 그 눈빛에 수련은 이유도 없이 잠깐 미안한 심정이 되었다. 하지만 이내는 더 오기가 생긴다. 끝까지 추궁해 보고 싶어진 것이다.

"그러니까 뭐야, 두 사람, 연인이란 말이야?"

수련의 말에 이번에는 세피로아의 얼굴이 붉어졌다. 수련은 왠지 유쾌한 기분으로 그 광경을 바라보았다. 입을 연 것은 이지였다.

"에, 그러니까… 그게… 또……."

"그래, 연인 맞아, 연인! 하하하!"

"아, 하하하! 그, 그렇죠!"

세피가 어색하게 웃으며 이지의 어깨를 두드렸다. 수련은 심상치 않은 눈길로 세피와 이지를 번갈아 보았으나, 둘은 연신 식은땀을 닦으며 같잖은 음색으로 웃고 있을 따름이었다.

두 사람을 보며 수련은 왠지 둘은 연인이 아니라 남매에 더 가까울 것 같다는 생각을 했다. 남매. 닮았지만 서로 닮지 않은 두 사람. 그 생각을 하는 찰나에 묘연한 느낌이 든 것은 단지 기분 탓이었을까.

"뭐야, 뭐? 눈초리 거두라고!"

"음."

언제 그랬냐는 듯이 싱글싱글 웃는 세피로아를 보며 수련은 이 여자가 방금 전에 만난 사람이 맞는지를 진지하게 고민해 보아야 했다. 비정상적일 정도의 친근함. 마치 만난 지 10년은 된 듯한 느낌.

"근데 너, 몇 살이야? 내 또래 같은데?"

"스물둘."

"헤에, 그래? 나도 스물둘인데. 우리 동갑이네?"

세피는 쾌활하게 웃으며 말했다. 만난 지 10분 만에 말을 놓기는 또 처음이었다.

나란히 걷는 세피로아와 이지너스의 모습이 눈에 들어온다. 연상연하 커플이라……. 커플을 서로 닮아간다더니 정말인가 보다. 수련은 살짝 웃음을 머금었다.

"그런데 저 아저씨들은 뭐야? 왜 말을 안 해?"

아저씨라는 말에 헨델과 하르발트가 발끈해서 뭐라 소리를 지르려 했으나 수련이 간신히 말렸다.

"그냥… 내 일행이야."

"헤에, 멋있는데? 갑옷이 허름한 것만 빼면."

세피로아가 호기심 어린 눈길로 용병들을 바라보자, 수련은 조금 긴장했다. 아직 용병들의 정체를 다른 이들에게 들키고 싶지는 않았다. 용병들의 이름을 비공개로 막아둔 것도 그 때문이었다.

그러나 정작 예리한 질문을 던진 것은 이지너스였다.

"왕가의 문장이 박혀 있군요. 이런 말씀을 드리기는 그렇지만 당신은 혹시……."

"NPC가 아니냐고?"

수련이 재빨리 말을 받았다. 이지가 약간 놀란 표정을 짓더니 이내 가볍게 미소 지었다.

"유저시군요."

정말 NPC라면 그런 말을 할 리가 없다.

"그냥 퀘스트와 연관있는 거라고 해두지."

수련의 비밀스런 미소에 이지너스도 가늘게 웃었다. 마치 흐느끼는 듯한 웃음이었다. 그 모습을 보던 지아가 참지 못하고 물었다.

"웃는 거예요, 우는 거예요?"

"아아, 저 녀석은 저렇게 웃는 게 멋있다고 생각하는 이상한 놈이거든."

"이, 이상하지 않아요! 그리고 솔직히 멋있잖아요!"

어쩐지 대답하는 이지의 안색이 더욱 창백해 보였다.

앞쪽에서 비명이 터진 것은 그때였다. 호위병 하나가 숲 사이로 날아온 화살에 맞고 쓰러진 것이다. 예의 일행이 웅성거리는 소리가 일파만파로 번졌다.

"저, 저게 뭐야?!"

"빌어먹을! 그 맵 메이커(Map maker) 자식, 분명 이쪽 루트는 안전하다고 해놓고선!"

당황하는 일행을 보며 수련은 조소를 머금었다. 맵 메이커를 탓할 계제가 아니다. 수련은 그럼 그렇지 하는 표정으로 그들 일행의 반응을 관찰했다. 숙련된 유저들이라면 분명 침착하게 대처해 나갈 텐데, 지금 유저들의 행동은 '우린 오합지졸이에요' 하고 대놓고 광고하는 것이나 다름없었다.

하드코어 퀘스트의 랭크는 B- 파티 퀘스트 중에서는 상당히 높은 랭크였다. 그런 퀘스트를 진행하는 주제에 몬스터를 한 마리도 만나지 않을 거라는 착각을 하고 있었다면 크나큰 오산이다.

"리자드맨!"

숲길 사이로 나타난 것은 리자드맨 패거리였다. 일반 리자드맨을 포함해서 리자드 전사, 리자드 나이트, 리자드 아쳐, 그리고 리자드 버서커.

리자드맨은 레벨 6, 전사와 나이트, 아쳐는 레벨 7로 비교적 무난한 수준이었지만, 리자드 버서커는 레벨이 9나 되었다. 거기다 나타난 버서커의 숫자는 적게 잡아도 일곱. 무리를 다 합하면 적어도 마흔이 넘어갈 것 같았다.

파티의 평균 레벨은 8. 호위병을 다 합치더라도 고작 스물다섯이 조금 넘어갈 뿐이다.

"걱정 마. 고작해야 조무래기들뿐일 테니까."

입을 연 것은 칼룬이었다. 자신감 넘치는 그 음성이 일행에 조금은 안정을 가져다준 것일까. 미약한 안정감이 파티 전체에 퍼져 나갔다.

오합지졸에도 우두머리는 있다 이거지.

"그래, 리자드맨쯤이야!"

"별로 많아 보이지도 않는데 뭘."

언제나 그렇듯이 누구 하나가 나서면 괜히 탄력을 받아서 앞으로 나서는 멍청이가 하나둘쯤 있기 마련이다. 당황하거나 긴장을 감추기 위해 말을 더듬지도 않고, 마치 뭔가 있는 양 기세등등하게 고개를 세우는 녀석들.

"난 이래 봬도 랭커다."

칼룬이 슬쩍 수련 쪽을 바라보며 말했다. 비릿한 조소가 기분 나빴다.

랭커라는 것은 적어도 상위 5만 명 안쪽에 들어간다는 이야기였다. 5만 명. 별것 아니잖아 하고 생각할 사람이 있을지도 모르겠지만, 론도의 유저 수가 수천만에 육박하는 것을 감안했을 때 5만위 안쪽의 랭킹을 가지고 있다는 것은 상당한 수준의 실력자라는 이야기였다.

"랭커가 허울만 좋은 명칭이 아니라는 것을 똑똑히 가르쳐 주지."

그것은 수련을 향해 던진 말이었다.

수련은 아무런 대답도 하지 않고 그의 시선을 외면했다.

이글거리는 눈빛이 수련의 담담함에 부서져 나가자, 수련의 당황하는 모습을 기대했던 칼룬의 얼굴이 무참하게 일그러졌다.

"호위병들은 마차를 중심으로 포진하라!"

남작 영애를 호위하던 호위대장의 강렬한 외침과 동시에 호위병들이 마차를 둘러싼 반원 형태의 진형을 갖추었다.

"리자드맨을 상대로 그런 진영을!"

우려의 말을 내뱉은 것은 칼룬이었다. 리자드맨은 포위 공격에 강하다. 선제공격으로 이득을 취하지 못하면 죽도 밥도 되지 않는 것이다. 랭커라더니 아주 실력이 없는 것은 아닌 모양이었다. 수련은 사태를 좀 더 지켜보기로 했다.

먼저 공격에 나선 것은 마법사였다. 리자드맨이 나타날 때부터 영창을 시작하던 마법사는 리자드 전사들이 돌격해 옴과 동시에 시동어를 외쳤다.

"파이어 볼(Fire ball)!"

파이어 볼이라면 4서클의 마법. 4서클이라면 그래도 꽤 실력을 쌓았다는 것을 반증하는 것이었다. 협동력은 형편없지만 개개인의 실력은 제법 되는 모양이었다.

파이어 볼에 맞은 리자드맨 전사 넷이 화상을 입고 끼룩거렸다. 다음으로 공격에 나선 것은 아쳐였다. 시위를 뒤로 크게 당긴 아쳐가 틈을 노려 화살을 날린다.

화살의 숫자는 총 네 발. 멀티 풀샷을 마스터할 시 총 열두 발의 화살을 사용할 수 있다는 것을 감안하면 그리 많은 숫자는 아니었다.

쐐액!

화살은 각각 화상을 입은 리자드맨 전사와 아쳐를 향해 쏘아져 나갔다. 그러나 공교롭게도 네 발 중 한 발이 리자드맨들을 스쳐 지나가 버서커의 어깨에 닿고 말았다.

물론 레벨 9의 리자드 버서커는 화살을 맞고도 끄떡도 하지 않았다. 리자드맨 중에서 리자드 마스터를 제외하고 최강의 갑피를 자랑하는 버서커였기에, 레벨 8 아쳐의 약해진 멀티 풀샷 정도는 가렵지도 않았다.

"버서커를 도발하면 안 됩니다!"

칼룬의 외침은 너무 늦었다. 리자드 버서커들이 포효하며 진영의 선두에서 달려오기 시작했던 것이다. 약한 몬스터부터 하나씩 처리해 나가는 것이 파티플레이의 상식인 것을 생각했을 때, 아쳐의 행동은 무모한 실수였다. 하지만 그렇게까지 심각한 비난을 받을 만한 것은 아니었음에도 파티원들은 그를 맹렬하게 비난했다.

"빌어먹을, 멍청한 자식!"

"저런 놈을 파티에 받자고 한 놈이 누구야!"

또다시 시작된 마녀 사냥. 타깃이 된 아쳐는 고개를 푹 숙인 채 입술을 깨물었다. 묵묵히 활시위를 당기는 것이 지금 상황에서는 최선책이다.

칼룬의 레벨은 10. 막 소드 익스퍼트 중급에 오른 레벨이었다. 익스퍼트 중급부터 사용할 수 있는 특유의 파르스름하고 옅은 오라가 그의 검면에 아지랑이처럼 피어오르고 있었다. 마스터의 그것에 비하면 그의 것은 말 그대로 아지랑이 수준이었으나, 리자드맨들을 상대하기에 더없이 강력한 무기였다. 근육이 강하게 꿈틀거리며 지면을 박찼다.

파워 스텝!

칼룬은 자신이 있었다. 리자드맨들이 상대하기 까다로운 몬스터라고는 해도 그보다 레벨이 낮은 몬스터다. 재빠르게 검을 빼어 들고 리자드 나이트의 미간을 향해 내지른다.

화려한 검풍이 몰아치며 나이트들의 공격을 튕겨낸다. 익스퍼트 중급에 들어서 업그레이드된 스트라이크 배쉬가 검극에서부터 쏟아져 나왔다.

키악!

배쉬의 타격 범위에 있던 나이트의 왼팔이 잘려 나가고, 전사 하나가 검풍에 맞아 나가떨어졌다. 그러나 어쩐지 화려함에 비해 위력은 떨어지는 것 같았다. 물론 그렇게 생각한 사람은 수련뿐이었는지도 몰랐다.

일행과 호위병들 사이에서 탄성이 흘러나온다.

"역시 랭커인가……."

"다 해치워 버려!"

응원에 탄력을 받았는지 칼룬의 기세도 강맹해졌다. 한 걸음, 두 걸음. 시선의 쾌락에 도취된 칼룬은 점차 리자드맨 진형의 안쪽을 향해 깊숙이 내딛고 있었다.

그러나 리자드맨들도 호락호락하게 당해줄 것 같지 않았다. 진형이 바뀌며 아쳐들이 훌쩍 물러나고 리자드 나이트와 버서커들이 칼룬을 에워싸기 시작했다. 순식간에 포위당한 칼룬은 곧 여기저기서 날아오는 검과 화살을 받아 쳐내느라 여념이 없게 되었다. 리자드맨들보다 레벨이 높다 해도 이렇게 단체로 몰아붙이는 데는 장사가 없다.

아무리 똑똑하고 머리를 쓰는 척한다고 해도 사실 정말 뛰어난 인간이 아닌 이상 어느 정도의 허영심과 자기 과시는 내재되어 있기 마련이다. 칼룬 또한 그런 종류의 인간이었다. 그리고 그게 화를 자초했다. 너무 깊숙이 들어와 버린 것이다.

설마 자신이 당하는데도 일행이 멍청하게 보고만 있을 줄은 몰랐기에 칼룬은 화가 머리끝까지 치솟았다.

"빌어먹을! 뭘 멍하니 있는 거야!"

결국 그의 입에서 처음으로 짜증이 터져 나왔다. 어설픈 포커페이스가 무너지는 것은 한순간. 화려하기만 한 검은 실용적인 리자드맨들의 공격을 받아 차츰차츰 그 힘을 잃어간다.

뒤늦게 일행이 합류했으나 고작 네 명이서 마흔여 명의 리자드맨을 상대하는 것은 애초에 무리였다. 호위병들은 겁을 집어먹고 마차 곁을 떠날 줄 몰랐다.

"멍청한 NPC들!"

여기저기에 검상을 입자 생명력이 급속도로 떨어진 칼룬이 욕설을 지껄이며 마구 검을 휘둘러 댔다. 이미 포션의 회복력은 떨어지는 생명력을 따라가지 못하고 있었다.

칼룬의 다른 일행 역시 겁을 먹기는 마찬가지였으나, 대들보인 칼룬이 무너지면 안 된다는 생각에 리자드 진형의 겉면을 떠돌며 용을 쓰기 시작했다.

"빨리 도우러 와, 이 멍청이들!"

"미, 미친놈! 그러다 잘못하면 우리도 죽는다고!"

연신 파이어 볼을 캐스팅하던 마법사가 결국 칼룬의 말을 참지 못하고 버럭 화를 냈다. 내부에서 아귀다툼이 시작되자 전세는 더욱 열악해졌다. 이제 칼룬은 리자드맨들 틈새에 껴서 죽을 둥 살 둥 하는 상황이 되었고, 나머지 세 일행은 거의 칼룬을 포기하고 마차 근처로 도망치는 중이었다.

세피로아가 그 광경을 보며 재미있다는 듯 긴 감상평을 남겼다.

"슬슬 내부 분열이군. 마치 친구라도 되는 양 행동하더니 이제 와서 내빼겠다 이거지. 뭐, 저게 소위 정상적이라는 인간들의 행태지만 나중엔 뭐라고 변명하려나. 상황상 어쩔 수 없었다?"

마치 자신의 말에 동의한다는 양 고개를 주억거리고는 다시 말을 이어간다. 그녀의 시선은 몬스터 무리에 묻혀 악을 쓰는 칼룬을 향해 꽂혀 있었다.

"저런 걸 용기가 아니라 만용이라고 하지."

그녀는 활발한 성격 못지않게 냉정한 면이 있었다. 사태를 주의 깊게 관찰하고, 정확히 핵심을 짚어내며, 때로는 시니컬한 방관자의 면모를 보이는 그녀의 모습에 수련은 조금 놀랐다. 문득 베로스가 생각났으나 어쩐지 엉뚱한 면이 있는 베로스와 세피로아는 너무나 다른 사람이었다.

"우리도 나설까요, 누나?"

이지너스가 그녀의 곁으로 다가가며 말했다. 그의 말에는 걱정스러움이 묻어 있었다. 외모로 추정해도 '연약하고 생명을 소중히 여기는 미소년의 표본' 같은 존재였기 때문에, 수련은 그런 그의 반응을 자기도 모르는 사이에 당연시 여겨 버렸다.

"아니, 좀 더 기다려 보자."

세피로아는 그 말을 꺼내며 수련 쪽을 살짝 훔쳐보았다. 수련은 그녀의 의중을 어렵지 않게 짐작해 냈다.

그때, 리자드 아쳐의 화살에 맞은 일행의 아쳐가 로그아웃을 당했다. 일행의 숫자가 줄어들자 기겁한 유저 둘은 재빨리 호위병 근처로 몸을 피신했다.

호위병들이 전투에 참전하자 조금 여유가 생긴 일행의 시선이 향한 곳은 수련 쪽이었다.

"뭐 해! 빨리 저 녀석들을 막으라고! 바보 같은 디펜더 놈들!"

자신의 일행 중 하나가 로그아웃을 당하자 유저 하나가 분노에 찬 일갈을 터뜨렸다. 아까 수련에게 말을 걸었던 레인저였다.

"꼭 이럴 때만 힘을 빌리려고 하지. 디펜더라고 무시한 것은 그쪽이었잖아?"

세피로아의 냉혹한 목소리에 칼룬 일행의 유저 둘이 잔뜩 붉어진 얼굴로 어깨를 움츠렸다. 반박하지 못하고 고개를 숙인 유저 둘을 보며 수련은 고소함과 동정을 동시에 느꼈다.

"움직일 거야?"

세피로아의 말에 수련이 고개를 끄덕였다. 그리고 입을 열다가 깨달았다. 자기도 모르는 사이에 그녀와 말을 놓고 있었다는 것을.

뭐, 아무래도 상관없지. 수련은 편하게 생각하기로 했다.

"그래."

"저 녀석들, 당신을 모욕했는 데도?"

"그래, 그래도 도와줄 거야. 저 녀석들 때문에 퀘스트마저 그르칠 수는 없으니까. 대신……."

"대신?"

되묻는 세피로아는 내심 긴장하는 표정이었다. 긴장한 은발이 공중에서 살짝 경직되는 것을 본 수련은 피식 웃었다.

"같이 움직이도록 하지. 나만 실력을 보이는 건 불공평하니까."

"우우."

세피로아는 어쩐지 분하다는 표정이었다. 그녀는 분명 수련을 떠서 그의 실력을 알아볼 생각이었으리라. 생각이 간파당했다는 것을 깨달은 그녀가 삐죽 입술을 내밀었다.

"뭐, 좋아. 가자, 이지!"

세피로아는 어쌔신, 이지너스는 마법사였다. 날카로운 파공성과 함께 날아간 단도가 리자드 나이트를 일격에 쓰러뜨린다. 실력으로 미루어보아 적어도 레벨 10은 넘는 것 같았다. 그녀 역시 결코 칼룬의 아래가 아닌 실력자라는 이야기. 순간 자신이 랭커라 오만방자하게 떠들었던 칼룬이 불쌍해졌다.

그러나 그보다 더 경악스러운 것은 이지너스의 가공할 능력이었다. 영창을 시작하던 이지너스는 리자드 아쳐의 화살을 간발의 차이로 피해내며 몇 초도 채 지나지 않아 마법을 시전했다.

"익스플로전(Explosion)!"

익스플로전은 5서클 익스퍼트 후반이 되어야 사용할 수 있는 마법. 그렇다는 것은 이지너스의 레벨이 최소한 12에 육박한다는 것이었고, 12레벨이라면 최소한 랭킹 1만위 안쪽에 들어간다는 의미였다.

칼룬 일행은 아주 충격의 도가니에 빠져 있었다. 하지만 진짜 경악은 이제부터 시작될 것이다.

갑작스런 몬스터의 습격에 주춤거리던 지아가 황급히 수련에게 축복을 걸어주었다. 능력치가 상승하며 발놀림이 가벼워진다. 수련은 용병들에게 눈짓을 하며 전투 태세를 갖췄다. 스켈레톤을 잡아 얻은 철검이 쩔그렁거리며 울기 시작한다.

"고마워. 지아는 뒤에 잘 숨어 있어."

"네, 네에."

지아의 대답과 동시에 다섯 명의 인형(人形)이 번개같이 쏟아져 나갔다. 쏜살같다는 말은 이럴 때나 쓰는 표현이라는 것을 보여주는 양, 다음 순간 수련과 용병들은 리자드맨의 코앞에 다가가 있었다.

마치 움직임이 컷과 컷으로 나뉜 느낌이었다.

맑은 검명이 울려 퍼짐과 동시에 화려한 검의 폭풍이 몰아친다. 칼룬의 허울 좋은 검공과는 차원이 다른 파괴력을 가진 공격이었다.

실루엣 브레이크!

실루엣 소드와 일루전 브레이크의 연계 스킬인 실루엣 브레이크가 수많은 검영을 만들어내며 리자드맨들을 도륙한다. 이제 일루전 브레이크로 만들어낼 수 있는 검은 열 개가 되었다. 벼락처럼 쏟아져 나간 검은 순식간에 리자드맨들의 몸통을 꿰뚫는다.

연녹색의 입자가 마구 비산하고, 살기등등한 검극들이 종횡무진한다. 예의 일행은 그 화려한 전투에 입을 딱 벌린 채 제정신을 못 차리고 있었다.

"쿠아아아!"

당황한 리자드 나이트와 버서커들이 정신을 차렸을 때, 이미 후방의 아쳐들은 한 명의 용병에게 괴멸당하고 있었다. 그림자처럼 적의 배후를 노린 실반의 멀티 풀샷에 리자드 아쳐들이 속수무책으로 쓰러졌다.

용병들의 현재 레벨은 14. 익스퍼트 최상급이다. 리자드 패거리가 상대가 될 리가 없었다. 리자드맨들이 울부짖으며 수련을 포위하고 달려들었으나, 수련의 옷깃조차 스치지 못했다.

마치 유령 같은 움직임. 공격이 닿는 순간 스르르 미끄러져나가는 보법(步法)은 정말 귀신의 그것에 가까웠다. 리자드 나이트들의 안색이 점차 창백해져 간다.

보법은 데스나이트의 무덤에서 스켈레톤 나이트와 데스나이트를 상대하며 얻은 기술이었다. 일종의 패시브 스킬에 속하는 '홀리기'가 진화하여 만들어진 것이다. 아직 스킬로 만들 만큼 대단한 수준은 아니었지만, 수련은 그 기술의 이름을 고스트 스텝(Ghost step)이라고 지어두었다.

"뭐야, 저거? 익스퍼트의 파워 스텝이나 마스터의 트리플 스텝은 들어봤지만, 저런 말도 안 되는 기술은 처음 보는데?"

세피로아가 입을 딱 벌린 채 수련의 전투를 지켜보고 있었다. 이지너스도 주문 캐스팅마저 잊어버린 채 넋을 잃고 있었다. 눈 깜짝할 사이에 상황이 종료되었다.

검 몇 개가 동분서주하며 번쩍거린다 싶더니, 대부분의 리자드맨은 바닥에 드러누워 있었다.

처절한 괴성이 공기를 찢어발긴 것은 그때.

키아아악!

리자드 크라잉(Lizard Crying).

소리만 들어도 소름이 끼치는 이 스킬은 시전 몬스터보다 강력한 몬스터들을 근처로 유혹해 오는 끔찍한 기술이었다.

리자드 버서커가 유저들 사이에서 욕을 먹는 것은 그 단단한 갑피와 흉포한 성정 탓도 있었지만, 무엇보다 이 말도 안 되는 스킬에 근거하고 있었다.

재수가 없으면 오우거나 미노타우르스 같은 대형 몬스터를 만나게 될 수도 있는 것이다. 미노타우르스의 레벨은 12, 초대형 급에 속하는 오우거의 레벨은 13이었다. 오우거의 경우는 한 방의 파괴력이 워낙 강력하여 마스터조차 그 일격을 받아내기 힘들다고 알려져 있었다.

"이지! 어서 저 녀석을 죽여!"

세피가 달려감과 동시에 외쳤다. 그러나 이지의 캐스팅이 아직 끝나지 않았던 탓에 버서커를 베는 것은 마침 가까이 있던 슈왈츠의 몫이었다.

묵직한 중검의 칼날이 리자드 버서커의 목을 가볍게 스치자, 목살이 쩌억 갈라지며 초록색 입자가 흘러나왔다. 게임임에도 제법 그로테스크한 광경이었다.

버서커의 옆에 주저앉아 있던 칼룬이 그 광경을 보며 몸을 부르르 떨었다. 그와는 차원이 다른 실력자라는 것을 느낀 것이다.

"뭐야, 아직도 살아 있었냐?"

빈정거린 것은 하르발트였다. 말은 안 했지만 용병들은 속으로 칼룬의 모습이 꼴같잖았다. 그들은 용병. 마스터에게 까

불대는 상대가 달가울 리 없다. 어안이 벙벙하던 칼룬의 안색이 분노와 공포로 푸들푸들 떨린다.

"으, 늦은 걸까."

목소리는 세피로아의 것이었다. 이미 버서커의 크라잉이 숲 전체로 뻗어나갔다. 카를 숲에서 뻗어 나온 이름도 없는 수림 속이지만 어떤 몬스터가 기거하고 있을지는 알 수 없다.

쿵!

"아, 역시나!"

세피로아의 탄식과 동시에 또 한 번의 진동이 울린다. 땅 전체가 거대하게 움찔거리며 몸부림치는 것 같았다. 세피의 곁을 지키던 이지의 표정에도 긴장이 피어올랐다.

쿠아아!

지금까지 만났던 몬스터들과는 차원이 다른 거대한 포효. 한 걸음을 움직일 때마다 겁에 질린 양처럼 부르르 떠는 대지. 수련은 어렵지 않게 적의 정체를 알아챌 수 있었다.

숲을 가르고 나타난 거대한 초록빛 가죽. 동물의 진액마냥 끈적끈적한 뭔가가 달라붙어 있는 큼지막한 손에는 웬만한 성인 몸통만 한 도끼가 쥐어져 있었다. 그들이 애용하는 특유의 배틀 액스(Battle axe)였다.

세 마리의 거대 오우거와 다섯 마리의 새끼 오우거. 이름하여 오우거 패밀리(Ogre family).

"오, 오우거야!"

"맙소사!"

남은 일행은 아예 겁에 질려 버렸다. 호위병들마저도 공포에 몸을 떨고 있었다. 안에 있는 남작 영애는 어떨까. 수련은 문득 그런 상상을 했다.

만약 자신과 세피로아 같은 실력자들이 이 퀘스트에 참가하지 않았다면 남작 영애는 오우거 밥 신세로 전락했을까?

"흐응, 오우거쯤 되면 제법 해볼 만하지. 이거, 잘못하면 죽을지도 모르겠는데? 정말 목숨을 걸어야 할지도."

생명이 위태위태한 순간에도 세피로아는 즐거운 표정이었다. 마치 전투 자체를 즐기는 듯한, 아니면 세포 하나하나를 전율시키는 이 순간의 긴장을 즐기는 듯한. 수련은 자기도 모르게 생각을 소리 내어 말하고 말았다. 전장의 꽃. 아니, 진흙 위에 핀 꽃일까.

"진흙 위에 핀 꽃인가."

"어, 뭐라고 했어?"

"아니, 아무것도."

새끼 오우거의 레벨은 10. 새끼 오우거조차도 리자드 버서커의 수준을 상회하고 있다. 그런 녀석들이 다섯. 그리고 그런 새끼보다 몇 배는 더 강한 진짜 오우거가 셋. 어지간한 실력자 파티라도 전멸을 면치 못할 전력이었다.

그러나 오우거들은 쉽게 덤벼들지 않았다. 마치 적의 기세를 읽는 양, 혹은 적의 진영 사이에서 느껴지는 미지의 어떤 거대함 같은 것을 두려워하는 것처럼. 그것을 보며 약간 의아해하던 세피는 문득 수련을 향해 물었다.

"몇이나 상대할 수 있겠어?"

"전부."

수련의 말에 세피가 짐짓 놀란 표정으로 눈을 동그랗게 떴다.

"헤에, 새끼 말이지? 다섯이나 되는데? 당신 혼자서 새끼 전부를 상대할 수 있다고?"

세피의 말에 수련이 옅은 미소를 머금었다. 그리고는 천천히 고개를 저었다.

"아니, 오우거 말야."

말과 수련의 신형이 쏘아져 나간 것은 거의 동시였다. 양손에서 벼락처럼 발출한 두 개의 검. 새끼 오우거 하나를 베어버린 수련은 놈의 어깨를 발판으로 삼아 더욱 높게 뛰어올랐다.

백색의 플레이트 아머가 햇빛에 반사되어 눈부신 잔상을 남긴다. 날아오른 그의 아래로 네 명의 흑빛 기사들이 달려들어 새끼 오우거들을 베어버렸다. 하나의 화살과 세 개의 검.

마치 영화의 한 장면을 보는 것처럼 몇 합을 채 겨루기도 전에 새끼 오우거들이 모두 차가운 바닥에 드러눕는다.

섬광검 제이초(二招)
섬광포(閃光砲).

마술처럼 빚어진 거대한 섬광의 빛무리가 오우거 둘을 향해 쏘아져 나간다. 선의 경지를 벗어난 그 공격은 찰나가 무색한 순간에 오우거 하나의 미간과 또 다른 오우거의 어깨뼈를 꿰뚫어 버렸다.

이렇게 강한 인간이 있었단 말인가! 오우거의 보라색 눈동자는 죽음의 순간에도 현실을 인정하지 못하고 있었다. 뒤이어진 실루엣 소드에 어깨뼈가 꿰뚫린 오우거도 천천히 바닥에 드러눕는다.

공중에서 또 다른 오우거의 어깨를 박차고 튀어 오른 수련은 남은 오우거 하나의 도끼를 몸부림치듯 살짝 흘려내고는 도끼 자루에 휘감기듯 달라붙어 그대로 오우거의 배후을 향해 떨어져 내렸다.

공중에서 정확히 두 바퀴를 회전하자, 오우거의 먹음직스런 뒤통수가 보였다. 수련은 그 자세 그대로 검을 내질렀다.

섬광검 제일초(招)
섬광영(閃光影).

강철 같은 체력과 어지간한 공격에는 끄떡도 하지 않는 가죽을 가진 세 마리의 오우거는 그렇게 허무하게 최후를 맞이했다. 수련은 조용히 바닥에 착지해서 아이템들을 수거하기 시작했다.

"오오, 이것 봐. 이거 나한테 달라고, 마스터!"

오우거가 떨어뜨린 거대한 대검을 발견한 헨델이 잔뜩 흥분한 채 수련을 조르기 시작했다.

"이리 내놔."

수련은 망설이지 않고 헨델의 손에서 대검을 빼앗았다. 삐쳐 버린 헨델이 입술을 실룩였다. 그리고는 '이럴 줄 알았으면 고향에서 그레텔이랑 과자나 만드는 건데…', '그레텔, 오빠가 미안하다' 등의 대사를 연발하며 애꿎은 돌을 툭툭 걷어차기 시작했다. 물론 수련은 깨끗이 무시했다.

일행은 아직도 경악에서 깨어나지 못하고 있었다. 설마하니 저 허름한 디펜더가 이 정도로 엄청난 실력을 보유하고 있을 줄이야! 풀 플레이트 아머를 입고서 전광석화처럼 움직이는 것도 충분히 놀라운데, 거대한 오우거들을 검 몇 번 휘저어 쓰러뜨려 버렸다.

마스터, 마스터라면 가능할 것인가.

신경질적인 표정으로 수련을 향해 다가온 것은 이번에도 세피로아였다. 사실 그녀가 아니라면 무시무시한 전투를 보여준 수련에게 다가갈 만한 용기를 가진 사람도 없었다.

"당신, 도대체 뭐야? 어떻게 오라 소드도 없이 어떻게 저 녀석들을 썩은 무처럼 베어버릴 수 있지?"

"썩은 무보다는 자르기 어렵지."

"어쨌든!"

수련의 말에 세피가 더 발끈해서 외쳤다. 뭐라고 설명할까 고민하던 수련을 도와준 것은 뜻밖에도 칼룬이었다.

─칼룬님께서 파티에서 탈퇴하셨습니다.

칼룬의 파티 탈퇴 메시지. 파티를 탈퇴한다는 것은 곧 퀘스트를 그만두겠다는 것과 같았다. 페르비오노의 수도가 눈앞인데 이제 와서 탈퇴한다는 것은……

"오늘 일은… 죽어도 잊지 않을 것이다."

자존심이 단단히 상한 듯 이를 가는 칼룬은 꾹 쥔 주먹을 부르르 떨고 있었다. 어찌 보면 자승자박인 셈이었지만, 칼룬은 수련이 자기를 속였다고 생각했다.

그래, 어디까지나 그의 입장에서. 사람의 입장이란 대개가 그 모양인 법이다. 충혈된 눈으로 한참 동안이나 수련을 노려보던 칼룬이 무겁게 입을 열었다.

"나는 블랙 울프 길드의 칼룬이다. 다음번에 만날 때는 검은 늑대의 이빨이 네놈을 노릴 것이다."

어디 만화에나 나올 법한 대사를 읊은 칼룬은 스스로의 행동에 만족하는지 비릿한 웃음을 선보이고는 등을 돌렸다. 세피가 그걸 보고는 수련의 어깨를 탁탁 두드리며 박장대소했다.

"와와! 너 이제 큰일 났다! 쟤, 블랙 울프 길드래."

그녀의 웃음에 걸음을 멈칫한 칼룬이 세차게 세피를 돌아보았다.

"죽고 싶냐?"

"흐흥, 걸핏하면 때릴 기센데?"

세피는 더욱 꼿꼿하게 가슴을 펴며 말했다. 자신감있게 흔들리는 두 개의 둔덕을 본 수련이 얼굴이 미지근하게 달아오르는 것을 느끼고 시선을 돌리자, 그곳에서 지아가 입술을 비죽거리고 있었다.

"검은 늑대의 이빨은 남녀를 가리지 않는다. 네년도 조심하는 게 좋을 거다."

그녀의 실력이 자신보다 위라는 것을 아는 칼룬은 경거망동하지 않고 조용히 숲길 사이로 사라졌다. 남은 두 일행은 면목이 없다는 듯 고개를 푹 수그리고 있었다. 그들은 평범한 유저다. 자존심보다는 목적지에 다 도착했다는, 그러니까 보상이 가까워졌다는 것에 대한 유혹이 더 강했다.

"검은 늑대의 이빨이래! 그게 뭐야?"

세피는 칼룬이 사라진 후에도 계속해서 웃어 젖혔다. 배를 움켜쥐고 웃던 그녀는 한참 후에야 웃음을 그치며 다른 사람들을 흘겨보았다. 어찌나 웃었던지 눈에는 작은 눈물방울까지 맺혀 있었다.

"뭐야, 니들은 안 웃겨?"

이후 수도에 도착하는 내내 세피로아는 이지너스의 끝없는 잔소리에 시달려야만 했다.

"으아아, 안 들려! 안 들려!"

"누나 때문에 사태가 더 심각해졌잖아요. 게다가 우리까지 추격을 받게 생겼다고요!"

"쳇. 뭐, 그런 녀석들쯤이야 어떻게든 되겠지."

"어떻게 안 돼요!"

"알았어, 알았어! 다 알아들었다구!"

"하나도 모르면서!"

그제야 세피로아는 잠시 동안 관광 보냈던 진지함을 다시 찾아왔다.

"하긴, 그래도 블랙 울프라면 그리 만만한 길드는 아니지. 너, 대륙 10대 길드에 대해 들어봤어?"

질문은 수련을 향한 것이었다. 수련이 고개를 젓자 세피가 그럴 줄 알았다는 표정으로 입을 열기 시작했다.

수련이 로드 스트림을 건너 던전에서 기거하던 시간 동안 대륙의 정세는 크게 바뀌었다(애초에 정세라 말할 만큼 대단한 사건이나 세력이 있었던 것도 아니지만). 개중에서도 특히 주목할 만한 것은 막강한 세력을 가진 길드들의 등장이었다.

초반에 기득권을 붙잡아두는 편이 후일을 도모하기에 유리하다는 것을 아는 제법 똑똑한 유저들이 각각 괜찮은 이득을 볼 수 있는 영지마다 길드를 개설하고 세력을 확장하기 시작했던 것이다. 몇 달의 시간이 흐르는 동안, 소규모였던 길드는 거대 길드로 변했고, 조악했던 시스템은 체계적인 위계질서를 갖추게 되었다.

그런 길드 중에서도 가장 강력한 길드를 뽑으라면 역시 어렵지 않게 몇 개의 이름을 나열할 수 있었다. 유저들이 매긴 비공식 랭킹 집계에 의해 정해진 열 개의 길드.

칼룬의 블랙 울프 길드 역시 그중 하나였다.

"사실 블랙 울프는 비교적 신생 길드에 속해. 어떻게 보면

대륙의 패권을 놓친 탓에 동부 지역으로 쫓겨나고 있는 길드
니까."

블랙 울프는 강력한 길드이긴 했으나 그보다 먼저 브룸바르
트의 동부를 장악한 레드 문 길드와의 전쟁에서 지고 말았고,
그 탓에 원래의 영역을 내주고 아직 개발이 미진한 동부 국경
으로 넘어와야만 했다.

"이미 대부분의 블랙 울프 길드원이 페르비오노 쪽으로 건
너왔다고 들었어. 아마 칼룬이란 녀석은 뒤늦게 합류한 길드
멤버겠지."

그녀의 가정은 그럴듯했다. 현재 길드들은 익스퍼트 급 이
상의 실력자를 모으는 데에 혈안이 되어 있는 상태. 익스퍼트
중급인 칼룬 정도라면 어느 길드라도 쌍수를 들고 환영할 것
이다.

"우리야 뭐, 단둘이니까 어떻게 도망치는 건 문제없지만. 페
르비오노 수도에 가면 녀석들이 우글우글할 텐데, 너 괜찮겠
어?"

"걱정해 줄 줄도 아는구나."

"아니, 뭐… 걱정된다는 건 아니고."

수련의 미소에 세피가 살짝 얼굴을 붉히며 고개를 돌리자,
긴 은발이 파도처럼 흔들렸다. 부끄러워하는 세피로아란 어쩐
지 생소했지만 그래도 수련은 왠지 고마워졌다.

"아, 도착했습니다."

긴 풀숲이 끝나자 눈앞에 드리워진 거대한 평원. 그 평원의

끝을 장식하는 거대한 성채. 그 크기를 짐작할 수 없는 드넓은 성벽이 오연한 시선으로 일행을 내려다보고 있었다.

페르비오노의 수도 해저드(Hazard)에 도착한 것이다.

수년 만에 고향에 돌아온 슈왈츠는 감회와 비탄에 젖은 표정이었다. 아차 싶었으나 이미 어쩔 수 없는 상황. 수련은 침묵으로 그를 위로했다.

성에 들어서자마자 남작 일행은 수련 등에게 호위 임무의 보상을 내려주었다. 보상은 오로지 골드로 무려 50골드에 육박하는 상당한 금액이었다.

"감사합니다. 다음에도 꼭 호위를 부탁드리고 싶습니다."

—퀘스트가 완료되었습니다.

해저드의 거리는 드넓었다. 그것도 보통 드넓은 것이 아니라 굉장히 드넓었다. 언젠가 어느 책에선가 읽었던, '바다는 늘 우리 생각보다 20퍼센트 정도 더 크다'라는 표현을 이곳에도 대충 적용시킬 수 있을 것 같았다. '광장은 우리 생각보다 늘 20퍼센트 정도는 더 클지도 모른다'.

한 사람을 찾기에는 지나치게 큰 도시. 수련은 조금 난색을 표하며 여기저기에 시선을 주었다. 세피로아가 시큰둥한 목소리로 물었다.

"뭘 그렇게 두리번거려? 도시, 처음 봐?"

"아아, 찾는 사람이 있어서."

수련의 말에 세피가 작게 코웃음을 쳤다.

"너 NPC 찾는 거지?"

"어떻게 알았어?"

"빤하지 뭐. 유저를 찾는 거라면 그냥 귓속말로 만나자고 하면 되니까. 같은 지역에 있으니까 귓속말이 가능하잖아?"

"제법."

약간 비꼬는 듯한 수련의 말투에도 세피로아는 개의치 않고 말을 이었다.

"NPC를 찾는 거라면 퀘스트 때문일 가능성이 높은데, 너, 그 NPC가 어떻게 생긴지는 알아? 이름만 가지고 찾는 거지?"

"아?"

생각해 보니 좀 바보 같았다. NPC라고 해서 무조건 머리 위에 이름이 뜨는 것은 아니었다. 머리에 이름이 뜨는 것은 거의 게임사에서 공식 지정된 특정 NPC들뿐이었고, 자잘한 퀘스트 같은 것을 수행하며 만나는 NPC들은 겉모습만 봤을 때 유저와 하등 다를 것이 없었다.

세피가 그럴 줄 알았다는 듯이 혀를 찼다. 수련은 조금 분한 기분이 되었으나 그녀의 말이 옳다는 생각에 금방 화를 삭였다.

그때, 세피가 돌발 행동을 일으켰다. 세피는 지아의 손을 덥석 잡더니 한마디를 남기고는 유유히 사라져 버렸다.

"뭐, 딱히 당장 할 일 없지? 남자는 남자들끼리 놀라구."

"앗! 저, 저기!"

질질 끌려가는 지아가 조금 안쓰러웠지만, 세피도 생각없이

나댈 여자는 아니라는 생각에 수련은 묵묵히 그 광경을 방관
했다. 세피로아는 결코 지아에게 위해를 가하지 않을 것이다.

수련은 용병들에게 휴식을 명령했다. 오랜 전투로 인해 꽤
지쳤을 것이기에 내린 처사였다. 물론 제일 좋아한 것은 헨델
과 하르발트. 휴식 명령을 내리기 전에 수련은 재빨리 말을 덧
붙이는 것을 잊지 않았다.

"내가 돌아올 때까지 주점은 출입 금지."

"빌어먹을."

"아아악!"

수련의 말에 둘의 표정은 무참히 일그러졌다. 간만에 술집
여급이나 꼬셔보려던 계획에 수련이 미리 분탕질을 쳐버린 것
이다.

각자 흩어져 도시를 산개하는 그들을 보던 이지가 문득 입
을 열었다.

"재미있는 분들이시군요."

세피가 스물둘, 이지가 스물하나였기 때문에 수련은 그들과
자연스레 말을 놓게 되었다. 이지는 아직 어색한지 수련에게
형이라고 부르는 것을 조금 망설였다. 그리고 끝내 존대를 고
수했다.

"저희 누나, 괜찮은 여자죠?"

수련은 이미 저만치 멀어진 세피로아와 지아를 바라보고 있
었다. 그는 고개를 끄덕였다.

"지나치게 괜찮군."

"어, 그렇다고 반하시면 곤란해요."

"설마."

수련의 말에 이지가 가벼운 웃음을 터뜨렸다. 특유의 창백한 살결이 햇빛 때문에 더욱 가냘파 보였다. 머리만 길면 여자라고 해도 믿을 것이다. 수련과 이지는 묵묵히 광장을 걸었다. 수도에 도착하자마자 남작 영애 퀘스트도 완료되었고, 따로 왕성에 가야 할 일이 있긴 했지만 아직까지 여유 시간이 남아 있었다.

물론 전직 퀘스트도 치러야만 했다. 마스터 레벨에 도달했음에도 아직까지 직업이 노비스인 것은 좀 곤란했다. 보너스 스테이터스나 직업 특수 효과로 인한 데미지 향상을 얻지 못한다는 것은 시간이 지날수록 커다란 부담으로 다가올 것이다.

수련은 이지와 수도의 광장을 걸으며 아크가 말했던 NPC를 찾아보기로 했다. 아마 이름이… 프란츠였을 것이다. 거리에는 꽤 많은 유저들이 여기저기를 기웃거리고 있었다. 개중에는 노련해 보이는 유저도 있었고, 수련이나 이지처럼 막 페르비오노에 진입한 것처럼 보이는 유저도 있었다.

황량하던 변경 마을인 리저브에 비해 이미 해저드에는 제법 많은 상인 유저들이 진출해서 여러 가지 물건을 팔고 있었다. 수련은 괜찮은 검이 있나 싶어 곳곳의 개인 상점들을 기웃거려 보았으나, 그가 가지고 있는 스켈레톤 롱 소드보다 괜찮은 검은 쉽사리 보이지 않았다.

자박자박.

상점가를 벗어나자 인적이 사라졌다. 광장에서 또 다른 광장으로 수련과 이지는 마치 고결한 의식이라도 되는 양 그렇게 걷고 또 걸었다.

친하지 않은 사람과 함께 거리를 걷는 것은 어쩐지 불편한 일일 테지만, 수련은 딱히 그런 것을 느끼지 못했다. 착한 동생 같은 이지너스의 첫인상 때문이었을까. 역시 외모라는 것은 알게 모르게 사람 사이에 굉장히 많은 영향을 미치는 것 같았다. 인정하기는 싫지만.

얼마쯤 더 걷자 작은 분수대가 있는 광장 하나가 나왔다. 조그마한 물줄기가 뿜어져 나오는 가운데, 대리석으로 만들어진 의자들이 동그마니 놓인 자그마한 광장이었다.

그리고 그런 광장들이면 크리스마스 트리의 별 장식마냥 어김없이 달라붙어 있는 커플들. 개중에는 나름 순수 청년인 수련과 이지에게는 꽤나 충격적인 장면을 손수 묘사하고 있는 커플들도 있어서 두 남자는 자기도 모르게 시선을 돌려 버리고 말았다.

눈이 마주치자 이지의 얼굴에 미약한 홍조가 떠올랐다. 얼떨결에 형성된 묘한 분위기에 수련은 무슨 말이라도 해야겠단 생각에 입을 열었다.

"아, 저기."

"어……."

"아, 먼저 말해."

"먼저 말하세요."

흘끗 이지를 바라보니 이지의 안색은 좀 전보다 더 창백해져 있었다. 뭔가 머릿속으로 문장을 만들어보려던 수련은 이내 천천히 고개를 젓고 말았다. 마땅히 띄울 만한 화젯거리가 생각나질 않았던 것이다. 묵직한 침묵이 내려앉은 찰나를 두고 입을 연 것은 이지였다. 그는 손가락으로 광장 중앙을 가리키며 말했다.

"저 문양, 참 특이하지 않습니까?"

"어?"

이지가 가리킨 것은 작은 광장의, 정확히는 분수대를 감싸 안듯이 그려진 기묘한 문양이었다. 수련은 곧 그것을 이미 본 적이 있다는 사실을 깨달았다. 검이 방패를 찌르고 있는, 붉은색과 파란색이 알 수 없는 비율로 배합되어 반짝이고 있는 거대한 문양. 무엇을 묘사한 것일까?

"음, 그러게. 특이하군."

언제 봐도 신기한 문양이었다. 국가나 마을을 상징하는 문양은 아닌 듯한데, 어떤 단체를 상징하는 것일까?

수련은 아니라고 생각했다. 브룸바르트는 물론이고, 대륙 곳곳의 광장, 혹은 마을의 입구에 그려져 있는 문양이다. 그런 문양이 특정 단체를 상징할 리가 없다. 광고라고 보기도 힘들다. 저런 광고가 무슨 실효를 거둘 수 있을 것인가.

문양은 마치 파도나 모닥불 같은 신묘한 힘을 지니고 있었다. 가만히 보고 있으면 빨려 들어가 버릴 것만 같은, 아무것도 하지 않고 아무 생각도 않은 채 그것만 가만히 보고 있어도 눈 깜짝할 사이에 시간이 흘러가 버리는 그런 기묘함.

기묘함이다. 다른 단어로는 대체할 수도 설명할 수도 없다.

순간 레볼루셔니스트의 엠블럼을 떠올려 보았으나 그것도 그 문양과는 별 상관이 없는 것 같았다. 레볼루셔니스트의 엠블럼은…… 거기까지 생각한 수련은 미약한 탄성을 내질렀다. 뭔가를 생각하고 있던 이지가 수련의 음성에 깜짝 놀라 그를 돌아보았다.

"저거, 검이 방패를 꿰뚫고 있는 형상 맞지?"

"아, 네. 저도 그렇게 생각합니다."

이지가 동의하자 수련이 말을 잇는다.

"레볼루셔니스트의 엠블럼도 방패가 아니었던가?"

"음, 저것과는 조금 달랐던 것 같지만… 방패였던 것 같네요."

이지가 고개를 끄덕였다. 이지의 말대로 확실히 레볼루셔니스트의 엠블럼은 광장의 방패 문양과는 미묘하게 달랐다. 어쩌면 꽤 많이 다른지도 몰랐다. 그럼에도 불구하고 수련은 이상한 기분이 들었다.

만약 저 방패가 레볼루셔니스트를 의미하는 거라면, 그것을 부수고 있는 반대쪽의 검은 대체 누구를 가리키고 있는 것일까?

다시 잔잔한 적막이 대화 사이로 스며들었다. 수련과 이지는 근처의 대리석 벤치를 찾아서 앉았다. 두 손을 뒤로 짚어

기대듯이 앉은 수련은 천천히 입을 열었다. 꽤 괜찮은 화제가
생각난 것일까.

"너랑 세피 말인데……."

"아, 네."

갑작스런 수련의 말에 이지가 반사적으로 대답했다.

"너희, 사실 남매지?"

그러나 그의 말은 더 깊은 침묵을 낳았다. 영원에 비추면 찰
나에 불과했으나, 수련에게는 매우 긴 시간처럼 느껴졌다. 이
지가 대답한 것은 해의 각도가 조금 기울어진 후였다.

"어떻게 아셨습니까?"

대답이 나오기까지 너무 오랜 시간이 걸린 터라, 막상 대답
이 나왔을 때 수련은 당황하고 말았다. 다른 생각을 하고 있었
던 것이다.

"사실 그냥 짐작이긴 했지만… 누가 봐도 알 거야."

수습하기 바쁜 수련의 말투에 이지가 살짝 고개를 숙였다.
어쩐지 기운이 빠진 모습이었다.

"론도는 각자의 자아상을 반영하는 게임이라지. 남매라면
생김새가 비슷한 캐릭터가 만들어질지도 모른다고 생각했어.
너와 세피처럼."

사실 결정적인 힌트는 다른 곳에서 얻었으나, 수련은 일단
나오는 대로 설명을 시작했다. 그리고 나온 문장은 제법 그럴
듯한 것이 되어 있었다. 살다 보면 종종 그럴 때가 있다.

"그렇습니까……."

남매는 닮는다. 이지의 눈빛이 슬픔에 물들었다. 왜일까. 수련은 몇 개의 조각을 가지고 퍼즐을 풀어나가고 있었다. 빈자리를 추측하고, 거기에 맞는 퍼즐을 집어넣는다.

그의 능력은 비단 상대방의 전략을 읽는 것에서 그치지 않았다. 적 유닛의 움직임에서 적의 동요를 읽어내고, 심리를 읽어내는 그다. 물론 론도를 시작하고 나서는 그것이 통하지 않는 사내도 만났었지만, 그렇다고 해서 그의 능력이 본래의 색채를 잃는 것은 아니었다.

"그거 아냐? 너희, 굉장히 위태위태해 보였어. 무엇 때문인지는 모르겠지만……."

세피로아. 사실 그녀의 밝음은 사실 회광반조의 그것과도 같았다. 꺼지기 직전에 가장 밝게 타오르는 촛불. 절벽 위의 꽃.

"상당히 예리하시네요."

처량한 웃음소리. 그답지 않게 어조에 약간 가시가 돋쳐 있었다. 긴 눈꺼풀을 내리깐 입술이 오물거린다. 생각이 문장이 되어 튀어나오기까지는 약간의 시간이 필요하다.

"남매는 사랑하면 안 되는 겁니까?"

"음."

신파극, 그리고 어떻게 보면 충격적인 이야기. 사실 어느 정도 예상은 하고 있었다. 남매라는 말에 유달리 발끈하던 두 사람.

수련은 대답하지 않았다. 이지너스의 말이 끝나지 않았다는 것을 알았기 때문이다.

"사실… 저희… 진짜 남매는 아닙니다."

사정이 있을 것이라고는 생각했다. 수련이 바로 입을 열었다.

"의붓 남매라는 말인가?"

이지가 고개를 끄덕인다. 이야기의 실타래가 천천히 풀려나가기 시작했다.

이지너스가 세피로아를 만난 것은 정확히 5년 전의 일이었다. 당시 이지너스는 열여섯, 세피로아는 열일곱이었다. 부부싸움 때문에 이혼을 겪은 이지너스의 어머니와 오래전 사고로 인해 부인을 잃은 세피로아의 아버지가 서로 재혼을 한 것이다.

어릴 적 아버지를 잃은 이지너스와 어머니를 잃은 세피로아.

여성적인 이지너스의 성격과 남성적이고 활발한 세피로아의 성격은 그런 복잡한 가정사에 그 기저를 두고 있었다. 어쩔 수 없다라는 것. 세상엔 종종 그런 일이 정말로 있는 것이다.

여자 같은 미소년과 남자 같은 미소녀. 사춘기 시기의, 성별조차 다른, 피조차 섞이지 않은 둘이 서로에게 끌리는 것은 어떤 운명 같은 것이었을지도 몰랐다.

자기 멋대로에 허구한 날 투덜거리는 데다가, 연년생의 남동생을 괴롭히는 것이 낙인 누나. 늘 누나가 저지른 일들의 뒷수습에 바쁘고 칠칠맞은 누나를 챙기기에 바쁜 남동생.

"사실 처음에는 상상도 못했어요. 누나를 좋아하다니, 말도 안 되잖아요? 당신도 그렇게 생각하죠?"

"음."

수련은 긍정도 부정도 하지 않았다. 지금 이지에게 필요한 것은 그에 관한 자신의 의견이 아니었다. 그는 단지 이야기를 하고 싶었던 것이다.

"그녀를 좋아하게 된 건 정말 아주 단순한 사건 때문이었죠. 정말 단순한."

세피와 이지의 기묘한 동거가 시작된 지 8개월이 지나갈 무렵, 세피로아의 생일이 다가왔다.

일로 바쁜 부모님은 그날도 집에 들어오지 않았다. 소리없이 하늘을 덮은 어둠 사이로 비가 내리고, 종종 천둥이 쳤다. 세피로아는 침대 위에 홀로 웅크리고 있었다. 창문 위로 주룩주룩 흘러내리는 빗방울을 보며 그녀는 텅 빈 눈동자로 허공을 응시하고 있었다.

8살 이후로 단 한 번도 생일 축하를 받지 못했다. 늘 일로 바쁜 아버지, 그녀의 생일을 기억하는지조차 의문인 친구들. 어쩌면 일부러 그녀는 자신의 생일을 말하지 않은 것이었는지도 몰랐다. 단 한 사람을 제외하고는.

이지너스.

"내, 내가 원해서 주는 건 아니고… 그래도… 가족이니까……."

소년은 쑥스럽게 소녀를 향해 곰 인형을 내밀었다. 커다랗게 변한 소녀의 눈망울. 어두운 불빛에 흔들린 방심(芳心). 소녀는 작게 입술을 벌린 채 곰 인형을 받아 들었다.

그날 그는 그녀와 함께 잤다. 곰 인형을 사이에 두고 마치 오랜만에 만난 연인처럼 가만히 눈을 감은 채.

"잤다고 해서 이상한 상상을 하진 말아요. 정말 단순히 잠만 잔 것뿐이라고요."

"알았어."

수련은 웃었다. 더 자세한 이야기가 없는 것이 아쉬웠지만 너무 개인적인 이야기를 캐묻기도 뭐했다.

"게임에서는 자유로울 수 있어요. 다른 사람들의 시선에서, 우리가 처한 환경에서, 그리고… 우리의 내부에 깔려 있는 어떤 억압감 같은 것으로부터……."

이지너스는 마치 추운 사람처럼 자신의 어깨를 감싸며 시선을 낮췄다.

"세상에는 참 이해할 수 없는 일이 많아요. 저나 누나의 일도 그런 일 중의 하나라고 생각해 주세요. 혐오한다거나 그러시면 슬퍼요."

미소 짓는 이지를 향해 수련도 마주 웃어주었다. 그러나 표정과 달리 수련의 내부는 몹시 복잡했다.

솔직히 말해서 처음에 떠오른 감정은 미약한 역겨움, 그리고 거부감이었다. 동생 수연이 떠올랐던 것이다.

믿을 수 있다. 혹은 믿을 수 없다. 어떻게 보면 이건 신뢰의 문제이기도 했다. 사이버상에서, 혹은 게임 속에서 그 둘은 분명히 '만남'을 가진 것이지만 만나지 않은 것이나 마찬가지이기도 하다.

이곳은 현실이 아니다. 표정이 다양한 것으로 미루어봐서이지는 분명히 1인칭 유저다. 그럼에도 무조건적으로 그의 말을 믿을 수는 없었다.

가상현실이라는 것은 속이려고 마음만 먹는다면 얼마든지 속일 수 있는 공간이라는 의미다. 하지만 수련은 그를 믿었다. 단순한 동정이라든가 하는 문제가 아니라 말 그대로 신뢰의 문제였다.

처음 만난 그에게 이런 이야기를 털어놓는다는 것은 쉬운 일이 아니었을 것이다. 그를 속이려고 이런 이야기를 털어놓았다고 볼 수도 없었다. 속여서 얻을 이득이 뭐가 있겠는가?

"처음 만난 사람한테 이런 이야기를 하는 저도 참 이상하네요."

"이상하지 않아."

신뢰에는 신뢰로 보답한다. 그래서 수련은 그의 말을 믿었다.

"단절(斷絶)을 겪어본 적이 있나요?"

광장에서 떠드는 여자 아이들의 목소리가 들려온다. 남자친구가 생겼다느니 이번에 꼬신 남자는 돈이 많다느니……. 유쾌한 웃음을 띤 채 싱글싱글거리고들 있다. 이상하게 멀게만 느껴지는 목소리. 수련은 한참 만에 입을 열었다.

"비슷하게는."

"일반적인 의미에서의 단절을 의미하는 것이 아니에요. 누구를 만나지 못하고, 누구와 멀어지고… 그런 게 아니에요. 그건 단지 어떤 거리(距離)일 뿐이죠. 단절은 달라요."

이번에도 역시.

수련은 그렇게 생각하며 입을 다물었다. 누군가가 말을 하고 싶어할 때는 내버려 두는 편이 낫다. 그리고 할 수만 있다면 주의 깊게 들어주는 편이 좋다.

"단순히 다가가려 노력해서 다가갈 수 없는 그런 게 아니라고요. 완전한 고독. 완전한 괴리. 결코 넘을 수 없을 거라고 생각되는, 모두가 멸시하는, 그리고 그 시선을 감당할 수 없어서 떨어져 나가는 일종의 유리(遊離). 개인의 의지를 넘어서 유리되어 버린 거라고요, 단절이란 건."

이지너스의 목소리가 조금씩 떨리고 있었다. 두려운 것이다. 시간 속에 일그러진 추악한 기억의 조각을 끄집어내는 것이 고통스러운 것이다. 수련은 그의 등에 손을 올렸다. 순간 움찔하던 이지너스는 이내 다소 격앙된 음성으로 입을 열었다.

"누나와 나는 세계에서 떨어져 나온 조각 같은 거예요. 어떤 위선도 우리를 이해해 줄 수 없는 그런 세계……. 의붓 남매라고 해서 남매간의 사랑이 쉽사리 허용되는, 현실은 그렇게 만만한 세계는 아니거든요……. 소설도 드라마도 아닌 철저한 현실. 제 말, 이해하시겠어요?"

수련은 고개를 저었다. 그리고 말을 이었다.

"이해할 수 없어. 하지만 알 것 같긴 해."

솔직한 심경이었다. 사실 오기를 부린다면 이해할 수 있다고 말할 수 있었을지도 모른다. 하지만 그건 그냥 착각일 뿐이다. 설사 똑같은 경험을 한 사람일지라도 누가 누구를 이해한다는 것은 불가능하다. 그건 단지 '아는 것' 뿐이다.

"고마워요."

해의 기울기가 깊어질수록 광장을 떠나는 커플들이 늘어났다. 와자지껄하던 소음이 차츰차츰 잦아들어 간다.

"정말 다른 사람의 말을 이해한 사람은 결코 그 사람의 말을 이해했다는 표현을 쓰지 않지요."

이지는 두 손을 깍지 낀 채 하늘을 올려다보고 있었다. 존재하지 않을 하늘이 그곳에서 그를 내려다보고 있다. 분명 그곳에 있지만 붙잡을 수도, 증명할 수도 없는 하늘이다.

"뜬금없지만, 당신은 정말 좋은 사람이에요."

은은한 노을의 그림자가 깊게 내려앉은 가운데 이지너스는 처연하게 웃고 있었다.

화사한 백색의 프릴 드레스. 어깨 사이로 자꾸 흘러내리는 어깨 끈을 연신 수습하는 소녀. 특유의 백금발이 찰랑이는 하얀 목선과 미끈하게 뻗은 가냘픈 다리는 의도하든 의도하지 않든 간에 남자를 불타오르게 만든다. 백색의 신관복을 걸쳤을 때의 정갈한 아름다움과는 또 다른 매력이 풍긴다.

세상에서 두 번째로 순수한 녀석이라고 굳게 믿었던 이지마저 옆에서 입을 딱 벌리고 있다.

"어때, 예쁘지?"

목소리의 주인공은 세피로아. 그녀 역시도 은은하면서도 강렬한 붉은색의 벨벳 드레스를 입고 있었다. 드레스 사이로 길게 뻗은 다리가 묘한 색기를 풍긴다.

"에, 또, 저기……."

"……."

가뜩 울상을 짓던 지아는 조심스레 수련을 올려다보았다.

나지막한 한숨.

뭇 미소녀의 시선을 정면으로 받은 수련은 어찌할 바를 모르다가 간신히 입술을 떼었다.

"예뻐."

"정말요? 예뻐요?"

당연하다. 단순히 예쁘다, 귀엽다. 그런 말로는 형용할 수 없는 아름다움이었다. 달밤의 월광(月光)이 은은히 내리깔리는 가운데 백색 프릴 드레스를 걸친 백금발의 미소녀라니……. 은근히 짧은 치마와 어깨가 그대로 드러난다는 점에서는 조금 마음에 안 들었지만 말이다. 당장의 눈은 즐겁더라도 괜한 파리가 꼬이면 곤란하다.

"그런데 완전히 파티 복장인데?"

달빛이 비치는 야밤이다. 정말 파티에 참가하려는 거라면 모를까, 왜 굳이 움직이기에도 불편한 드레스를, 그것도 이런 밤에…….

"그야 파티에 참가하려는 거니까 그렇지."

세피로아가 수련의 생각을 날카롭게 잘랐다. 어이를 상실한 그가 뭐라고 되묻기도 전에 세피가 말을 덧붙였다.

"너, 사람을 찾는다며?"

사람, 특히 NPC를 찾는 데 가장 편리한 방법은 역시 다른 NPC들에게 물어서 찾아가는 방법이다. 물론 NPC도 NPC 나름 이라 물어도 빈정대고 빽빽거리는 녀석들도 간혹 있게 마련이다.

게다가 론도는 가상현실 게임이다. NPC들이라고 해서 같은 NPC들에 대한 정보를 모두 습득하고 있을 리 만무하다. 거기다 만에 하나, 프란츠가 왕성에 있는 자라면 분명 평범한 연줄을 통해 만나기는 쉽지 않을 터. 수련은 세피의 충고대로 파티연회에 참가하기로 했다.

연회가 벌어지는 곳은 요하네스 공작의 저택. 수도 헤저드의 동남쪽에 위치한 거대한 저택이었다. 이미 1층의 연회장에는 사람들이 들끓고 있었다.

궁중 악사들의 아름다운 연주가 들뜬 공기를 부드럽게 삭여내고, 좀 더 고상하고 기품있는 행동을 하도록 사람들을 다독인다.

수련은 등 뒤에 어설픈 기립 자세로 정렬해 있는, 파티 예복을 단정히 갖춰 입은 네 명의 장정을 바라보았다. 용병들. 의도하지 않은 한숨이 새어 나온다.

수련은 급하게 파티 예복을 구입한다고 예상치 못한 지출을 해야만 했다(물론 그 배후에는 세피로아의 강권이 있었다). 무슨 파티 예복 하나를 맞추는 데 최소 10골드나 필요한지는 모르겠지만, 아무튼 기왕 이렇게 된 거 미리 한 벌쯤 맞춰두기로 했다.

이지와 함께 들어선 의류점에는 화려한 고가품의 파티 예복이 많았다. 수련은 그나마 정갈하고 단정한, 그리고 값이 저렴한 옷 하나를 선택했다. 그렇게 선택한 옷의 가격이 무려 10골드였다.

"여, 뭐 하는 거야, 마스터? 멋있는데?"

어쩐지 불안한 목소리가 등 뒤에서 들려왔다. 돌아보지 않아도 누구일지는 뻔했다. 헨델이었다.

하르발트는 벌써 의류점의 강화 유리에 찰싹 달라붙어 옷들을 뚫어져라 쳐다보고 있었다. 수련은 내심 정말 유리가 뚫어질까 봐 조마조마했다.

용병들은 그새 다시 모였는지 수련의 명령을 기다리고 있었다.

슈왈츠나 실반은 그렇다 치고, 남은 두 명의 사고뭉치를 그냥 두고 파티에 갈 수는 없었다. 주점도 못 가게 막아놨으니 무슨 문제를 일으킬지 모른다.

수련은 땅이 꺼지듯 한숨을 내쉬었다. 직원이 내어준 계산 명세서를 받은 수련의 손은 한동안 경련을 멈출 수 없었다.

'60골드, 60골드, 60골드, 60골드……'

수련이 필사적으로 오늘의 지출을 상기시키고 있는데, 뭔가 자그마한 감촉 같은 것이 느껴졌다. 작고 하얀 손.

지아는 뭐가 무서운지 수련의 옷깃을 붙잡고서 옆에 찰싹 붙어 서 있었다. 그 옆에는 어딘가 착잡한 표정의 이지와 뭐가 불만인지 발을 동동 구르는 세피로아도 있었다.

"좀 가만히 있어봐."

"기왕 파티에 참가했는데 그림 속의 꽃이 될 수는 없지."

세피는 괴상한 말을 하며 하이텐션으로 몸을 풀기 시작했다. 그리고 다음 순간, 우두둑하고 뼈마디가 꺾이는 소리가 나며 혼절한 세피를 이지가 황급히 수습했다.

"…늘 이래요. 브룸바르트에 있을 때부터 그랬는데, 무슨 파티가 벌어진다고 하면 눈에 불을 켜고 달려오죠. 그리고는 매일 춤추기 전에 몸 푼다고 체조하다가 기절해 버려요."

어쩐지 그녀답다는 생각이 들었지만 솔직히 진짜 기절했다고 믿기도 어려웠다. 이건 어디까지나 게임인 것이다. 수련은 세피의 정신상태를 조금쯤 의심해 볼까 하다가 그만두었다. 난처해하는 수련을 안심시키듯 이지가 입을 열었다.

"이곳은 제가 지키고 있을 테니 볼일 보고 오세요."

수련은 고개를 끄덕이고 지아를 잠시 떼어놓기로 했다.

"지아, 이지 옆에 잘 붙어 있어. 나랑 가면 혹시 길 잃을지도 모르니까."

"아, 네에."

지아는 어쩐지 아쉬운 표정으로 수련의 옷깃을 놓았다. 그 표정에 수련은 그녀를 안아서라도 데리고 가고 싶었지만, 그건 상상으로 끝내기로 했다.

"이봐, 곧 페르비오노 왕성 이벤트가 벌어진다며?"

곳곳에서는 파티에 참가한 유저들이 웅성거리는 소리가 들렸는데, 수련은 흘러다니는 정보들을 놓치지 않고 귀담아들었다.

'아무래도 무슨 일이 벌어질 것 같군.'

수련의 날카로운 두뇌는 아무렇게나 버려진 정보 하나하나를 놓치지 않고 주워서 빈 퍼즐에 끼워 맞추기 시작했다. 끼워넣을 수 없는 정보는 일단 모아두었다. 그 정보들이 자신의 퀘스트와 밀접한 관련이 있을 것 같은 생각이 들었기 때문이다. 가정에 그칠 수도 있지만, 만약 정말이라면 수련에게는 추후 큰 이득이 될 것이다.

"왕성 내부에 무슨 일이 있다던데, 나도 잘 모르겠어. 이거 동부대륙에만 알려진 비공식 이벤트라며? 론도는 퀘스트 시스템이 복잡해서 영 곤란하단 말이지."

비공식 이벤트.

그리고 왕성에 벌어진 사건. 수련은 혹시 아크도 이 일과 관련이 있는 것일까 하고 생각해 보았으나 거기까지 연결시키기엔 고리가 너무 부족했다. 그보다는 데스나이트와 아렌이 떠올랐다.

무의식적으로 목걸이를 쓰다듬는다. 페르비오노 왕가의 문장이 담긴 은빛의 펜던트. 매끄러우면서도 우둘투둘한 양각의 감촉이 손끝에 닿았다.

"저 녀석입니다."

시끄러운 웅성거림이 순간 잦아들었다. 연회장의 한쪽 길이 열리며, 검은 갑옷을 차려 입은 기사가 다가왔다. 주변에는 그를 호위하는 병사들이 몇몇 보였다.

연회장에서 갑옷을 입을 수 있다는 것은 그에 준하는 작위를 가지고 있다는 것을 의미했다. 왕실의 기사이거나, 혹은 꽤나 높은 귀족이거나. 갑옷에 음각으로 새겨진 검은 늑대의 문양. 수련은 그가 말하기도 전에 그의 정체를 짐작했다.

"난 블랙 울프 길드의 마스터 헤일론이다."

수련은 연회장에 오기 전 블랙 울프에 관한 소문의 일부를 들었다. 비단 블랙 울프뿐만이 아니라 대륙에서 꽤 이름있는 유저라거나 길드의 수장은 대부분이 같았다. 이미 왕실의 작위를 갖고 있는 것이다.

작위를 갖고 있다는 것은 여러모로 꽤나 유용하다. 하급 NPC에게 명령을 내릴 수도 있고, 운이 좋다면 왕으로부터 영지를 하사받을 수도 있을뿐더러, 수도나 영지 등에 자신만의 커다란 저택을 소유할 수도 있었다.

브룸바르트에서 군인에 지원하여 귀족 퀘스트를 통해 운 좋게 백작의 작위를 가지게 된 블랙 울프의 마스터 또한 비교적 소국인 페르비오노로 망명 온 후에도 남작 급의 대우를 받고 있었다.

"검은 늑대의 이빨을 부른 것은 그대인가?"

겉보기에도 딱 판타지 소설 마니아처럼 생겼다. 자기는 그렇게 말하면 멋있어 보인다고 생각할지 모르겠지만 솔직히 말해서… 그래, 어울리긴 한다. 여러 가지 의미로.

수련은 잡상을 떨치며 인상을 찌푸렸다.

"무슨 용건이지?"

형식적인 질문이나 다름없었다. 헤일론의 뒤에는 호랑이의 위세를 등에 업은 여우 같은, 예의 자칭 랭커 칼룬이 서 있었던 것이다.

"건방진 놈! 우리 길드원을 건드린 대가를 톡톡히 치르게 될 것이다."

"옷도 어디서 허름한 걸 걸치고 온 녀석이……. 쯧쯧, 칼룬 너도 반성해라."

헤일론을 호위하던 유저들이 인상을 쓰며 외쳤다. 분위기가 흉흉해지려 하자 헤일론이 살짝 저지하며 나섰다. 수련은 조금 의아했다. 칼룬은 그가 마스터 급이라는 사실을 알리지 않은 것일까? 그렇다면 그는 한낱 개인의 복수를 위해서 길드를 위험에 빠뜨린 것이다. 물론 당사자들은 그렇게 생각하지 않겠지만.

"여기는 연회장이다. 선불리 나서진 말도록."

"이야기가 어떻게 된 건진 모르겠지만 나는 딱히 잘못한 것이 없다고 보는데……?"

길드장의 모습을 보고 왠지 이야기가 통할 것 같았던 기대에 수련은 재빨리 변론의 기회를 잡았다. 그러나 말은 끊겼다.

"우리 길드원을 농락하고 능멸했다고 들었다."

예상대로였다. 칼룬은 분명 자신의 기분만을 근거로 사건을 추상화했을 것이다. 수련은 조금 기가 막혔다. 어쩌면 이런 일이 벌어질지도 모른다는 생각은 했지만, 상상만 하는 것과 막상 눈앞에 닥친 일을 받아들이는 것 사이에는 상당한 격차가 있다.

"미안하지만 변론은 듣지 않겠다. 중요한 건 결과다. 네가 건드린 것은 블랙 울프의 길드원, 그것도 간부다."

세상에 이렇게 완고한 사람이 존재하긴 하는구나 싶었다. 길드장은 어쩔 수 없다는 듯 말을 일축했다. 수련은 입을 다물었다. 어차피 지금은 무슨 말을 해도 상황을 타개할 수는 없다는 것을 알았기 때문이다.

"나 또한 길드장이라면 상황이 지금 같진 않았겠지?"

"그대는 길드장인가?"

"물론 아니지."

"그럼 상황은 변하지 않는다."

화가 났다. 상대방은 힘과 권력에 지배받는 논리를 당연시하고 있었다. 그리고 그것에 일말의 반성도 하지 않는다.

"그쪽은 길드고 나는 개인이지. 이 상황이 부당하다는 생각, 해본 적 없나?"

"그럼 너도 길드에 가입하면 되겠군."

유저 중 하나가 킬킬거리며 말했다. 수련은 조금 혼란스러워졌다. 세상에는 불가해한 인간들이 너무 많다.

"세상에서 정당한 대결 같은 것을 기대하는 멍청이는 오래 살아남을 수 없다. 그리고 고작 너 하나를 위해서 우리 길드가 정당한 일 대 일 대결 같은 것을 주선한다면 다른 길드의 비웃음을 사게 되겠지."

길드장의 말은 사실 교묘했다. 혹시라도 길드를 대표하는 한 명과 수련이 일 대 일 대결을 펼쳐서 수련이 이겨 버리게 되면 길드의 명예는 바닥에 떨어질 것이 뻔했다. 길드장은 항상 길드를 위해 최선의 선택을 해야만 한다. 어차피 시비에 휘말렸다면 치사하고 비겁하더라도 더 좋은 조건을 골라야만 하는 것이다.

그런 관점에서 봤을 때 헤일론은 상당히 우수한 길드 마스터라고 할 수도 있었다.

그렇다면 길드와 개인은 어떻게 싸워야 하는가? 엄밀히 말해서 이건 싸움이라고 말할 수 없었다. 오직 일방적인 주살(誅殺)만이 있을 뿐이다.

"척살령을 내리겠다는 말이군."

"그렇다."

척살령. 길드 내의 모든 길드원에게 특정 유저를 수배하는 것을 말한다. 실제로 많은 길드가 이런 식으로 힘없는 개인을 억압하고 있었다. 권력을 가진 자의 횡포다.

수련 또한 이 정도로 일이 커질 줄은 몰랐지만, 어느 정도는 각오하고 있던 상태였기에 당황하지는 않았다. 어떤 정당성을 인정할 줄도 모르는 상대와 일일이 티격태격하는 것도 피곤한 일이다. 그저 베어버리는 것이 편하다.

수련은 당장이라도 검을 뽑을 기세였다. 인벤토리에 넣어두기는 했지만 발검에 익숙한 그이기에 찰나면 눈앞 상대의 목을 날려 버릴 수 있을 것이다.

하지만 그런 짓을 하면 머더러가 될뿐더러, 자칫하면 국가적 수배자가 되어 쫓겨다니게 될 수도 있었다. 수련은 그렇게 멍청하지 않았다. 그는 오히려 이 상황을 이용하기로 했다.

"귀찮은 떨거지들, 그렇게 자신있다면 덤벼봐라. 지금 당장이라도 좋다."

그 또한 마찬가지지만 상대방도 지금 이 자리에서 검을 뽑을 수 없을 것이라는 사실을 수련은 알았다. 상대방은 거대한 길드의 길드장이고, 심지어 백작이기까지 하다. 여기서 피를 보게 된다면 그의 명예는 땅에 떨어질 수밖에 없을 것이다.

물론 정말 달려든다고 해도 수련은 상관없었다. 그는 그 자리에서 혼자 모두를 도륙할 자신이 있었다.

길드장은 코웃음을 쳤다. 수련의 말에 화가 났는지 투박한 목소리였다.

"웃기는 놈이로군. 그런 유치한 도발에 넘어가 줄 거라고 생각했다면 오산이다. 필드에서 우리 길드원들을 만나지 않도록 기도나 하는 것이 좋을 거다."

욱하는 길드원들을 가볍게 제지한 블랙 울프의 길드장 헤일론은 차가운 눈빛으로 수련을 한 번 쏘아본 뒤, 지체하지 않고 등을 돌려 걸어갔다.

수련도 말없이 고개를 돌렸다. 이미 소리없는 전쟁은 시작된 것이다. 그게 외로운 전쟁이 될지 어떨지는 좀 더 시간이 흘러봐야 알게 되겠지만.

약간의 침묵이 흐르고 다시 연회장이 시끄러워질 즈음, 이윽고 연사(演士)의 말이 시작되었다. 연사는 물론 페르비오노의 요하네스 공작이었다. 그는 공작답지 않게 공손한 어투로 이야기를 시작했다.

"바쁘신 와중에도 이곳을 찾아주신 용병 분들과 귀족 분들께 먼저 감사의 말씀을 전하고 싶습니다. 그리고 제 청을 기꺼이 받아들이시고 먼 걸음을 해주신 블랙 울프의 용병단장 헤일론님께도 감사의 인사를 드립니다."

뜻밖에도 공작의 곁에는 블랙 울프의 길드 마스터라는 헤일론이 서 있었다. 과연 페르비오노에서 용병의 위치가 대단하다더니 소문이 사실인 모양이었다. 단상 위에 선 그는 수련 따위는 눈에 차지도 않는다는 듯 오연한 시선으로 군중들을 내려다보고 있었다.

"파티에 참가하신 여러분도 짐작하셨다시피 사실 제가 이 연회를 연 취지는 단순히 파티를 즐기자는 것이 아닙니다. 최근 중앙 왕성에서는 심상치 않은 일이 벌어지고 있습니다."

웅성거림이 커져 간다. 연회장에는 유저들뿐만 아니라 NPC도 상당수 있었기 때문이다. 그들 중에는 분명 이 사태에 대해 알지 못하는 자들도 있었다.

"중앙 귀족들이 왕성에 출입하지 못한 날짜가 벌써 세 달을 넘어가고 있습니다. 왕성 쪽에서 일방적인 방문 거부 의사를 표하고 있어서 지금까지는 어쩔 수 없이 수수방관해 왔습니다만, 얼마 전부터 흉흉한 소문이 돌기 시작했습니다."

군중 사이로 긴장이 내려앉았다. 본격적인 이야기가 시작되려는 것이다.

"왕성에서 나오는 언데드 몬스터를 본 사람이 있다는 것이었습니다. 아시다시피 최근 수도 내에서는 종종 행방불명 사태가 벌어지고 있습니다. 민심이 흉해질 것을 우려해 귀족들 사이에서는 쉬쉬해 왔지만 알 사람은 다 알 것이라고 생각합니다. 저를 비롯한 귀족들은 그 사건의 원흉이 최근 왕성에서 나타난다는 언데드가 아닐까 하고 짐작하고 있습니다."

"무슨 말도 안 되는! 어떻게 왕성에 언데드가 있을 수 있단 말이오!"

"왕실 능멸로 이어질 수 있는 발언이라는 걸 알고 말하는 것이오, 요하네스 공작?"

몇몇 적대 세력인 백작과 남작들이 그의 의견에 강하게 반발하고 나섰다. 요하네스 공작은 당황하지 않고 말을 이어갔다. 입가에는 여유있는 미소까지 띤 채로. 수련은 공작이 혹시 운영자나 유저가 아닐까 하는 생각까지 했다.

"그런 말이 나올 거라고 생각해서 미리 첩자를 보내 왕성 내의 진상 확인을 해봤습니다."

단상의 한쪽 구석에서 피칠갑을 한 남자가 부축을 받으며 나온다. 비틀거리는 걸음걸이에는 미증유의 공포를 맛본 자

특유의 떨림이 배어 있었다. 대체 뭘 보았기에……?

　남자를 부축하고 나온 두 사내가 남자에게 차가운 물잔을 건네며 진정시켰다. 바들바들 떨리는 손으로 유리잔을 거머쥔 남자는 이내 몇 모금 마시지도 못하고 힘이 풀려 잔을 떨어뜨리고 말았다. 쨍그랑거리며 깨어져 나가는 소음이 발설 전의 두려움을 더욱 증폭시킨다.

　"와, 왕성은 이미… 언데드들의 소굴입니다!"

EPISODE 011
A lotus flower

　연회장은 한동안 충격의 도가니에 휩싸였다. 사실을 증언한 남자야 둘째 치고, NPC 중에는 공포에 질려 혼절하는 자들도 있었다. 그러나 그런 혼란의 와중에서도 요하네스 공작만큼은 오연한 자세를 유지하고 있었다.

　"제가 굳이 블랙 울프 용병단장님과 많은 용병 분들을 이곳에 모신 것도 그 때문입니다. 저는 3일 후 새벽, 왕성 공략에 돌입하려고 합니다."

　수련은 띠링 하고 머릿속을 울리는 작은 음향을 느꼈다. 그것은 분명 퀘스트의 조건이 변경될 때 들리는 소리였다. 수련은 퀘스트 창을 열어보았다. 그곳에는 연계 퀘스트였던 '왕세자의 비보'가 사라지고 새로운 퀘스트가 생성되어 있었다.

[연계 퀘스트 : 페르비오노 왕성 침입] : 스페셜 퀘스트

난이도 : A

시간 제한 : 일주일

설명 : 페르비오노의 왕성이 용병의 난을 틈타 침입한 언데드 무리에 의해 점거당했다. 언데드 무리의 수장은 과거 로드 스트림 동쪽 숲의 지배자인 '탑의 주인'인 것으로 추정된다. 왕성에 침입하여 탑의 주인을 처치하고 볼모로 붙잡힌 제2왕세자를 구출하라.

필수 완료 조건 : 탑의 주인 사살 0/1 왕세자 구출 0/1

퀘스트는 아마 수련에게만 해당되는 것 같았다. 대신 그 연사를 모두 들은 유저들은 하나같이 귓가를 울리는 음성 메시지를 들어야만 했다.

─페르비오노 왕성 탈환 퀘스트가 시작되었습니다.

[페르비오노 왕성 탈환] : 강제 이벤트 퀘스트

난이도 : A-

시간 제한 : 일주일

설명 : 페르비오노 왕성이 언데드 무리에 의해 점거당했다. 증언자에 의하면 이미 왕성 내부는 언데드의 소굴이라고 한다. 왕성 내부의 생존자를 구출하고, 왕성을 점거하고 있는 언

데드 무리의 수장을 쓰러뜨리자.

　쿼스트를 받은 수련은 조금 의문이었다. 두 번째 쿼스트는 그렇다 치고, 첫 번째 쿼스트에는 좀 의문이 있었다. 두 가지 완료 조건. 아마 첫 번째 완료 조건인 '탑의 주인'이란 아무래도 리치를 말하는 것 같았다. 아무리 떠올려 봐도 로드 스트림 동쪽 탑의 주인이라고 하면 리치밖에는 없다.

　진짜 문제는 두 번째 완료 조건이다. 왕세자 구출. 수련이 알기로 페르비오노의 마지막 왕세자는 제4왕세자였다.

　"참가하실 분은 정확히 3일 뒤 왕성에서 삼백 미터 떨어진 주점 '마지막 숨결' 앞으로 모여주시기 바랍니다. 물론 왕성 탈환에 성공하면 개인의 공에 따라 막대한 보상을 드릴 테니 그도 염두에 둬주시기를."

　그 말을 끝으로 그날의 연회는 싱겁게 끝났다.

　"이봐, 어딜 가는 거야?"

　무작정 대로변을 걸어나가는 수련을 붙잡은 것은 세피로아였다. 수련이 '혼절한 것 아니었냐?' 하는 시선을 보내자 세피로아가 볼을 부풀렸다.

　"나 같은 미녀가 중앙으로 나서면 파리 떼가 꼬이거든. 그럼 이지가 슬퍼해."

　"그래서?"

　어쩐지 설득력이 없다는 듯한 시큰둥한 표정에 세피로아의 고운 눈썹이 살짝 치켜 올랐다. 그 말을 하는 세피로아는 주변에 다른 누가 없는지 재빨리 두리번거린 후 입을 열었다.

"난 그냥 파티의 왁자지껄한 분위기가 좋은 거야. 아무 생각 없이 그곳에 섞여들어 있으면 나도 마치 그중 하나가 된 것인양 착각에 젖을 수 있거든. 물론 실제로는 아니란 거 알지만."

어쩐지 들어선 안 될 것을 들은 듯한 느낌이었지만, 수련은 뭐, 하는 느낌으로 고개를 끄덕였다. 왠지 분위기가 우울해진 듯하자 세피로아가 재빨리 말을 이었다.

"설마 참가할 생각?"

"어."

"미쳤어? 자살 행위야. 탑의 주인이 누군지 몰라? 리치라고. 여기 있는 어설픈 유저들이 떼거지로 몰려가도 절대 이길 수 없단 말이야… 라곤 하지만, 실은 나도 참가할 생각."

수련은 그럴 줄 알았다는 시선으로 세피로아를 바라보았다.

"리치면 레벨 17의 몬스터지?"

"응. 데스나이트 로드와 동급의 몬스터야. 현재까지 발견된 언데드 몬스터 중에서 세 손가락 안에 꼽는 녀석일걸?"

"데스나이트 로드……."

얼마 전 론도 홈페이지에 대규모 업데이트가 시행되어 기존에 알려진 몬스터 외에 몇 종이 더 추가되었다고 했다. 수련은 어쩌면 자신이 데스나이트 로드를 잡았기 때문에 그런 정보가 업데이트되었는지도 모르겠다는 생각을 했다.

"어차피 이벤트는 3일 뒤부터라고. 그동안 어디 갈 곳이라도 있어?"

"응."

수련은 말과 함께 손가락으로 대로변의 작은 구석에 있는 무기점을 가리켰다.

무기점의 내부는 생각보다 더 초라했다. 볕을 막기 위해 친 다마스크 커튼은 여기저기가 상해서 빛깔이 누렇게 변색되어 있었고, 겉의 간판도 낡아서 뭐라고 쓴 것인지 도무지 알 수가 없었던 데다—무슨 왕의 영광이라고 적힌 것 같았다—주인장이라는 인간은 어디로 갔는…….

"오호홍, 너무 그렇게 시큰둥한 표정 짓지 말아용. 우리 가게가 보잘것없다는 건 잘 아니까용."

나온 것은 한 노부인—이라기보단 할머니—이었다. 수련이 이곳을 찾은 이유는 간단했다. 이 가게에 프란츠라는 중년인이 있다는 말을 연회에 참석한 한 NPC로부터 들었기 때문이다.

"오호홍, 뭔가 찾으시는 거라도 있나용?"

노부인의 말에 수련은 번뜩 상념에서 깨었다.

"프란츠라는 남자를 찾고 있습니다. 이곳에 있다고 들었는데요."

"오호홍."

노부인은 수련의 말에는 아랑곳 않고 입을 가린 채 웃었다. 오호홍 하고. 수련은 어디선가 비슷한 전개를 겪은 듯한 느낌이 들어 식은땀을 흘렸다.

"좀 불러주실 수……."

"오호홍."

"있겠……."

"오호홍."

말끝마다 오호홍을 붙이는 노부인을 바라보며 수련은 진지하게 고뇌를 시작했다. 그의 고뇌는 물론 다른 일행의 존재에 근거하고 있었다.

"뭐야? 뭐 이런 NPC가 다 있어?"

수련을 따라 들어왔던 세피로아와 용병들은 황당하다는 표정이었다. 이지너스와 지아도 뭐 이런 사람이 다 있나 하는 표정으로 노부인을 바라보고 있었다.

수련은 작게 한숨을 쉬었다. 지금 와서 다 내보내기에도 뭐한 것이다. 결심이 실천으로 진화하기까지는 그리 오랜 시간이 걸리지 않았다. 작게 입술을 오므리더니 이윽고 나긋나긋한 목소리가 퍼진다.

"오호홍."

물론 목소리는 수련의 것이다. 그 순간 노부인의 표정이 해맑게 변했다. 마치 좋아하는 장난감을 산 꼬마의 그것과도 비슷했다.

"오호홍."

오옹 노인에 이어 이번에는 오호홍 할머니인가? 수련은 새파래진 입술을 간신히 깨물며 입술을 오므렸다. 그는 여러 의미에서 필사적이었다.

"오호홍."

"오호홍."

"오호홍."

그렇게 한동안 오호홍의 연발이 계속되었다. 수련은 이제 곧 시작될 한 남자의 침몰 속에서 거대한 숭고함마저 느꼈다.

일행이 '이놈은 미쳤다'라는 표정으로 수련 근처에서 슬금슬금 물러설 무렵, 처음으로 오호홍 할머니의 입가에 짙은 미소가 떠올랐다.

—오호홍 노부인의 호감도가 증가했습니다.

"오호홍, 프란츠는 안에 있어용. 기다리세용."

노부인이 프란츠를 부르기 위해 안쪽으로 들어간 후, 수련은 기막히게 짙게 내리깔린 침묵을 수습하기 위해 애써야 했다. 그러나 침묵의 향연을 먼저 깨어온 것은 용병 헨델이었다. 수련은 올 게 왔음을 예감했다.

"이봐, 마스터."

"왜?"

"오호홍."

"……"

"오호홍."

옆의 하르발트도 히죽거리며 따라 하기 시작했다. 표정을 보아하니 드디어 건수를 잡았다는 느낌이었다. 옆에서 그 광경을 보던 세피로아는 배를 쥐고 미친 듯이 웃고 있었다. 이지너스도 입을 가리고 웃음을 참느라 창백한 얼굴이 시커멓게 변해가고 있었다. 차마 지아 쪽은 볼 수 없었다.

"하지 마!"

귓불부터 천천히 빨개진 수련이 더듬거리는 목소리로 일행을 만류했다. 세피로아는 남자처럼 크게 웃어 젖혔다. 수련을 구해준 것은 내문 경첩 소리와 함께 나타난 중년인이었다.

늙수그레한 수염에, 짙은 청록색 머리칼 사이로 흰머리가 듬성듬성 자라나 있는 수수한 인상의 남자. 칼날처럼 뾰족하게 깎인 턱이 유난히 전투적인 형상을 취하고 있었다.

"나를 찾았는가?"

그가 바로 아크가 말한 프란츠였다.

프란츠는 노부인이 내온 녹차를 건네고는, 자기도 후루룩거리며 차를 마시기 시작했다. 태연자약한 그의 모습을 보며 평범한 무기점이란 곳은 원래가 다 이런 곳인지에 대해 수련이 진지하게 고민하기 시작할 찰나, 프란츠의 등 뒤로 찻잔을 나르던 노부인이 수련을 향해 불쑥 고개를 내밀고는 짓궂게 입을 열었다.

"오호홍."

그 모습에 세피로아가 마시던 녹차를 뿜고는 다시 웃기 시작했다. 프란츠가 허허로운 웃음을 지었다.

"우리 어머니 성정이 원래 괴팍하시지. 부모님이 다 이런 성격이시라 나도 더 나이가 들면 저렇게 될까 봐 가끔씩 두려워진다네."

"아저씨는 뇨롱, 어때요?"

세피로아가 끼어들자, 이야기가 이상한 쪽으로 번질 것을 우려한 수련이 재빨리 그녀를 가로막았다. 그러나 그가 꺼낸 화제라는 것도 고작 이런 것이었다.

"아버지라는 분이 혹시 오옹을 좋아하시지 않습니까?"

"허! 자네, 오옹 노인을 아는가? 그분이 바로 우리 아버지시라네."

수련이 '그럼 그렇지' 하고 고개를 끄덕였다.

"벌써 못 뵌 지 3년이 넘었군. 아버지는 정정하시던가?"

수련은 왠지 사랑의 메신저가 된 기분으로 고개를 끄덕이며 말했다.

"정정하십니다."

세피로아가 헨델, 하르발트와 함께 '오옹, 오호홍' 하고 킬킬거리는 것을 애써 외면한 수련은 최대한 진지한 표정을 지으며 프란츠를 바라보았다. 그러나 프란츠의 시선은 다른 이를 향하고 있었다. 처음으로 남자의 눈이 놀라움에 젖었다.

"자네는 근위기사 슈왈츠가 아닌가?"

"오랜만입니다, 기사단장님."

뭔가 인연이 복잡하게 꼬인 느낌이었다.

뭔가 둘의 사이에는 용병의 난 당시 큰 피해를 입고·의기투합했던 사내들의 열정을 장식한 이야기—벌 떼처럼 쏟아지는 용병들과 용맹하게 맞서 싸웠으나 결국 통한의 패배를 하고 만, 진부하지만 듣고 나면 어쩐지 가슴이 찡하고 눈물나는—같은 것이 있을 것 같았지만, 수련은 사실 그런 것엔 별 관심이 없었다.

슈왈츠에 대한 애정이 식었다라기보다는 퀘스트의 당사자, 주인공으로서의 진지한 자각을 시작해야 할 때가 아닌가 싶은 생각이 들었기 때문이다.

다행히도 슈왈츠는 수련에게 턴을 넘겨주었다.

"그보다는 저희 마스터의 이야기를 들어주십시오. 이곳을 찾은 것은 제가 아니라 마스터입니다."

"오오, 그래. 일단 손님의 이야기를 들어봐야겠군. 미안하네. 나를 찾은 용건이 뭔가?"

수련은 그제야 자신의 차례가 돌아왔다는 것을 알고 가슴을 쓸어내렸다. 그러나 막상 뭔가 말을 하려니 무슨 말로 이야기를 시작해야 할지 알 수 없었다. 아크의 이야기를 꺼낼까? 아니, 그 이전에 유저인 아크를 이 NPC가 알고 있을 것인가?

프란츠가 차 반 잔을 비우는 동안 수련이 끙끙거리며 고심하다 던진 말은 다음과 같았다.

"직업을 구하러 왔습니다."

"직업? 대장장이가 되겠다는 말인가?"

"아니, 그게 아니라……."

수련이 말끝을 흐리자 프란츠가 '흠' 하고 짧게 침음했다.

"자네, 손을 줘보게."

프란츠의 말에 수련은 엉겁결에 손을 내밀었다. 수련은 머릿속이 복잡해졌다. 설마 아크가 말한 직업이 대장장이였을까? 훌륭한 대장장이가 되기 위해서 여러 가지 검술을 배웠다면…… 게임을 접어야 할지도.

거기까지 생각한 수련은 이상하게 이해가 갈 것만 같은 기분이 들어 불안해지기 시작했다.

"혹시… 대장장이로서 자질이 있는 겁니까?"

차를 마시던 이지가 캑캑거리는 소리가 들려왔으나, 수련은 정말 그런 게 아닌가 하는 두려움에 손가락을 꼼지락거렸다. 프란츠는 몹시 놀란 표정이었다.

"그대는… 동방과 서방의 검술을 모두 익혔군."

동방의 검술은 섬광검을, 서방의 검술은 팬텀 블레이드를 의미하는 것이리라. 프란츠의 입이 다시 열리기까지는 약간의 시간이 더 필요했다.

약간의 침묵이 흐른 후, 이윽고 그는 '이 이야기를 시작하려면 먼저 한 인물에 대한 이야기를 꺼내놓아야만 하네' 하고 서두를 꺼내놓았다.

"상실력 616년에 벌어진 용병의 난 당시, 페르비오노의 근위기사단을 단신으로 상대한 전설적인 용병이 있었지. 양손에 검을 쥐고 한 손으로는 쾌검을, 다른 한 손으로는 환검을 펼치는 그의 무위는 실로 압도적인 것이었어. 비록 지금에 와서는 그 난이 거의 유명무실한 것이 되어버렸지만… 그의 시도와 정신만큼은 다른 모든 이들에게 찬양받을 만큼 숭고한 것이었지. 사람들은 그를 기리기 위해 그에게 '용병왕'이라는 이름을 붙여주었네. 그룬시아드의 역사에 길이 남을 아홉 왕 중의 하나가 된 것이지."

아홉 명의 왕.

프란츠는 느긋한 페르비오노의 억양으로 말을 이어갔다.

"비록 그로부터 수년의 세월이 흘러 이제는 그의 존재를 믿지 않는 사람들마저 생겨나고 있지만 그의 용병단, '사이클론(Cyclone)'을 정면으로 맞이했던 나는 똑똑히 기억하고 있다네. 그의 굳건한 정신을, 강력한 힘을, 그리고 그의 마지막을."

그는 마지막 말을 하며 슈왈츠 쪽을 흘깃 보았다. 슈왈츠는 애써 다른 곳을 보며 그의 시선을 외면하고 있었다. 아마 그 시선에는 자신의 말이 슈왈츠의 상처를 건드릴까 우려하는 프란츠의 걱정이 담겨 있었으리라.

수련은 그 모습에서 왠지 모를 뭉클함과 소외감을 같이 느꼈다. 방금 전까지는 남의 일이라고 등한시했는데, 이렇게 되고 보니 미안한 감정이 드는 것이다.

"용병왕의 직업은 다른 이들과는 조금 달랐지. 단순한 쌍검사나 검사로는 칭하기가 좀 뭐했어. 듀얼리스트라고 하기에도 조금 어색했지. 딱히 어떤 직업명을 가지고 있지 않던 그에게 사람들은 이름을 붙여주기로 했지. 남들과는 다른 길에서 숭고한 뜻을 좇는다는 의미에서 그와 같은 전투 방법을 사용하는 이를 두고 사람들은 '체이서(Chaser)'라 칭했다네."

프란츠는 남은 찻잔을 맛있게 비웠다.

"그리고… 나는 은퇴한 이후 체이서가 되는 법만을 죽도록 좇아왔지. 그 결과 용병왕이 사용하던 보법과 몇몇 기술에 관해서 정보를 얻을 수 있었네. 하지만 끝내 검술에 관해서는 찾을 수가 없었어. 그러던 중 어떤 이야기를 들었지. 용병왕은 자신이 죽기 전에 자신의 두 검술을 책으로 만들어 두 명의 제자에게 전수해 주었다는 이야기였네. 솔직히 믿기도 어려웠고 금시초문의 이야기였지만 쉽게 흘려듣기도 뭐한 소문이었지."

입을 다문 프란츠는 여유분의 찻물을 자신의 컵에 따랐다. 규칙적인 태엽 시계 소리가 옅은 불안을 감싸 안았다.

"얼마 전, 그의 제자 중의 한 명으로 추정되는 남자가 이곳을 찾아왔었네. 그리고 곧 용병왕의 두 검술을 모두 배운 자가 여기를 찾아올 것이라고 하더군. 그에게 용병왕의 남은 기술들을 가르쳐 주라고 했네."

"혹시 남자의 이름이 아크입니까?"

수련은 둔중하게 치솟는 혼란을 애써 가라앉히며 말했다. 수많은 거짓 사실들이 뇌리 속에서 폭풍처럼 얽혀든다.

"이름은 몰라. 그냥 금발의 사내였으니까. 그자의 이름이 아크인가?"

수련이 고개를 끄덕이자 프란츠는 품속에서 책 한 권과 반지 하나를 꺼냈다. 그리고 다음 순간 머릿속에서 음성 메시지가 울렸다.

—전직 퀘스트, '아홉 명의 왕, 용병왕' 편이 시작되었습니다.

—'용병왕의 진전'을 습득하셨습니다.

"자네에게 이 책을 주겠네. 용병왕이 사용하던 나머지 기술이 들어 있는 책일세. 스텝 스타일이나 추적술 같은 것 말이지. 용병왕은 잡기에도 제법 능한 편이었으니까."

[아홉 명의 왕, 용병왕 편] : 전직 퀘스트
난이도 : S-
시간 제한 : 1년
설명 : 용병왕의 진전을 이은 그대는 체이서로서의 재능을 인정받기 위해 시련을 거쳐야만 한다. 대륙에 흩어진 일곱 명의 언데드 로드를 처치하고 그 징표를 가져오라.
필수 완료 조건 : 언데드 로드의 징표 1/7

승낙─침묵.
거절─오옹, 너는 승낙할 수밖에 없다.

수련은 강한 반발심을 애써 눌러 참으며 침묵했다. 언데드 로드에는 데스나이트도 포함되는 모양이었다. 아마 징표는 데스나이트 세트인 것 같았다.

"그리고 이 반지는……."

프란츠는 반지를 쥐고 망설이다가 다시 품속에 집어넣었다.

"이건 지금 당장 줄 수 없네. 이 반지는 용병왕의 진전을 완전하게 이은 자를 상징하는 징표. 자네는 용병왕의 시련을 끝낸 후에야 이 반지를 받을 수 있네."

수련은 조금 아쉬웠지만, 이만하면 됐다는 생각이 들었다. S급이라서 그런지 퀘스트 조건이 심각한 수준이었지만, 어떻게든 될 것도 같았다. 시간도 충분했다.

가만, 언데드 로드라면 혹시?

"참, 마침 왕성에 리치가 나타났다는 소문이 돌더군. 알고 있나?"

수련의 생각을 읽은 양 프란츠가 웃으며 말을 덧붙였다. 왕성에 들어가야 할 이유가 또 하나 생긴 것이다.

체이서의 고유 스킬은 꽤나 유용한 것이 많았다. 암살자의 것이라고만 생각했던 은신(隱身), 헌터의 것이라고만 생각했던 트랩 감지, 게다가 실제 추적술을 위한 신속(迅速) 같은 스킬까지 포함되어 있었다.

실망스럽게도 공격 스킬은 하나도 없었고, 대신 프란츠의 말대로 스텝 스타일 하나가 더 추가되어 있었다.

[섀도우 스텝 : 패시브 스킬] : Rank 1

숙련도 : 0%

설명 : 그림자처럼 소리없는 걸음걸이로 적의 배후를 노리는 용병왕의 기술. 마치 그림자와 그림자를 옮겨 다니듯 재빠르다고 해서 섀도우 스텝이라는 이름이 붙었다.

고스트 스텝과 혼용해서 사용하면 꽤 쓸 만할 것 같았다.

"뭐야, 그 직업? 완전 사기잖아? 이봐, 어떻게 전직한 거야? 나도 그걸로 바꿔야겠어."

세피로아가 실실 웃으며 중얼거리자, 수련도 같이 실실 웃어주며 말했다.

"뭐, 그래도 은신이나 트랩 감지 같은 스킬은 어쌔신이나 헌터의 것보다 수준이 많이 떨어지는 편인걸."

"오호홍, 그러세용?"

"…너, 언제까지 우려먹을래?"

"글쎄, 뼈만 남을 때까지?"

"……."

전직 퀘스트를 받은 수련은 세피로아들과 함께 광장의 벤치에 모여 앉았다. 사실 전직 퀘스트를 수행하기 위해 슬슬 움직여야 하는 수련으로서는 이 자리가 그다지 달갑지만은 않았다. 수련은 굳이 왕성 퀘스트 때문에 지아를 제외한 다른 사람들과 협력할 필요가 없었던 것이다.

지난번 데스나이트 사냥은 순전히 요행이기는 했지만, 이번에는 그도 지난번과는 달랐다. 비록 리치의 레벨이 18이고 수련보다 3레벨이나 높다지만, 수련에게는 용병들이 있었다. 꾸준한 훈련으로 인해 전원 14레벨. 익스퍼트 최상급에 도달한 그들과 함께라면 리치를 쓰러뜨리는 것도 그리 어렵지는 않을 것이라는 게 수련의 계산이었다. 하지만 세피로아의 한마디에 그 계획은 모조리 무산되었다.

"이건 새로 들어온 정보인데, 왕성에 있는 것은 리치 하나만이 아니래."

"당연하겠지. 언데드의 소굴이라며?"

"아니, 그런 의미가 아니야. 내 말은 리치 급의 언데드 로드
가 또 하나 있을지도 모른다는 거야."

"뭐?"

세피는 오늘 아침 게임 게시판에서 읽었던 내용을 들려주었
다.

NO. 4123512

ID : 중년탐정김정일

제목 : 버그를 발견했습니다(운영자님 필독)

안녕하세요? 랭킹 178위 검사 중년탐정 김정일이라고 합니
다. 아, 관심없으시다고요? 하지만 범인은 오늘도 이 안에 있
습니다.

:

:

:

죄송합니다. 일단 돌은 내려놓으시고(웃음).

제가 글을 쓰게 된 건 다름이 아니라 게임상의 버그를 발견
했기 때문입니다. 물론 악용할 수 있는 버그라면 제가 싱글싱
글 마음껏 이용해 주겠지만, 이 버그는 운영자님이 꼭 아셔야
할 것 같아서 이렇게 글을 쓰게 되었습니다.

그렇다면 그 버그가 바로 뭐냐 하면 바로바로바로…….

…….

"좀 빨리 설명해 줄 수 없어?"

"아, 미안. 나만 골탕 먹긴 뭐하잖아."

세피가 웃으며 머리를 긁적였다.

"아무튼 그 녀석 말로는, 자기가 로드 플레인 중앙 산맥 변경에 위치한 '언데드의 신전'을 파티와 함께 찾아갔는데, 보스 룸에 도달했는데도 그곳의 군주가 안 보였다더라고. 게다가 녀석의 호위로 붙어 있어야 할 스켈레톤 나이트들까지 자취를 감췄다는 거야."

"언데드의 신전의 군주? 보스 몬스터를 얘기하는 건가?"

수련은 그 말을 하며 재빨리 언데드 로드들의 목록을 떠올려 보았다. 언데드의 신전에 나오는 군주라면 분명……

"스켈레톤 로드."

시선이 얽힌다. 수련은 세피로아의 다음 말을 어렵지 않게 예상해 냈다. 그러나 세피로아의 입술이 열리는 것이 조금 더 빨랐다.

"보통 리치는 단순한 스켈레톤보다는 구울이나 좀비를 애용해. 하지만 왕성에 침입한 남자는 스켈레톤 또한 목격했다고 해."

중년탐정김정일이 본 것은 버그가 아니었다. 단지 스켈레톤 로드는 잠시 자리를 비우고 이동했을 뿐.

"네 말은 그러니까, 스켈레톤 로드가 리치와 함께 있다는 거로군."

세피로아가 고개를 끄덕였다. 수련은 말이 안 된다는 반론을 제기하려 했다. 지나친 비약이었다. 한 던전의 보스 몬스터가 던전을 나와서 인간의 영역으로 침투해 오는 것은 상식적으로 불가능한 일이라고밖에는 생각되지 않는다. 그럴듯하긴 했지만 차라리 리치가 조금 별종이라서 구울 대신 스켈레톤을 만들었다는 이야기가 더 신빙성이 있었다.

"그 신빙성없어 보이는 표정은 좀 치우지 그러나. 스켈레톤 로드는 정말 저 안에 있거든.'

어딘가 심사가 배배 꼬인 목소리가 울렸다. 누구? 수련은 뒤늦게 뒤를 돌아보았다.

청색 장발이 어깨 아래까지 내려오는 독특한 인상. 후줄근한 로브로 온몸을 두른 중년인은 껌을 질겅질겅 씹으며 세상사 달관한 눈으로 수련을 내려다보고 있었다.

"아아, 오랜만이네요, 제롬."

세피로아가 시큰둥한 목소리로 말했다. 중년인 제롬도 세피로아를 발견했는지 킬킬거리며 웃었다.

"그래, 남동생을 먹어치우려는 시도는 어떻게 돼가고 있나?'

"이 변태 중년 아저씨가!"

역시 세상은 합리적이다. 약육강식의 먹이사슬은 언제나 존재의 배후에 드리워져 있지 않은가. 수련은 새삼스러운 표정으로 물었다.

"저자는 누구지?'

"어, 자네, 나를 모르나?"

뜻밖에도 제롬은 수련을 처음 보는 게 아니라는 듯 친근한 말투로 다가왔다. 시선이 허공에서 교차한다. 수련은 사내의 홍채가 파열될 정도로 열심히 그를 노려보았으나, 어디서 그를 봤는지 도무지 알 수가 없었다. 제롬 또한 수련을 열심히 쳐다보더니 이내 머리를 긁적이고는 해맑게 웃었다.

"음, 나도 자네를 모르겠군."

뭐, 이런 사람이 다 있나 생각하고 있는데, 세피로아가 벤치에서 일어나며 말했다.

"소개할게. 이쪽은 제롬. 나랑 알파 테스트 때부터 알던 사이야. 말했다시피 변태 중년 아저씨고, 또… 환영(幻影)을 다루는 환상술사(幻想術師)지."

수련은 그녀의 말에 아랑곳 않고 제롬과 세피로아를 한 번씩 교차해서 보았다. 이윽고 마지막 시선이 그녀의 가슴에 박힌다.

"내 가슴이 어때서?"

그게 아니고.

"아."

세피로아가 그제야 이해하겠다는 듯이 고개를 끄덕인다. 물론 특유의 상큼한 미소도 곁들여서.

"믿을 수 있는 아저씨야."

*　　　*　　　*

"그럼 이틀 뒤다."

그 말을 마지막으로 광장의 계획 수립은 끝이 났다. 퀘스트 아이템의 배분은 공평하게 하기로 했다. 물론 수련은 잘 알지도 못하는 제롬이라는 남자와 팀을 이루는 것이 조금 못마땅했지만, 사실 그렇게 따지면 세피로아와 만난 지도 현실 시간으로 하루가 채 안 되었다.

이지너스가 안심시키듯 말을 덧붙였다.

"걱정 마세요. 저 아저씨, 저래 봬도 신뢰할 수 있는 사람이니까요."

세피로아나 이지너스가 믿을 수 있는 사람이라고 하면 그 사람은 정말 믿을 수 있는 사람일 가능성이 높았다. 물론 이건 어디까지나 가능성의 이야기지만 그 독특한 남매의 감이란 것은 수련의 예상을 훌쩍 뛰어넘는 것이었기에.

세피와 이지가 남은 계획을 수립하는 동안, 수련은 용병들에게 휴식을 명령했다. 그 모습을 바라보던 이지가 뒤늦게 입을 열었다.

"저기, 이분들은……."

이지는 아직도 그들이 유저들인 줄 알고 있었다. 수련은 이제 말할 때가 되었다고 생각했다.

"아, 얘들, 용병들이야."

"네?"

이지는 그들이 용병이라는 말에 깜짝 놀란 표정이었다. 그리고는 수련의 귓가에 입을 가져다 대고 작은 목소리로 말했다.

"용병들의 지능은 보통 이렇게 뛰어나지 않잖아요? 이렇게 날뛰는 용병들은 생전 처음 보는데요?"

사실이 그랬다.

수련이 느긋하게 두 손을 들어 올렸다.

"몰라. 편법으로 얻은 짝퉁들이라 그런가?"

"이봐, 누가 짝퉁이라고?"

귀가 밝은 하르발트가 짓궂게 달려들었다. 수련은 웃으며 그를 간신히 밀쳐 냈다.

"자자, 다들 모여봐."

수련은 미리 세워둔 작전을 용병들에게 들려주었다. 처음에는 작전의 내용에 의아해하던 용병들도 모든 내용을 다 듣고 난 후에는 수긍하듯 고개를 끄덕였다.

"뭐, 아무튼 너희들이 필요하다. 이번에도 잘해낼 수 있겠지?"

*　　　*　　　*

어디를 둘러봐도 분간할 수 없는 황폐한 어둠만이 가득 차 있었다. 아니, 그는 자신이 정말 그곳을 보고 있는지도 제대로 알 수 없었다. 어둠이란 건 늘 그런 법이다.

종종 종소리 같은 것이 울려 퍼진다.

디잉— 디잉—

어딘지 모르게 귀울음 같기도 했다.

귓가를 먹먹하게 만든다. 대체 어디서부터가 진실이고, 어디서부터가 거짓인지 알 수 없게 만드는 소음이었다. 모든 것을 혼란스럽게 뒤섞어 뭐가 뭔지 알 수 없게 된다.

나는 정말 이곳에 있는가?

자신의 존재를 느낄 수 없다는 것은 상상보다도·더 소름 끼치는 공포다. 어딘가에 동화되는 것. 그것은 단순한 소속감의 문제가 아니다.

자아(自我)의 소멸, 더 이상 자신이 아니게 되는 것.

크게 소리쳤다. 소리가 나지 않는다. 크게 울부짖었다. 울음이 들리지 않는다. 그는 공포에 떨었다. 나는 미쳐 버린 것인가? 여긴 대체 어디지? 여긴 대체 어딜까?

나는, 그는, 나는, 그는, 나는, 그는……!

순간 빛이 산란하며 어둠이 깨어져 나갔다.

파리한 칸델라 불빛 아래, 그는 '헉!' 하고 가는 신음을 삼키며 자리에서 일어났다. 아니, 정확히는 일어나려고 했다.

"으으윽……."

의도하지 않아도 신음이 흘러나온다. 손목과 다리가 제대로 움직이지 않았다. 심지어는 허리조차도 들 수 없었다. 근육이 똘똘 뭉친 것처럼 죄어와 아팠다.

결박(結縛) 때문이다.

"하하!"

꿈이었다는 것을 깨달은 순간, 생생한 현실감과 함께 고통이 밀어닥쳤다. 빛을 보지 못한 지 벌써 3개월이란 시간이 지났다. 늘 보던 햇빛이 그렇게 소중한 것인지는 상상조차 하지 못했다.

인생이란 게 늘 그렇듯이, 그의 인생 또한 참을 수 없을 만큼의 기복으로 점철되어 있었다. 그의 경우는 특히 더 그랬다.

페르비오노 제2왕세자 세르비오 드 페르비오노.

그것이 그의 이름이었다.

두꺼운 양철 문이 듣기 싫은 경첩 소리를 내며 열린 것은 그때였다. 뭔가 다가오고 있었다. 관절과 관절이 부딪치며 나는 절그럭거리는 소리가 규칙적으로 들려온다. 그 소름 끼치는 음향에 세르비오는 철 침대의 차가운 감촉 속으로 녹아들어 버릴 것만 같았다. 할 수만 있다면 그렇게라도 도망치고 싶었다.

"끌고 간다."

도저히 인간의 것이라고는 할 수 없는 서늘한 목소리가 들려옴과 동시에, 왕세자의 몸은 또 다른 결박에 갇혔다. 세르비오는 자신의 등을 걷어차는 강한 압력을 느끼며 간신히 숨을 삼켜냈다. 간헐적인 신음이 종종 새어 나왔지만 입술을 악물고 버텼다. 그것은 왕세자의 마지막 자존심 같은 것이었다.

세상은 참 빌어먹도다.

상실력 616년에 일어난 용병의 난 이후 약 10여 년간, 페르비오노는 그야말로 혼란의 도가니였다. 페르비오노를 정벌한 용병들은 두 파로 나뉘어졌다.

용병왕을 숭배하는 일파와 그에 반발하는 일파. 그러나 우습게도 정작 왕실 군대의 핵심인 근위기사단을 격파한 용병왕 패는 고작해야 전체 용병의 십 퍼센트도 되지 않는 전력이었다.

물론 그만큼 강력했고 정예로 가득 차 있었지만, 그들은 왕실 기사단을 상대하느라 진이 빠져 있었다. 그 틈을 노린 것이 바로 '푸른 갈기'와 '붉은 갈기' 용병단이었다. 용병단 사이클론 다음으로 강력한 세력 기반을 가진 그 두 용병단은 용병왕이 페르비오노의 왕으로 등극할 것을 우려해 야밤을 틈타 왕성 내에서 사이클론 용병단을 기습해 왔다.

하지만 사이클론 용병단 역시 녹록하지는 않았고, 이 전투로 인해 붉은 갈기 용병단의 대장인 헤카테가 사망하고, 붉은 갈기 용병단은 거의 와해 지경에 이르고 말았다.

물론 피해를 입은 것은 붉은 갈기뿐만이 아니었다. 사이클론 용병단 또한 지친 데다 방심하던 와중에 기습을 받은 터라 용병단의 반수가 괴멸하고 나머지 반수는 달아나는 치욕을 맛보게 되었던 것이다.

이 전투로 인해 공식적으로 '용병왕'의 사망이 발표되었다. 그 진위는 정확하게 알 수 없었지만, 당시 자리에 있던, 비교적 타격이 경미한 푸른 갈기 용병단원들이 그의 죽음을 보았다고 하니 아주 신빙성이 없는 이야기도 아니었다.

물론 세르비오는 그 이야기를 믿지 않았다. 무시무시한 무위를 보여주며 용병단의 선두에서 기사단을 도륙했던 그 무자비한 검사가 고작 푸른 갈기 용병단의 대장에게 죽었다는 사실을 믿을 수가 없었다.

그 일이 있은 후, 푸른 갈기 용병단의 대장이던 필립은 패거리의 열렬한 지지를 기반으로 강제로 왕의 자리에 올랐다.

"사, 살려줘! 살려주세요, 아바마마!"

"검과 전쟁의 시그너스가 네 녀석을 결코 용서치 않을 것이다……."

늘 어리석은 행동으로 주변의 비웃음을 사던 제1왕세자와 가장 유력한 왕위 계승자로 늘 지목되던 제3왕세자가 그날 즉결처형되었다. 제2왕세자 세르비오는 늘 멍청한 형을 귀찮아하고, 똑똑한 척하는 동생을 아니꼬워했지만 그날만큼은 그럴 수 없었다.

이제 더 이상 그들을 볼 수 없다는 것, 더 이상 형의 싱거운 표정을, 동생의 잘난 체를 볼 수 없다는 것에 대한 강렬한 슬픔, 그리고 곧 자신도 그렇게 된다는 두려움으로부터 오는 자기 자신에 대한 연민.

이제 성안에 남은 것은 제2왕세자 하나뿐. 세르비오는 하루하루를 절삭하듯 다가오는 공포 속에서 외로이 떨었다.

다행인지 불행인지 왕세자와 왕비를 모조리 쳐 죽인 필립은 그를 죽이지 않았다. 단지 유폐시켰을 뿐이다. 그것은 전 왕조에 대한 조롱 같은 것이었는지도 모른다. 세르비오는 살아남았다는 것으로부터 오는 안도와 '홀로' 살아남았다는 것으로부터 오는 수치심에 시달렸다. 폭정이 시작되고, 하루도 왕성 내에서 세력 다툼이 끊이지 않은 날이 없었다.

매일이 전쟁 같은 나날. 백성들은 모두 페르비오노의 모든 혈통이 끊어졌다고 생각했다. 마지막 희망이던 제4왕세자 디오르 드 페르비오노. 몇몇 귀족들과 함께 황급히 남쪽으로 몸을 피했던 제4왕세자도 더 이상 소식이 없었다.

하나 남은 동생에게 마지막 희망을 걸었던 세르비오의 기대도 산산이 부서졌다. 마스터의 경지에 오른 그 녀석이라면 어떻게든 살아남아서 왕가를 이을 거라고 믿었는데…….

늘 마른 빵과 썩은 물을 마시며 고통 속에 허덕이던 날들. 갈증과 구토에 시달리며 하루가 가고, 이틀이 가고… 그렇게 수년의 세월이 왕세자의 허약해진 몸 위에 내려앉아 갔다. 그러나 세르비오는 탈출을 포기하지 않았다.

다행히 힘줄이라든가 생활에 필요한 근육은 무사했기 때문에 그는 매일매일 육체를 단련시키고, 제4왕세자가 가르쳐 줬던 이미지 트레이닝을 했다.

이제 남은 페르비오노의 혈통은 그 하나뿐. 무슨 일이 있어도 살아남아서 감옥을 빠져나가야만 한다. 그리고 그 갈아 마셔 버릴 필립의 목을 따고, 다시 왕가의 깃발을 내걸어야만 했다.

탈출 시도의 횟수가 더해질수록 늘어가는 절망만큼 세르비오의 의지도 굳세어져 갔다. 마치 비 온 뒤에 땅이 더 단단해지는 것처럼, 세르비오는 마른 빵과 건포를 눈물과 함께 꾸역꾸역 삼키며 하루하루를 버텨 나갔다.

그렇게 8년을 더 기다렸다. 기회는 반드시 온다는 생각으로 생생하게 벼려진 감각을 갈고닦아 단 한 번의 기회만을 노렸다. 그리고 기회가 왔다.

언데드 몬스터의 왕성 습격.

용병들의 난으로 인해 방비가 허술해진 북쪽 산맥의 변경을 궤멸시키고, 지하 수로를 통해 왕성 내부로 진입한 언데드의 군대는 순식간에 왕성 내부를 진압했다. 스켈레톤의 검에 간수들의 목이 잘려 나가고, 리치의 마법에 술과 계집질에 절어 있던 필립은 리치의 번갯불에 맞아 타 죽었다.

원수는 죽었지만, 그렇다고 해서 그의 목적이 사라진 것은 아니었다. 왕가를 되찾아야만 한다.

스켈레톤 하나를 처치한 후 얻은 샴쉬르에 오라를 불어 넣어 쇠사슬을 자른 세르비오는 재빠른 발걸음으로 지하를 달려 나갔다. 몇 번이나 머릿속에서 시뮬레이션 해 본 장면이었다. 달리고 달리고 또 달리고.

8년간의 수련으로 인해 그는 소드 익스퍼트 상급에 올라 있었다. 비록 마스터가 아니라고는 하지만 상급이라면 나이트급의 스켈레톤도 어렵지 않게 상대할 수 있는 수준.

출구가 조금밖에 남지 않았다. 세르비오는 씨근거리며 스켈레톤의 시체를 밟고 앞으로 나갔다. 몸의 곳곳에서 출혈이 빛어지고 있었지만 상관없었다. 이곳만 나간다면 변경의 군대를 끌어와 왕성의 언데드를 몰아낼 수 있을 것이다.

카강!

스켈레톤 나이트마저 베어내고 나자, 희미한 불빛이 새어들어오는 것이 보였다. 저곳이 입구다! 세르비오는 속으로 환희를 만끽하며 속도에 박차를 가했다. 그러나 그의 희망은 다음 순간 들려온 거대한 발소리와 함께 산산조각나고 말았다.

쿵!

다른 스켈레톤보다 반 배는 더 클 것 같은 거대한 체구, 온몸을 두른 실버 나이트 아머. 지금까지 만났던 어떤 상대보다도 더 강력한 위압감을 뿜어내는 스켈레톤이 입구를 가로막고 서 있었다.

암담해졌다. 세르비오는 본능적으로 자신이 그를 이길 수 없다는 것을 알았다.

스켈레톤 로드. 모든 스켈레톤의 왕이라는, 거대한 샴쉬르 두 개를 양손에 거머쥔 해골이 섬뜩한 얼굴로 버티고 있었다.

그래도 물러설 수는 없었다. 발발거리는 다리의 떨림을 간신히 멈추고서 온 힘을 다해 뛰어들었다. 번쩍하고 뒤덮이는 검광과 함께 온몸에 힘이 빠져나갔다.

단 일격이었다.

8년의 세월은 언데드 로드의 일격에 무릎을 꿇고 말았다.

절그럭절그럭.

깜빡이는 칸델라의 불빛과 함께 언데드 특유의 관절 소리가 세르비오의 뇌리에 찬물을 부었다.

긴 회상을 반추하던 세르비오는 쓴웃음을 지으며 힘겹게 발을 질질 끌며 걸음을 재촉했다. 힘이 없는 것은 아니었다. 성공할 수 있을지는 모르지만, 언데드를 방심시키기 위한 수작이었다. 물론 여러 번 실패했기 때문에 이번에도 큰 기대는 걸지 않고 있었다.

이번에 실패하게 되면 그 또한 이들과 마찬가지 신세가 될 것이다. 세르비오는 쓸쓸한 눈으로 자신을 부축하는 스켈레톤의 얼굴을 보았다. 앙상한 뼈마디만 남은 차가운 해골에 불과하지만, 그는 이곳의 간수 중 유일하게 그를 챙겨주던 마음씨 좋은 남자였다. 그런 그조차 언데드들의 수중에 들어가 충실한 스켈레톤 병정이 되었다.

그나마 인간이었을 때의 감정이 미약하게나마 남았는지, 그는 세르비오를 대할 때 상당히 조심스러운 태도를 고수하고 있었다. 그것은 지난 몇 개월 동안 세르비오의 정신을 깨어 있게 만들어준 작은 등불 같은 것이었다. 간간이 그 스켈레톤 병정이 자신을 위해 인간들이 먹던 빵 조각이나 건포 같은 것을 가져다주었던 것이다. 이제는 표정을 알 수 없는 그였지만 세르비오는 그게 무척이나 고마웠다.

복도의 끝을 알리는 갈림길이 보인다. 이제 저기서 오른쪽으로 돌면 그는 언데드가 되리라.

마음이 약해졌다.

그의 어깨를 지탱하고 있는 사내 때문인지도 몰랐다. 밖으로 나간다고 해서 왕가를 다시 회복시킬 수 있으리란 보장은 없다. 그 하나를 둘러싸고 귀족들은 또다시 분열되어 피 튀기는 분쟁을 벌일 것이다.

지긋지긋한 권력 투쟁, 그리고 암투. 지난 8년이 무너진 후, 세르비오는 지쳐 버렸다. 이제는 아무래도 좋겠다 싶었다. 차라리 이 사내처럼 언데드의 병정이 되어서 영원한 암흑 속에서 쉬는 것이 나을지도 모르겠다는 생각까지 들었다.

갈림길이 코앞에 다가왔다. 갈등이 점차 수그러들었다.

오른쪽으로 돌자! 결심이 서자 마음이 편해진다. 세르비오는 느긋한 눈길로 자신을 부축하는 스켈레톤을 보았다.

그래, 나도 이젠 너처럼……

왼쪽.

세르비오는 순간 자신의 눈을 의심했다. 우연인지 아닌지 확인할 길은 없었다. 그것은 다만 벽에 새겨지듯 그려져 있었을 뿐이다.

왼쪽.

언젠가 궁정 마법사가 보여줬던 불꽃 마법처럼 벽면에 투명하게 떠오른 그 단어는, 긴 시간 동안 왕세자만을 위해 준비되어 온 단어처럼 그곳에 붙박여 있었다.

왼쪽.

갈림길에 도달했을 때 세르비오는 다시 한 번 그 단어를 보았다. 예전에는 분명 없던 단어였다. 그건 꼭 자신이 그가 그 단어를 발견하든 발견하지 않든 상관없다는 투의 성의없는 작문이었다. 매우 허술하면서도 한편으로는 교묘한 면을 가지고 있어서 언데드들은 죽었다 깨어나도 벽면에서 발견해 내지 못할 것 같았다.

누군가가 그 단어를 썼다. 마법으로, 아니면 손으로? 그것은 중요하지 않았다. 어쨌든 왼쪽으로 돌라는 말이다. 그래, 지금 당장!

왕세자는 그 순간 믿을 수 없는 괴력으로 스켈레톤들을 뿌리치며 왼쪽 통로를 향해 달려나갔다. 미처 준비하지 못한 결과라서 숨이 턱까지 차올랐다. 쉽게 움직일 수 없게 만들어놓은 무거운 철쇄가 뼈마디를 우그러뜨렸다. 그래도 달렸다.

달린다. 누군가가 도와주고 있다.

사실이 아니라도 좋았다. 이게 마지막일지라도 좋았다. 누군가가 도와주고 있다면 달리는 것이 옳다. 세르비오는 그렇게 자위하며 온 힘을 다해 달려나갔다.

제지하던 스켈레톤들이 손목을 억압하는 쇳덩이에 맞아 팅겨 나간다. 체력이 점점 떨어진다. 왼쪽 통로의 끝이 서서히 보이기 시작했다. 뒤쪽에서, 앞쪽에서, 혹은 옆쪽에서 그를 쫓는 스켈레톤이 하나둘 나타나고 있었다.

그리고 마침내 통로를 가로막는 녀석이 나타났다.

스켈레톤 나이트.

지금의 그로서는 상대할 수 없는 몬스터였다. 표정 없는 몬스터의 눈매에서 보이지 않는 자신감 같은 것이 엿보이는 것 같았다.

그때는 졌지만 지금의 너쯤은 아무것도 아니라는 건가? 빌어먹을 자식!

세르비오는 '우아아아!' 하고 괴성을 지르며 스켈레톤 나이트를 향해 돌격했다. 어차피 죽을 건데 이래 죽으나 저래 죽으나 무슨 상관이냐는 생각이었다.

그리고 바로 그 순간, 마술처럼 스켈레톤 나이트의 목이 바닥에 떨어졌다. 번개처럼 날아온 비도가 벽면에 틀어박히고, 달려오던 스켈레톤의 열이 바보들의 행진처럼 무너져 내렸다.

내가 지금 환상을 보는 건가?

그 망상은 은은한 등불의 조명 사이로 모습을 드러낸 은발의 미녀를 발견했을 때 절정에 이르렀다.

어떤 왕국의 공주도 지금의 그녀보다 아름답지는 못하리라. 매끈한 검은 슈트 위에 새하얀 백설처럼 내려앉은 긴 머리가 어슴푸레한 불빛 속에 별빛처럼 반짝이고 있었다. 세르비오는 그녀의 새하얀 피부와 격정적인 붉은 눈빛에 한순간 사로잡히고 말았다.

그 옆에는 마치 전설의 백기사라도 되는 것처럼 그녀의 곁을 호위하고 선 기사가 있었다. 세르비오는 혼란 속에서도 침착함을 잃지 않는 기사의 의연한 모습에 기이한 질투 같은 것을 느꼈다.

세르비오는 격한 놀라움과 떨림 속에서 어렵사리 입을 열었다.

"다, 당신은 누구요?"

오랜만의 대화라서 그런지 어쩐지 쇠를 긁는 듯한 노쇠한 음성이 흘러나왔다. 미녀가 생긋 웃었다.

"내 이름, 세피로아."

＊　　　　＊　　　　＊

블랙 울프 용병단의 단장 헤일론은 아침부터 불쾌한 기분을 떨칠 수가 없었다. 연신 아니꼬운 표정으로 자신의 말끝마다 태클을 거는 한 남자 때문이었다.

그의 권력이라면 유저 하나쯤 생매장시키는 것은 일도 아니었지만, 이곳은 수많은 유저들이 몰려 있는 공석이었다. 함부로 행동해서 길드의 이미지를 망칠 수는 없었다.

이미지란 놈은 참 웃기는 자식이다. 늘 어떤 결과를 의도할 때는 제멋대로 날뛰면서 전혀 의도하지 않았을 땐 제가 원하는 그림을 그려 버린다. 그러는 사이 길드건 사람이건 그 어떤 것이건, 대중들은 그 대상에 대한 이미지를 정해 버리는 것이다.

블랙 울프 길드가 브룸바르트 집권 당시 꽤 욕을 먹어오긴 했지만 그렇게까지 평판이 나쁜 길드는 아니었다. 그래서 더 유의할 필요가 있었다. 추후 페르비오노를 집권하게 될 시 유저들의 지지를 등에 업고 데뷔하는 것과 유저들의 삿대질을 받으며 데뷔하는 것에는 커다란 차이가 있기 때문이다.

하지만 모든 일에는 때가 있고, 타이밍이란 게 존재하는 법이다. 무슨 말이냐 하면 욕을 들어도 경거망동하지 말아야 할 때가 있다는 말이다.

"우워! 블랙 울프 길드는 겁쟁이들만 모여 있는 거냐!"

흑색의 풀 플레이트를 걸친 한 사내가 혀를 삐죽 내민 채 볼을 잡아당기며 헤일론을 노려보고 있었다. 아마 시리우스인가 뭔가 하는 사내와 같이 있던 자인 것 같다.

"에베루베베베!"

한눈에 봐도 명백한 도발이었지만, 그는 간신히 화를 삭이며 쌍심지를 켠 채 왕성 앞만을 줄곧 바라보았다.

"우우! 그런 식으로 뒤에서 이득을 챙길 셈이냐!"

"비겁하다, 블랙 울프!"

사실 그의 계획은 가장 먼저 왕성 내에 난입하여 리치를 독점하는 것이었다. 그런 식의 작전을 사용한다면 길드원의 피해는 막심하겠지만, 적어도 리치가 떨어뜨리는 아이템과 퀘스트의 보상은 블랙 울프가 대부분 독점할 수 있게 될 가능성이 높았다.

퀘스트의 급수가 높은 데다, 이벤트 퀘스트인 만큼 보상은 막대하다. 그 보상은 추후 블랙 울프의 기반을 닦는 데 있어 커다란 기틀이 될 것이 자명했다. 어쩌면 이 이벤트를 계기로 브룸바르트 동부권 재진출의 기회를 쟁취할 수 있을지도 몰랐다.

하지만 방금 전 들어온 전보가 그의 선택을 망설임으로 바꾸어내고 있었다.

'왕성 안쪽을 지키는 스켈레톤이 있습니다.'

분명 정보에 의하면 성을 점거한 '탑의 주인'은 동쪽 탑의 리치가 틀림없었다. 그런데 웬 스켈레톤이란 말인가? 스켈레톤은 분명 리치가 애용하는 소환물이 아니었다.

단순히 리치가 좀 별나거나 미친 녀석이라고 생각할 수도 있었지만, 문제는 그렇게 단순하지 않았다.

'거대한 스켈레톤이었습니다. 틀림없이 스켈레톤 로드입니다.'

스켈레톤 로드? 그런 괴물이 왜 이곳에 나타났단 말인가! 청천벽력 같은 전보였다. 소문은 삽시간에 확대되어 갔고, 마침내 스켈레톤 로드가 왕성 입구에 그 웅장한 덩치를 드러냄으로써 두려움은 현실이 되었다.

스켈레톤 로드라면 분명 마스터 급 이상의 몬스터. 그가 속한 길드 내에 마스터 급의 유저는 전무했다. 비록 그가 익스퍼트 최상급이라고는 하지만, 그를 제외한 길드원 중에서 소드 익스퍼트 상급을 찾는 것은 쉬운 일이 아니었다. 익스퍼트 상급이면 거의 최고위 랭커인 것이다.

게다가 왕성 입구를 지키고 있는 것은 스켈레톤 로드 혼자만이 아니었다. 녀석을 쓰러뜨리고 리치까지 해치우는 동안 길드원들이 얼마나 생존해 있을지 의문이었다.

가끔씩 달려드는 몇몇의 유저들이 왕성 밖으로 나가떨어지며 회백색으로 물들 때마다 불안한 예감은 더욱 짙어졌다. 블랙 울프가 먼저 내성으로 진입하게 되면 퀘스트 완수는 불가능하다.

헤일론은 침착하게 기다렸다. 남들이야 뭐라던 간에 그는 한 길드의 수장이었고, 길드 마스터는 그 길드를 책임져야 할 의무가 있었다. 욕을 듣든 어떻든 최대한 많은 길드원들을 데리고 내성으로 진입해야 했다.

자신이 아닌 누군가, 겉으로나마 번지르르해 보이는 누군가가 유저들을 선동해야만 한다. 적어도 스켈레톤 로드의 체력이 절반 이하로 떨어졌을 때 움직여야만 승산이 생긴다.

바로 그때, 그의 기대를 온몸에 싣고 나타난 한 용자가 있었던 것이다. 호화스러워 보이는 백색의 풀 플레이트. 블랙 울프로부터 척살령을 받은 시리우스였다.

'그렇지! 저 멍청한 녀석!'

회심의 미소가 입가에 깃든다.

"전부 겁쟁이들뿐이로군! 우리가 먼저 나서겠소!"

제법 방어력은 강해 보이는 풀 플레이트 아머였지만, 헤일론은 물론이고 다른 군중들도 그런 중갑옷이 얼마나 실용성이 떨어지는지 잘 알고 있었다. 군중들은 혀를 차며 왕성을 향해 용감히 돌격하는 다섯 명의 유저를 보았다. 언데드 무리를 향해 달려드는 한 명의 백기사와 네 명의 흑기사의 모습은 처량하다 못해 애처롭기까지 했다.

'저런 걸 보고 당랑거철(螳螂拒轍)이라고 하지.'

헤일론도 곧 나가떨어질 그를 향해 작은 동정의 눈길을 던져 주었다. 장한 놈이었다. 척살령을 해제해 줄까 하는 생각도 잠시나마 했다.

그러나 처음부터 결과가 정해져 있다고 생각했던 전투는 의

외의 상황으로 치닫고 있었다. 네 명의 디펜더가 스켈레톤 로드를 호위하는 스켈레톤 나이트를 무난하게 상대했고, 시리우스라는 유저는 조금 아슬아슬하기는 하지만 스켈레톤 로드의 검을 받아내고 있었다. 쉽게 쓰러질 것 같던 시리우스는 몸놀림이 날쌘 것인지, 유령처럼 쉭쉭 몸을 움직이며 스켈레톤 로드의 서슬로부터 살아남았다. 마치 환영 같았다.

'응? 스켈레톤 로드가 저렇게 약했나?

그는 갑자기 불안해지기 시작했다. 공식 홈페이지에 스켈레톤 로드의 레벨이 잘못 표기되었을 가능성이 불현듯 스친 것이다. 만약 정말 그렇다면 그는 커다란 실수를 한 것이 된다. 잘 생각해 보면 앞서 스켈레톤 로드에게 덤볐던 유저들은 어디서 들어보지도 못한 허접들뿐이었다. 저 시리우스라는 놈은 아마도 허접 중에서는 그나마 쓸 만한 녀석인 것 같았다.

'그렇지. 칼룬을 이겼다고 했으니 적어도 소드 익스퍼트 중, 상급쯤은 되겠군. 익스퍼트 중급이라…….'

갑자기 희망이 불타올랐다.

그와 같은 생각을 한 것인지 몇몇 유저들이 스켈레톤 로드를 향해 벌써부터 달려들고 있었다. 이대로라면 뒤늦게 된다. 마침 바로 그때, 체력이 다한 것인지 시리우스—익스퍼트 중급이 확실해 보이는—가 스켈레톤 로드의 샴쉬르에 맞고 나가떨어졌다. 은빛을 뿌리며 회색으로 물드는 것으로 보아 로그아웃당한 것이 확실했다. 스켈레톤 나이트들을 상대하던 검은 디펜더들도 하나둘씩 자리에 쓰러져 가고 있었다.

그럼 그렇지. 허접들이 별수있겠어?

하지만 그와는 별개로 이미 스켈레톤 로드와 나이트들은 유저들에게 둘러싸여 집중 공격을 받고 있었다.

뒤쪽에서 길드원들의 불만이 터져 나왔다. 우리가 잡을 수 있는 몬스터인데, 뻔히 눈 뜨고서 다 잡은 토끼를 놓쳐야만 하냐는 투의 목소리였다. 욕심이 생김과 동시에 마음이 크게 흔들렸다. 평정이 무너진다.

어쩌면 큰 피해 없이 해볼 만한 전력인지도 모른다. 아직 유저들은 다 덤벼들지 않았지만 더 늦을 수는 없지.

"블랙 울프, 전원 돌격!"

헤일론은 부디 자신의 선택이 늦지 않았기를 빌며 일행의 선두에 서서 돌격을 개시했다.

*   *   *

불빛이 짙은 음영을 드리우며 불안하게 흔들리고 있었다. 명암도 채도도 명확하지 않은 어둠이 드문드문 깔려 시야를 혼탁하게 한다.

"이게 무슨 꼴이람."

엉금엉금 지하도를 벗어나는 자신의 모습이 우스워 보였는지 세피로아가 웃음을 터뜨렸다. 그녀의 옆에 거의 찰싹 붙어서 기어가던 수련도 피식거리다가 조금 퉁명스러운 목소리로 입을 열었다.

"넌 상당히 특이한 여자야."

"응, 그래? 좋은 의미로?"

세피로아가 호기심 그득한 눈망울로 물어왔다.

"어떤 여자인데?"

"글쎄, 굳이 표현을 하자면……."

여자들은 종종 그런 때가 있다. 남자로부터 자신이 그에게 어떻게 비치는지 알고 싶어한다. 남자가 이런 말을 꺼내면, 여자는 반드시 그렇게 묻는다. '난 어떤 여자 같은데?' 하고. 사실 이런 경우 남자의 대답은 대개 같게 마련이지만 지금은 조금 상황이 달랐다. 이지가 옆에 있었다면 자신의 대답에 가득 긴장했을지도 모른다는 생각에 문득 웃음이 나왔다.

단단하게 피어오른 야생화 같은 여자, 아니, 다른 표현이 있을 듯하다. 좀 더 원색적이고 또 명확한……. 수련은 한참을 골몰하다가 문득 떠오른 말을 입에 담았다.

"순수한 때 같은 여자."

"뭐?!"

수련은 적절한 비유를 했다는 생각에 속으로 웃었다. 역시 이지가 같이 왔다면 함께 웃어줬을 텐데 왠지 아쉬운 기분이 되었다.

"다른 걸로 해! 그런 거 말고!"

"순수한 진흙은 어떨까?"

"그게 그거잖아! 바보!"

세피로아가 잔뜩 붉어진 얼굴로 수련의 볼을 꼬집자, 한순

간 힘의 균형이 무너지며 둘의 몸이 좁은 지하도 속에서 뒤엉
켰다. 무심코 휘두른 손이 환풍구 쪽의 거미줄에 걸려 거미 한
마리가 손에 뒤따라 붙었다.

"꺄악! 이거 뭐야!"

화들짝 놀란 세피로아가 새파랗게 질려 수련의 몸에 들러붙
었다. 몸을 가눌 수 없게 된 수련이 몸을 버둥거리며 외쳤다.

"해골도 잡는 주제에 무슨 짓이야!"

"난 곤충류 몬스터는 안 잡는다구!"

"저, 저기……."

지하도를 기어 엉금엉금 따라오던 왕세자 세르비오가 황당
하다는 얼굴로 둘의 꼴을 바라보았다. 아까부터 도무지 파악
이 안 되는 인간들이었다. 자기보고 조용하라고 그렇게 겁을
줘놓고선 이렇게 시끄럽게 떠드는 꼴이란…….

"아!"

그와는 상관없이 세피로아는 그제야 수련과 자신의 몸이 지
나치게 가까워졌다는 것을 인식했다. 겨우 한 뼘 앞에 수련의
파리하고 매끄러운 입술이 있었다. 시선이 마주치자 괜히 눈
을 감아본다.

"허튼짓하지 말고 빨리 일어나! 시간 없다고!"

"쳇, 남자가 뭐 그러냐?"

"애인도 있는 주제에 뭔 헛소리야?"

수련이 투덜거리며 앞으로 먼저 기어나가자 세피로아가 재
빨리 쫓아가며 물었다.

"어, 나랑 이지가 정말 연인처럼 보여?"

"사실 남매인 거 알아."

"귀신같네."

요염하게 덧붙이는 웃음에 수련은 조금 얼굴이 달아올라 시선을 돌렸다. 세피로아가 말을 이었다.

"이지한테 들었지?"

"응."

"어떻게 생각해?"

"뭘?"

사실 물을 필요가 없는 질문이다. 무엇을 묻는지 너무나 명확하기 때문이다. 세피로아는 애잔한 눈으로 지하도 앞쪽에 드리워진 캄캄한 어둠을 응시했다.

'생일이 언제야?'

이지너스는 세피로아와 처음 만난 날 바로 그녀의 생일을 물었다. 그가 처음이었다.

'응? 그건 왜?'

마치 대수롭잖은 걸 묻는 듯한 그의 말투에 그녀는 조금 당황하며 되물었다. 생일? 그런 걸 왜 궁금해하는 거야?

'이젠 가족이잖아. 챙겨줘야지.'

쑥스럽게 웃는 그의 모습에 이끌렸던 것일까. 남매는 운명처럼 서로에게 기대게 되었다. 이지가 이 이야기도 해준 걸까? 세피로아는 수련을 흘끗 바라보았다.

"알면서, 뭘."

한참 만에 돌아온 대답. 수련은 깊은 생각에 잠겨 있었다. 마치 시커먼 암흑 속에서 물건을 찾듯 조심조심, 주의 깊게 오랜 시간을 들였다. 하지만 늘 그렇듯이 오랜 시간을 끈 대답이 항상 만족스러운 것이라는 보장은 없다.

"잘 모르겠어. 내가 경험한 일이 아니니까."

"호오(好惡)를 가리기 어렵다는 말이야?"

"호오의 문제가 아니라고 생각해."

수련은 눈꺼풀을 내리깔며 앞으로 나가는 데에만 정신을 집중했다. 세피로아의 눈이 아릿하게 깜빡인다.

"너도 특이해. 보통 사람들은 멋대로 어떤 사건에 자기 경험을 주입시켜서 판가름을 내버리거나 아예 외면해 버리는데… 네 반응은 외면하는 사람의 그것과는 조금 다르거든. 그보단 조심스러운 느낌이야."

"칭찬이야?"

"그럼."

세피로아는 장난스럽게 눈썹을 움찔거리며 말했다. 어쩐지 신빙성이 없었지만 수련은 고개를 끄덕여 주기로 했다. 일행의 이동이 멈춘 것은 지하도의 갈림길에 들어섰을 때였다.

"자, 슬슬 우리 기사님이 활약하실 시간이네?"

"뭐? 내가 해?"

왠지 애초의 계획과는 다른 전개에 수련이 인상을 찡그렸다. 이 하수 터널의 바로 위층은 중앙 내성, 그것도 리치가 있는 곳이다. 일행은 이곳에서부터 리치를 유인하여 밖으로 끌어낼 작정이었다.

세피로아가 눈물까지 글썽이며 가식적으로 '흑흑' 소리를 냈다.

"그럼 연약한 나를 떠밀 생각이야?"

"그런 문제가 아니잖아. 난 아직 은신 레벨이 높지 않다고!"

왕세자까지 '남자란 놈이, 쯧쯧' 하는 눈길로 자신을 바라보자 수련은 억울한 목소리로 외쳤다. 리치의 유인은 당연히 몸놀림이 잽싸고 민첩한 세피로아의 몫으로 내정되어 있었다. 그러나…….

"자, 가라고! 네 은신술은 들키기엔 아주 적합하잖아? 그걸로 리치를 유인해 오라고!"

괜한 심술이었을까. 말도 안 되는 이유에 의해 터널 위쪽으로 등이 떠밀린 수련은 졸지에 몬스터들의 시야에 노출당했다. 여기저기 구멍이 뚫린 흉흉한 검은색 로브가 눈앞에 보인다. 사파이어 두 개를 끼워 박은 듯 시퍼런 두 눈에서 푸른 불길이 일었다.

리치!

터널에서 엉거주춤 몸을 빼낸 수련은 죽어라 달아나기 시작했다.

*   *   *

블랙 울프의 헤일론은 날아오는 스켈레톤 로드의 검을 피하

느라 아주 죽을 맛이었다. 다 죽은 줄 알았는데 유저들이 몰려
옴과 동시에 시작된 스킬의 남발에 유저들이 대거 한꺼번에
하늘로 치솟았다.

"뭐, 뭐야, 이 사기적인 스킬은!"

검풍에 날려 조각난 유저가 단말마를 남기며 은빛으로 사라
져 갔다. 반면 스켈레톤 로드는 아직도 건재한 모습이었다. 특
유의 쌍검술에 스칠 때마다 체력이 한 움큼씩 떨어져 나갔다.

황당하기 그지없었다.

분명 그 거지 같은 놈이 상대할 때는 약해 보였는데…….

사실 당연했다. 스켈레톤 로드의 공식 집계 레벨은 17 후반
이었다. 애초부터 평범한 소드 익스퍼트 상급, 중급 몇 정도로
는 상대가 안 된다.

불안함이 커지기 시작했을 때는 이미 상황이 돌이킬 수 없
게 커져 있었다. 로드의 검이 한 번 움직일 때마다 한 명의 블
랙 울프 길드원이 로그아웃당해 죽어나갔다.

한번 죽음을 맞이하게 되면 게임 시간으로 하루 동안은 접
속할 수 없다. 전력에 있어 치명적인 타격이다. 게다가 적은
스켈레톤 로드뿐만이 아니었다. 아까부터 성벽 근처에서 신경
을 거스르는 녀석이 있었던 것이다.

"체인 라이트닝(Chain lighting)!"

5서클의 고급 마법을 난사하면서 타깃(Target)을 제대로 설
정하지 않은 탓에 몬스터 대신 마법에 맞아 사망하는 길드원
이 속출하고 있었다. 사실 어쩔 수 없는 것이 이런 혼전에서의

범위 마법은 특정 몬스터만을 겨냥하여 사용하기 어렵게 되어
있었다.

"저놈은 도와주는 건지 방해를 하는 건지……."

아이디를 보니 이지너스란 녀석이었다. 어디선가 본 듯한
느낌도 있는데, 블랙 울프에 원한이 있는 것인지 녀석의 마법
은 블랙 울프와 몬스터들이 엉켜 있는 곳에만 어김없이 떨어
져 내렸다.

그렇다고 놈을 탓할 수도 없는 게, 이벤트 퀘스트 존 내에서
는 범위 마법으로 몬스터와 유저를 함께 죽여도 머더러가 되
지 않기 때문이었다. 정당한 행위라는 이야기.

물론 혼전에서의 범위 마법 남발은 확실한 비매너 행위였지
만, 그게 자신의 길드원이 아닌 다른 유저들의 근처에 떨어졌
다면 아무 말도 하지 않았을 것이다.

"이, 이게 뭐야!"

체인 라이트닝의 여파에 휩쓸린 또 다른 블랙 울프 길드원
이 당황한 목소리로 구원 요청을 하며 스러져 갔다. 헤일론의
입에서 욕지거리가 튀어나왔다.

"저 빌어먹을 놈!"

스켈레톤 로드가 문제가 아니었다. 일단 저놈부터 해치워야
한다.

그런 생각으로 발걸음을 뗀 순간, 그의 심경을 읽은 것인지
기이하게도 마법사는 캐스팅을 멈추고 성벽의 바깥쪽으로 몸
을 피했다.

"뭐지?"

의아함은 오래가지 않았다. 처음에는 뭔가 하늘에서 반짝이는 것만 보였다. 하지만 폭음이 커지고 공기의 진동이 거세어지자 감각이 둔한 유저들도 그 기운을 느낄 수 있게 되었다. 하늘을 메운 몇 개의 점의 크기가 급속도로 커지더니, 마침내는 거대한 운석이 되었다.

"미, 미니 메테오(Mini meteor)!

유저가 8서클의 마법을 사용했다는 이야긴가? 아니다. 그런 유저가 존재할 리 없었다. 그렇다면 저 마법은…….

성벽 위에 서서 오만한 분노를 터뜨리며 유저들을 노려보는 산발의 괴인. 끔찍하게 일그러진 검은색 로브 자락에는 기이한 형태의 마법원이 오밀조밀하게 새겨져 있었다.

"리치!"

그 말을 터뜨린 유저는 곧 들이닥친 미니 메테오의 여파에 휩쓸려 가루가 되고 말았다. 헤일론은 아비규환의 광경을 보며 눈을 부릅떴다. 무자비한 학살에 블랙 울프 길드원은 이제 원래 인원의 삼분지 일도 채 남지 않게 되었다. 하지만 그만큼 남은 길드원들은 그만큼 길드의 정예였다.

멀쩡히 성안에 박혀 있어야 할 리치가 왜 튀어나왔단 말인가!

이렇게 된 이상!

헤일론이 이를 악물며 간부들을 모두 끌어 모았다. 어차피 죽을 사람은 죽는다. 막대한 피해를 감수하더라도 리치와 스켈레톤 로드로부터 얻을 수 있는 이득은 모두 그들이 취해야만 한다!

헤일론은 길드원을 두 부대로 나누어 스켈레톤 로드와 리치를 나누어 상대하기 시작했다. 주변의 유저들이 줄어든 만큼 잡스런 언데드 부대도 제법 정리가 되어 있었기 때문에 스켈레톤 로드는 졸지에 합공을 받게 되었다.

카아악!

스켈레톤 로드도 긴 전투로 인해 제법 체력이 떨어졌는지 쉽게 유저들을 맞추지 못하고 있었다. 허공을 가른 검풍이 애꿎은 바윗돌을 부쉈다.

정렬한 아쳐와 레인저들이 턴을 나누어 일제히 은 화살을 발사하고, 마나 충전 시간을 번 마법사들은 4서클 이상의 강력한 마법을 캐스팅하여 일제히 발포했다.

스켈레톤 로드의 신형이 조금씩 무너지기 시작했다. 정예 하나가 죽어나갈 때마다 스켈레톤 로드의 움직임이 눈에 띄게 느려지고 있었다.

크아아아!

회광반조일까. 마지막 힘을 다해 휘두른 스켈레톤 로드의 검격에 대거의 정예 유저가 나가떨어져 로그아웃당했다. 하지만 로드의 힘도 거의 다한 것 같았다.

죽어라!

심장이 폭발할 것처럼 두근거렸다. 일단 놈만 해치우면 이제 남는 것은 리치뿐이다. 보스 급 몬스터인 만큼 떨어뜨리는 아이템의 수준도 상상을 초월할 것이다. 모두 그의 차지가 된다.

혜일론 또한 유저였기에 욕망을 떨쳐 낼 수는 없었다. 하지만 조금만 그 마음을 갈무리하고 조금만 더 자신을 다스렸다면 뒤에서 다가오는 엄청난 에너지 덩어리를 간과하는 일은 하지 않았으리라.

"기, 길드 마스터!"

길드원의 비명과 함께 혜일론은 둔중한 충격이 온몸을 감싸는 것을 느꼈다. 화끈거리는 온기가 온몸을 타고 흘렀다. 육체를 감싸는 검은 불길이 그의 살점을 태우고 있었다.

7서클 암흑 마법인 다크 플레임(Dark flame)이 그의 등에 직격한 것이다. 일단 정통으로 맞게 되면 대상이 죽을 때까지 꺼지지 않는다는 죽음의 불꽃.

"리치!"

마스터의 경지를 바라보고 있었던 그인 만큼 금방 죽지는 않았지만, 온몸에 힘이 빠져나가는 것은 분명하게 느낄 수 있었다. 리치의 마법이 스켈레톤 로드에게는 오히려 힘이 된 듯 로드는 다시 살아난 것처럼 펄펄 날뛰며 유저들을 도륙하기 시작했다. 진형의 중심을 지탱하던 혜일론이 무너지자 길드원들은 우왕좌왕하다가 살해당하기 바빴다. 리치를 상대하던 길드원들도 거의 전멸 직전에 놓인 모양이었다.

두 마리 토끼를 쫓다가 다 놓친 꼴. 죽어가는 혜일론의 두 눈에 이상한 광경이 잡혔다.

"저놈들은?"

처음의 전투에서 죽은 줄만 알았던 흑색의 디펜더들이 약이라도 먹은 것처럼 자리에서 벌떡벌떡 일어나고 있었다. 깊은 수면이라도 취한 듯 양팔과 허리를 꺾으며 체조를 하던 흑색 디펜더 중의 하나가 비아냥거리며 입을 열었다.

"휴우, 죽은 체하느라 힘들었네."

"헨델, 대장은 어디 있지?"

"저기."

죽은 체? 경악은 옆으로 고개를 돌렸을 때 절정에 달했다. 그곳에는 분명 스켈레톤 로드의 검에 산산이 찢겨 나간 시리우스가 서 있었다. 백색의 풀 플레이트가 오후의 햇볕을 받아 유난히 매끄럽게 빛나고 있었다.

"분명 놈은 죽었을 텐데!"

그것이 헤일론의 마지막 음성이었다. 죽음의 불꽃이 그의 체력을 모두 깎아먹고 육체를 먼지로 산화시켜 버린 것이다.

백색의 시리우스. 수련은 칼자루를 움켜쥐며 자랑스러운 표정으로 용병들을 둘러보았다. 고위급의 마법을 힘겹게 감당하며 왕성의 입구까지 리치를 유인해 온 수련의 갑옷은 여기저기 그을린 자국이 그득했다. 데스나이트 갑옷 특유의 마법 저항력이 그의 생존을 도왔다.

"다들 수고했다."

수련은 용병들에게 죽은 척하기 스킬을 가르쳤다. 물론 이 순간을 염두에 둔 작전이었다. 그렇다면 다른 유저들이 본 그의 죽음은 어떻게 된 것일까?

대답은 용병들 사이에서 비틀거리며 걸어나온 피곤한 표정의 중년인이 대신해 주었다. 환상술사인 제롬이었다.

"난 아직 중급 환상술사라서 유저를 세밀하게 구현하는 것은 힘이 든단 말일세. 다음부터 이런 부탁은 안 들어줄 걸세."

킬킬거리며 불평하는 중년인을 향해 살짝 예를 표한 수련은 적의 진영을 바라보았다. 남은 유저들의 숫자는 이제 몇 보이지 않았다. 계획대로 된 것이다.

계획대로. 얼마나 좋은 말인가. 수련은 그 생각에서 신묘한 기시감 같은 것을 느끼며 미소 지었다.

맑은 검명과 함께 두 자루의 검이 뽑혀 나온다. 다섯 명의 인영을 감싸는 캄캄한 암흑의 기운. 갑옷을 포함한 데스나이트 세트에서 뿜어져 나온 암흑 투기가 수련을 포함한 용병들의 몸을 감싼다. 수련과 용병들은 데스나이트 크레스트를 꺼내어 각자 머리에 뒤집어썼다. 눈부신 섬광이 번뜩였다.

리치와 스켈레톤 로드의 중압감에도 굴하지 않는 압도적인 위용, 은빛으로 빛나는 백색의 풀 플레이트 아머. 바람에 나부끼는 망토 사이로 하얗게 빛나는 검극이 울어젖힌다.

"데, 데스나이트!"

수련을 발견한 몇몇 유저들이 깜짝 놀라 경악성을 터뜨렸다. 리치나 스켈레톤 로드만 해도 죽을 맛인데 이제는 데스나이트라니! 그것도 다섯이나!

완전한 절망이 유저들을 뒤덮기도 전에 우려는 우려에 불과하다는 것을 보여주는 것처럼 다섯 인영이 쏜살같이 움직였다.

뜻밖에도 데스나이트들은 리치와 스켈레톤 로드를 맞아 싸우기 시작했던 것이다.

　은빛과 흑빛으로 휩싸인 다섯 명의 데스나이트. 휘황한 검광이 대지를 수놓으며 스켈레톤 로드와 리치를 향해 쇄도하기 시작한다. 전설은, 지금 막 시작되었다.

『론도』2권 끝

The Chain of the Northern Sky

아울 판타지 장편 소설
FANTASY FRONTIER SPIRIT

북천의 사슬

"강해져라! 내가 보지 못하는 순간에도
네가 자신을 지킬 수 있도록."

달이 거꾸로 서는 날이 되면 찾아든다. 언제나 낯선 세상의 그림자와 함께.
이 세상의 경계 너머 있는 듯한,
세상의 허허로운 바람과 차가운 눈보라같이.

삼켜진 달의 전사, 그리고 이제 한줌만 남은 왕의 기사,
풍요와 영광을 잃고 퇴색한 왕국을 지켜온 기사, 클로드 버젤이다.

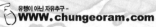

유행이 아닌 자유추구 -
WWW.chungeoram.com

Book Publishing CHUNGEORAM

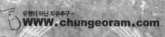
ORC wizard
ORC 마법사

정민철 판타지 장편 소설
FANTASY FRONTIER SPIRIT

사상 최강의 오크마법사가 되어라!
과거의 영광이 깃든 오크학파의 마법사,
그들을 일컬어 오크마법사라 칭한다!

기사의 재능도 마법사의 재능도 없었던 아론
그에게 20년 만에 찾아든 마나로 인해
30살 늦은 나이에 드레이얼 마법 아카데미에 입학하다!
그리고 그곳에서 네크로맨서 계열 오크학파의 계승자가 되고 마는데…

위대하고 영광된 오크마법사의 위명을 되살리기 위한
그만의 독특한 학과 살리기 프로젝트는 시작되었다!!

魔刀爭霸

FANTASTIC
ORIENTAL HEROES

마도쟁패

장영훈 新 무협 판타지 소설

오색혈수인(五色血手印)을 찾아라!

『보표무적』, 『일도양단』에 이은 장영훈의 세 번째
거친 사나이들의 이야기! 『마도쟁패(魔刀爭霸)』

마교 제일의 타격대 흑풍대(黑風隊)의 최연소 대주.
흑풍대주 칠초나락(七招奈落) 유월(柳月),
강호서열록(江湖序列錄) 가(假) 서열 오십육 위, 진(眞) 서열 칠 위.

교주의 외동딸 비설의 폭탄선언으로 시작되는 운명의 거대한 수레바퀴!
거대 마도문과 마교를 둘러싼 치열한 음모와 피튀기는 암투!
가슴을 울리는 호쾌한 대결과 박진감 넘치는 전투의 연속!

우리가 바라마지 않던 진정한 사나이들의 역동적인 이야기가 전개된다!

유행이 아닌 자유추구 —
WWW.chungeoram.com

Wyrmslayer

임경배 판타지 장편 소설 **웜슬레이어**
FANTASY FRONTIER SPIRIT

초인기 화제작 『카르세아린』, 『더크리쳐』, 『인드림스』의 임경배!! 『웜슬레이어(Wyrmslayer)』로 다시 돌아오다!!

'누군가가 그레이트 실버 웜 프레이어스의 힘을 계승했다.'

용의 피는 가장 강력한 힘 중 하나.
무한한 가능성을 지닌 막대한 에너지의 흐름이며, 기적을 일으키는 원동력.

그 피를 얻은 자, 운명을 바꾸고 세계를 뒤흔들 강대한 마력을 얻는다.

그러나… 그 피를 취한 자 용의 저주를 받으리니…

유행이 아닌 자유추구 —
WWW.chungeoram.com

Book Publishing CHUNGEORAM